新民说

成为更好的人

晚年鲁迅与民国政治文化

郝庆军　著

·桂林·

WANNIAN LUXUN YU MINGUO ZHENGZHI WENHUA
晚年鲁迅与民国政治文化

图书在版编目（CIP）数据

晚年鲁迅与民国政治文化 / 郝庆军著. --桂林：广西师范大学出版社，2024.3
ISBN 978-7-5598-6799-5

Ⅰ. ①晚… Ⅱ. ①郝… Ⅲ. ①鲁迅研究②政治文化－研究－中国－民国 Ⅳ. ①I210②D693

中国国家版本馆 CIP 数据核字(2024)第 039284 号

广西师范大学出版社出版发行
（广西桂林市五里店路 9 号　邮政编码：541004
网址：http://www.bbtpress.com）
出版人：黄轩庄
全国新华书店经销
深圳市精彩印联合印务有限公司印刷
（深圳市光明新区白花洞第一工业区精雅科技园　邮政编码：518108）
开本：787 mm × 1 092 mm　1/32
印张：10.5　　　字数：221 千
2024 年 3 月第 1 版　　2024 年 3 月第 1 次印刷
定价：78.00 元

目录

第一章

北上探母

一、左右为难

晚年鲁迅面临着一个非常尴尬的文化困境，左右为难：他很想做一个学者，写几本学术专著，但遭到了胡适、刘半农等“学界领袖”的联合抵制；他名义上是“左联”的精神领袖，但又受到周扬、田汉等人的逼迫和压制。

他想退一步，遭到来自右翼势力的围攻和打击；他想往前走，却发现左翼阵营里暗箭四射，鞭影重重。

年岁愈长，困境愈甚，尤其是过了五十岁之后。

鲁迅形容这种困境，就像穿了一件湿布衫：既不舒服，又脱不下，难得爽利，被束缚得难受。

鲁迅是一位卓越的学问家。

他早年抄古碑，集佛经，校注《嵇康集》，钩沉古小说，用功甚勤，成效显著。一部《中国小说史略》成为具有现代意义的古典小说研究的发轫之作，半部《汉文学史纲要》初步勾勒了中国文学的源流，至今为学界所追蹑。

进入晚年的鲁迅曾多次提及希望做一点系统的学术研究。1931年4月，给出版家李小峰的信中说“我久想作文学史”[1]；第二年又对曹靖华说：“倘终于没有什么事，我们明年也许到那边去住一两年，因为我想编一本‘中国文学史’，那边较便于得到参考书籍。”[2]

这里所说的“那边”是指北平，而“我们”则是指鲁迅、许广平和海婴。

就在这一时期，鲁迅给日本友人山本初枝写信表示，“近来，很想写点东西”，“明年春天又要漂流罢，不过那也不一定”[3]。他其实就是想着手做学术研究，计划写一部《中国字体变迁史》和一部《中国文学史》。

但是，社会形势不容他静下来读书做学问，如他所说：“居今之世，纵使在决堤灌水，飞机掷弹范围之外，也难得数年粮食，一屋图书。”[4]

除了“数年粮食，一屋图书”这样的基本条件难以满足之外，当时的政治环境恶劣到了就连“安分守己如冯友兰，且要被捕”[5]的地步，这是普遍困难；对鲁迅而言，还有一个特殊困难，那就是来自学界对他的强烈抵制。

到了1930年代，学界早就成了一个讲究人际圈子、学术山头林立的江湖，对观点不同的“外来者”，他们会处处设防，百般抵制。

五四之后，许多当年打硬仗、结硬寨的青年便因参与新文化运动，成为社会精英和各界翘楚，这些翘楚便像鲁迅经常引用的宋人谚语“欲得官，杀人放火受招安；欲得富，赶着行在卖酒醋”那样，原来与黑暗战斗的人，现在自己却变成了黑暗。

早在1929年鲁迅回北平探亲的时候，便敏锐地发觉北平的学术界在明里暗里对他实施“封杀”。

鲁迅曾在给李霁野的信中愤愤地说：“我本也想明年回平，躲起来用用功，做点东西。但这回回家后，知道颇有几个人暗中抵制，他们大约以为我要来做教员。荐了一个人，也各处被挤。我看北京学界，似乎已经和现代评论派联合一气了。所以我想不再回去，何苦无端被祸。我出京之前，就是被挤得没饭吃了之故，其实是‘落荒而走’了，流来流去，没有送命，那是偶然侥幸。”[6]

更为严峻而复杂的形势接踵而至：原来和鲁迅站在一起的语丝派也倒戈了。

鲁迅说："语丝派的人，先前确曾和黑暗战斗，但他们自己一有地位，本身又便变成黑暗了，一声不响，专用小玩意，来抖抖的把守饭碗。绍原于上月寄我两张《大公报》副刊，其中是一篇《美国批评家薛尔曼评传》，说他后来思想转变，与友为敌，终于掉在海里淹死了。这也是现今北平式的小玩意，的确只改了一个P字。"[7]

这里所说的"绍原"是指江绍原，原来是鲁迅主编的《语丝》杂志的核心成员之一，后来成为北大民俗学教授，与顾颉刚、周作人等过从甚密，也是胡适阵营里的一员"大将"。他给鲁迅寄这份报纸，其实是指责鲁迅思想左倾，最终下场可悲。鲁迅称之为"北平式的小玩意"。

更为严重的情况是，鲁迅还要面对来自左翼方面的逼迫和压制。

值得分疏的是，鲁迅自从成为中国左翼作家联盟的领导人之后，一方面受到瞿秋白、冯雪峰、胡风等人的拥戴和尊重，另一方面也受到周扬、田汉、阳翰笙、夏衍所谓"四条汉子"和徐懋庸的指责和催逼。

人们常常把鲁迅帮助青年作家的行为称为"甘为人梯"。但在当时的历史语境中，说鲁迅做"人梯"，其实是说他甘为别人驱使却被人笑骂。

鲁迅在帮助青年作家方面，包括左翼作家在内，每每受到被帮助之人的"反噬"。对此，鲁迅自己也非常清楚，他心痛却无悔。

他在信中倾诉自己屡次帮人而被欺的心情：“我十年以来，帮未名社，帮狂飙社，帮朝花社，而无不或失败，或受欺，但愿有英俊出于中国之心，终于未死，所以此次又应青年之请，除自由同盟外，又加入左翼作家连盟，于会场中，一览了荟萃于上海的革命作家，然而以我看来，皆茄花色，于是不佞势又不得不有作梯子之险，但还怕他们尚未必能爬梯子也。哀哉！”[8]

在这里，鲁迅对那些“革命作家”颇多讽喻。尤其是用“皆茄花色”来讽刺“革命作家”赶时髦而又不解真味，真是妙语。在旧上海，紫色象征时髦和时尚，最显著的便是紫罗兰，但是在中国人的日常生活中，紫色和茄花是一样的。鲁迅用“皆茄花色”暗讽其盲目跟风、食洋不化的幼稚行为。

1935年给萧军、萧红的信中谈到这种“可怕的”境遇：

> 敌人不足惧，最令人寒心而且灰心的，是友军中的从背后来的暗箭；受伤之后，同一营垒中的快意的笑脸。因此，倘受了伤，就得躲入深林，自己舐干，扎好，给谁也不知道。我以为这境遇，是可怕的。[9]

从革命阵营中射向鲁迅的暗箭颇多，他忍痛拔出来，攥在手里的有一大把。

鲁迅说：“冷箭是上海‘作家’的特产，我有一大把拔在这里，现在在生病，俟愈后，要把它发表出来，给大家看看。即如最近，‘作家协会’发起人之一在他所编的刊物上说我是‘理想的奴才’，而别一发起人却在劝我入会：他们以为我不知道那一枝冷箭是谁射的。”[10]

鲁迅的另一封信中还说，这个“作家协会”，后来又改名为文艺家协会，是当时上海的革命作家们组织发起成立的。协会中用心的不多，大抵是敷衍，有的用以自利、害人，一出风头，就显病态。

这就是鲁迅所处的“苦境”：一方面被所谓革命青年利用，为他们所驱遣；另一方面又被他们嘲笑和叱骂，甚至愚弄。鲁迅说：

> 以我自己而论，总觉得缚了一条铁索，有一个工头在背后用鞭子打我，无论我怎样起劲的做，也是打，而我回头去问自己的错处时，他却拱手客气的说，我做得好极了，他和我感情好极了，今天天气哈哈哈……。真常常令我手足无措，我不敢对别人说关于我们的话，对于外国人，我避而不谈，不得已时，就撒谎。你看这是怎样的苦境？[11]

所谓苦境，就是他默默承受来自阵营内部的鞭打和愚弄，但还不能对外讲。所谓困境，就是他被左右两方面的势力团团包围，不得脱身。

他留在上海，被群小围住，嗡嗡嘤嘤，分而食之。他想回到喜欢的北平，但是北平有现代评论派和已经变了样的语丝派结成的联盟，共同防备他，对付他。

1932年下半年，鲁迅发现自己的作品无法公开发表或出版，他的言论遭到当局的全面封杀。

尤为可怕的是，他的行动也不如以前方便，每次出门，总是看到一些可疑之人尾随其后，住宅周围不时出现暗探和特务。

他与左翼作家们接触与谈话，总是要经过许多曲折途径和身份变换，才能得以实现。

还有一点，鲁迅的收入锐减，影响到他的正常生活。

鲁迅下定决心，要摆脱这种苦境和困境。于是，他的思想和生活发生一系列新变化。

他要改变现状，用一种新的生活和工作方式应对日益紧迫和不断压抑的社会环境。

1932年底，母亲染病，紧急通知他北上探望，于是鲁迅打点行装匆匆赴北平探母。

我们不妨根据鲁迅的书信和日记以及当事人的一些回忆，还原当时的具体场景，看看鲁迅匆促北上的具体历史语境，分析在北上探母的这短短的十六天中，鲁迅都经历了哪些人事纠葛和政治考验，以便较准确地把握鲁迅当时的心态与思想变化轨迹。

二、北上探母

历史的机缘就是如此充满偶然性。

正当鲁迅左右为难，像穿着湿布衫一样难受，需要一条突围的路径、一个解决困局的突破口时，北平来了一封电报。

1932年11月9日晚，三弟周建人拿着一封电报匆匆来到鲁迅家。那是来自北平的电报：母病速归。[12]

鲁迅知道，母亲一向健朗。11月6日，也就是三天前，还收到母亲来信，并没有提及身体不适，而昨天（8日）鲁迅才刚寄出一封回信[13]。怎么就一下子病了？

因为事出突然，情况紧急，鲁迅并未耽搁。第二天一早便去上海北火车站询问车次情况，当即前往中国旅行社买了北上的火车票。

下午，内山书店的老板内山完造的夫人前来问候。她听说鲁迅的母亲有恙，先生要前往北平看望，便送来一床绒被，说是北方天冷，给老人家御寒之用。

晚上，周建人和夫人王蕴如来送行，帮助鲁迅收拾行李。

出门前，鲁迅专程前往内山书店向内山完造先生辞行，托他照料家中妻儿。

因为这段时间，三岁的海婴得了哮喘病，他和许广平曾几次带海婴前往筱崎医院看病，虽已经好转，但仍未完全康复，不得不托付给可靠忠实的内山老板照料。

11月11日早八点，鲁迅赶到火车站，登上沪宁车，晚五点到达南京江边，随即弃车登船渡江，七点到达江北浦口，上了北宁车。13日午后两点半，到达北平前门火车站，三点钟便回到阜成门内大街西三条的家中。

鲁迅从上海到北平，前后用时超过两天两夜，共计54小时有余，途中劳顿之苦自不必说，待看到母亲病情稍微缓解，鲁迅才放下心来。

接下来的事情，便是联系北平城内的医院，找了日本医生盐泽博士前来诊视治疗。

当日晚上，鲁迅马上写信给上海的许广平：“看母亲情形，并无妨碍，大约因为年老力衰，而饮食不慎，胃不消化，则突然精力不济，遂现晕眩状态。明日当延医再诊，并问养生之法，倘肯听从，必可全愈也。”[14]

说到自己的情形时，鲁迅在同一封信中写道：“我一路甚好，每日食两餐，睡整夜，亦无识我者，但车头至廊坊附近而坏，至误点两小时，故至前门站时，已午后二时半矣。”[15]

在这里，鲁迅为什么专门提到“亦无识我者”呢？

鲁迅是著名作家，也是社会名人，他的形象早因《呐喊》《彷徨》被国人熟知，而在火车这样的公共空间中，被人认出，被热情的读者包围，也是可以想见的事。

鲁迅之所以在信中专门提到“无识我者”，恐怕是因为此次来北平，虽然谈不上秘密之行，但为了减少麻烦，也尽量不让别人认出自己。车里说不定就有国民党当局派来的蓝衣社特务。

一个政权要败亡，重要的征兆是失去民心；而民心的代表则是那些有社会良知的、正义的知识分子。如果这个政权大肆迫害和追剿那些代表社会良心的知识分子，失去他们的认同和拥护，离江山丢失就不远了。

清中叶以后大兴文字狱及清末大杀变法人士，预示了清王朝的覆灭。同理，二十世纪三十年代国民党当局利用复兴社、蓝衣社等特务组织暗杀大批左翼知识分子，丧失人心，必然为其1949年败走台湾埋下伏笔。

鲁迅作为一个著名作家在三十年代的遭遇体现了当时的民心所向。换个角度讲，以鲁迅为代表的知识分子支持哪一方，哪一方便代表了先进文化的方向。

国民党当局并没有多方争取知识分子，甚至没有示以友好（个别左翼倾向的国民党党员如蔡元培、宋庆龄等，对鲁迅非常友好，将他拉入中国自由运动大同盟和中国民权保障同盟等组织，最终也归于失败），而是采取了提防、监控、敌对和围剿的方式，使得鲁迅越来越看清当局的没落黑暗，越来越觉得这个政权充满腐败与凶恶，从而更加坚定了与之抗争的决心。

或许可以这样说，鲁迅反抗国民党政府的态度，固然由于他的思想立场使然，但很大程度上也是因为国民党当局以鲁迅为敌，一开始就把他划入“反动文人”的阵营，鲁迅无奈奋起反抗。

与之相反，中共对鲁迅的态度和策略则值得深思。

1928年，创造社、太阳社的年轻共产党员郭沫若、成仿吾、钱杏邨、冯乃超、李初梨等受当时左倾思潮的影响，认为鲁迅已经过时，是“封建余孽”“二重反革命”“法西斯蒂”，代表了“死去了的阿Q时代”，是革命文学的革命对象，甚至嘲笑鲁迅的牙齿、胡子，说他在酒楼上醉眼蒙眬，是贪恋旧时代旧梦的有闲人等。总之，他们十几人一起上，对鲁迅进行轮番攻击。

鲁迅毫不客气，当即予以还击。他写了《“醉眼”中的朦胧》《文艺与革命》《我的态度气量和年纪》《革命咖啡店》，以及后来的《上海文艺之一瞥》，严词批评这些从国外归来、携“先进理论”、罔顾事实、胡乱批判的才子。

在这场论战中，为了更有力地应对年轻评论家的攻击，鲁迅潜心学习和研究无产阶级文艺理论，翻译了大量马克思主义文艺家的著作，比如普列汉诺夫、卢那察尔斯基的文艺理论以及其他苏联作家的文学作品。

在此期间，鲁迅的艺术修养和认识水平大大提高，远超那些只知道搬运时髦理论、目空一切的青年共产党人。[16]

论战持续了一年多，谁也没有说服谁，但这场论争却引起了中共高层领导人的注意。

1929年的秋天，在上海霞飞路的一家咖啡馆里，中共江苏省委常委、宣传部长李富春找到当时在上海领导文化界工作的党支部书记阳翰笙，进行了一场谈话。

他向阳翰笙详细地了解了创造社、太阳社成员与鲁迅进行论争的情况后，严厉地指出："你们的论争是不对头的，不好的。你们中有些人对鲁迅的估计，对他的活动的意义估计不足。"

李富春代表中共中央对争取鲁迅提出了三点意见：

第一，鲁迅是从五四新文学运动中过来的一位老战士，坚强的战士，是一位老前辈，一位先进的思想家。他对我们党员个人可能有批评，但没有反对党，站在党的立场上，我们应该团结他，争取他。

第二，我约你来谈话，是要你们立即停止这场争论，与鲁迅团结起来。

第三，请你们想一想，像鲁迅这样一位老战士、一位先进的思想家，要是站到党的立场方面来，站在左翼文化战线上来，该有多么巨大的影响和作用。你们要赶紧解决这个问题，我相信你们也会解决的，然后向我汇报。

这次谈话之后，阳翰笙找到中共在上海文化支部的另一个负责人潘汉年，共同召集创造社和太阳社的党员开会，传达李富春的指示，在党内开展了批评和自我批评。很多人认识到对鲁迅的地位和贡献估计不准确，自己的做法不对。

他们一致认为："敌人正在残酷地迫害我们，我们应该想办法壮大自己的队伍，不应该与鲁迅争论。"最终，会上决定："创造社、太阳社所有的刊物一律停止对鲁迅的批评，即便是鲁迅还批评我们，也不要反驳，对鲁迅要尊重。"

这次会议还决定派冯雪峰、夏衍和冯乃超去告诉鲁迅，党让停止这次论争，并批评了他们的不正确做法。其中，冯乃超曾写文章批评过鲁迅，但他们私人关系并不坏，便由他代表创造社前往。

鲁迅见了他们，不仅接受了他们的歉意，还很高兴，笑容满面，表示愿意谅解，愿意团结起来。

自此之后，在上海的中共党组织与鲁迅保持了畅通而密切的联系。[17]

1930年3月2日，中共领导下的中国左翼作家联盟成立，推举鲁迅作为领导人。鲁迅在会上发表了著名的《对于左翼作家联盟的意见》。

他以一个老战士和思想家的眼光，告诫左翼作家：对旧势力的斗争要坚持不断，注重实力；战线要扩大；要造就大群新战士，要做韧性战斗。对年轻的头脑中满是罗曼蒂克思想的作家，要让他们与实际接触，做具体工作，避免对革命怀有不切实际的想法等。

总之，自此之后，鲁迅与当时的上海中共党组织站在了一起。当然，后来鲁迅对一些中共党员有意见，出现了"两个口号"的论争，以及"四条汉子"的问题，这是后话了。

鲁迅虽然与中共进行了深度合作，但并没有放弃自己的原则，没有无条件接受一些党员的要求，甚至对一些中共领导人的指示也不是“照单全收”，而是坚持自己的独立观点和作家立场。

1930年夏天，“左联”刚刚成立不久，当时中共中央的主要领导人李立三曾专门找到鲁迅，要求鲁迅发个宣言，以拥护他的那一套政治主张，鲁迅没有同意。

鲁迅说，中国革命是长期的，艰巨的，不能赤膊上阵，要采取散兵战、堑壕战、持久战的战术。

鲁迅回到景云里的家中，恰好冯雪峰来访，便对冯雪峰讲了李立三找他的事：“今天我们是各人讲各人的。他要我发表宣言很容易，可对中国革命有什么好处？那样我在中国就住不下去，只好到外国去当寓公。在中国我还能打一枪两枪。”[18]

鲁迅就是如此，即便是中共高级别的领导人亲自找他，他认为不对的事情，也毫不犹豫地坚决抵制。没有谁能够强迫他低头，这件事充分说明他的个性和爱憎，以及他的“硬骨头”精神。

鲁迅能够与当时的上海中共党组织合作，主要还是因为思想和目标一致，他认为中共是中国的希望，代表大多数人的利益。

他在一些交往过的共产党人（如瞿秋白、冯雪峰等人）的身上，看到了这个党的强大与先进，唯有此，他才甘做人梯，甘做孺子牛，为左翼文学发展做出贡献。

就鲁迅而言，1932年末这次北平探母，与1929年那次北平之行相比，他的身份已经发生了很大变化，甚至可以说截然不同。

那时候，鲁迅刚刚在上海立足，四面受敌，备受攻击。而此时，鲁迅已经是中国左翼作家联盟的精神领袖和领导人，已经与上海的中共党组织密切合作，深度参与了中共领导的文化运动和社会活动。

此次北上，他还有一个使命，就是作为“左联”的领导人，了解和指导北平“左联”的工作，而北平“左联”是北平党组织直接领导的。他与北平“左联”的领导人联系和谈话，必然会引起国民党特务机关的注意。因此，在去往北平的车上，他尽量避免遇见熟人，更不愿意让人获得他的消息。

这就是鲁迅刚到北平，给许广平报平安的信中，高兴地说一路上“无识我者”的原因。

三、两次密谈

据鲁迅日记与书信记录，他到了北平，先带母亲诊病。同仁医院的日本医生盐泽博士诊断为慢性胃炎，只要服药调养即可。

但是母亲脾气比较急躁，使气地对鲁迅说：“医不好，则立刻死掉，医得好，即立刻好起。”[19]

鲁迅是个孝子，只能好言相劝，把海婴的照片送给母亲，母亲这才高兴起来，把照片放在床头，逢人就拿出来给人看。

鲁迅观察到，母亲将海婴的照片放在床头，而周作人孩子的照片是挂在墙上，这是她的一种“外交”手段。挂在墙上是摆摆样子，而放在床头，随时拿出来给人看，更为亲近。老太太要求鲁迅待明年开春，带上许广平和海婴到北平来住一阵子，或者举家迁回北平也好。鲁迅只好诺诺。[20]

15日下午，鲁迅看母亲病情好转，心情也平和许多，便出门访友。

他先去了北新书局，讨要一些版税，好支付母亲治病的费用。但北新书局的老板李小峰已经回上海，只好另想办法。

鲁迅的许多作品是北新书局出版发行的，北新书局也有鲁迅的一些股份。而书局的老板李小峰倚仗鲁迅的名望大印其书，但对鲁迅的版税却暗中克扣，甚至一拖再拖。

鲁迅在上海是职业作家，1930年之后无其他工作收入，全凭稿费维持北平和上海两个家庭的生计。他定期给北平的母亲汇款，支付母亲和朱安的一切吃穿用度。而上海的家庭花销颇巨，且不说海婴尚小，需要雇佣保姆，其他颇多支出，也都来自他的稿酬。

鲁迅还经常接济上海青年作家，留饭、留宿上海党组织中许多穷困潦倒的党员朋友，支出较大。因此鲁迅经常去北新书局讨要版税，让李小峰及时支付旧债。

访李小峰未果，便去了老友齐寿山家。门房操着浓重的口音说，齐先生去了兰州，或者是滦州，鲁迅当时没听清楚。总之，齐寿山不在家。

齐寿山是鲁迅在北洋政府教育部任职时的老同事，二人有十几年的交情，私谊甚厚。此次鲁迅来北平，第一个访问的老友便是齐寿山，可知齐寿山在鲁迅心中的位置。此时的齐寿山也早从北洋政府教育部退职，为生存计，到驻守兰州的军队将领邓宝珊的军营中当了幕僚。

从齐寿山家出来，鲁迅便去了老友马幼渔家。马亦不在家，鲁迅便留下名片，回到西三条的家中。

马幼渔是我国著名的文字学家，早年留学日本，师从章太炎先生学习文字学、音韵学，与鲁迅系同门。时任北京大学国文系主任，与鲁迅交往颇密。

另外，马幼渔的女儿马珏，长相美丽、性情温婉，鲁迅非常欣赏，经常给她寄书、寄物，曾与她保持通信长达七年之久，交往颇深。

总之，鲁迅15日下午访友一无所获，独自一人郁郁而归。

但是，有一件事令人高兴。一直与母亲居住在北平的鲁迅名义上的夫人朱安女士，对鲁迅的到来颇为友好。朱安明确表示在明年春天的时候，希望鲁迅带着许广平及海婴一起回北平住一段时间。

这个转变是不容易的，鲁迅自然高兴。

鲁迅还听说周作人的太太羽太信子曾来西三条鼓动朱安，劝她想开些，多花钱，但被鲁迅母亲制止。有段时间，谣传许广平又怀了第二胎，羽太信子又来朱安这里报告。此等妯娌挑拨离间之事，均被鲁迅获悉，写信告诉了在上海的许广平。[21]

这等琐事，细致而鲜活，鲁迅都在给许广平的信中当作笑谈讲给她听。

但从这些细节来看，鲁迅与北平家中的关系，尤其是与朱安的关系日益改善，也是值得欣慰的事情。

正是家庭中的这些和谐因素的增加，让鲁迅逐渐产生了回北平长住一段时日的想法。鲁迅当时多次提及，1933年开春之后要回北平住一段时间。

谁承想，1933年元旦之后，日本军队占领了山海关，进入长城一线，北平成了一座危城，鲁迅一家回北平城居住的计划也只好作罢。

随后的几天，鲁迅家中便热闹起来。访客不断，邀请不断，因为北平各界都知道鲁迅来平省亲，许多人欢欣鼓舞，奔走相告；也有人气急败坏，恶言相加。

马幼渔、台静农、李霁野、魏建功来了，请鲁迅去北平著名酒楼同和居吃饭；沈兼士、范文澜、宋子佩也来了，老友相见甚欢，一起留下吃晚饭，继续畅叙。

而来访颇为频繁的则是北平各大学的青年学生，其中不乏北平左翼文化团体的组织者和青年领袖。

应好友和学生的邀请，鲁迅分别去了北京大学、辅仁大学、北平女子文理学院、北平师范大学和中国大学，一共发表了五次演讲，即著名的“北平五讲”。

“北平五讲”是文学史上的重要活动，当然需要细致梳理，但除了“北平五讲”之外，还有两次“密谈”。这两次“密谈”，是指鲁迅1932年底在北平期间同中共北平地下党组织的两次秘密谈话，是深入研究鲁迅文化心态和精神状态的重要材料。在此，需要较为详细地叙述和分析。

我们发现，这两次秘密谈话在鲁迅的日记中记录得十分模糊，书信中甚至绝口不提。不是鲁迅粗心，而是因为这种牵扯到政治组织的事，鲁迅一向小心，不留痕迹。至少不能让人从字面上侦知其中的情形。这是鲁迅作为一个“老战士”应有的觉悟。

第一次密谈是11月24日晚，在范仲沄家，算上鲁迅，一共八个人，而且设了晚宴，边吃边聊。

第二次密谈是在26日晚，在台静农家，比较正式，应该是北平地下党组织为鲁迅来平精心筹备的一次欢迎会。在这次会上，鲁迅听取了汇报，讲了意见。

24日的鲁迅日记中这样记载："上午朱自清来，约赴清华演讲，即谢绝。下午范仲沄来，即同往女子文理学院讲演约四十分钟，同出至其寓晚饭，同席共八人。"[22]

拒绝朱自清，是因为关系不熟，对他有些戒备，且清华大学文科受胡适影响较深，其中多是胡适的门徒故友。鲁迅觉得清华大学的思想气氛不是他希望的那个样子。[23]

谢绝朱自清的邀请之后，鲁迅却欣然接受范仲沄的邀约，且与他们一起吃了晚饭。这是为什么呢？尽管鲁迅在日记中叙述很简略，但是通过许多人的回忆，我们可以大致了解到这次密谈的内容和相关情况。

首先要弄清楚的一个问题是，范仲沄是谁？

范仲沄就是后来大名鼎鼎的历史学家范文澜。

据朱正考证，范文澜虽然1926年入党，但是大革命时期曾脱离组织，1932年，范文澜已经不是党员，1939年又重新入党。

但有一点可以肯定，虽然范文澜在1932年底已经不是中共党员，但他决不是反动派，仍然是积极的左翼知识分子。

鲁迅与范文澜的关系较为密切，首先是因为范文澜的左翼思想倾向与鲁迅契合。其次是因为范文澜也是绍兴人，是鲁迅最要好的同门、最重要的友人许寿裳的兄长——许铭伯的内侄[24]。有了这层关系，鲁迅在范文澜家会见中共北平地下党组织，便大可放心。

24日晚，在范文澜家宴上，他们特意为鲁迅准备了绍兴黄酒和海鲜，与鲁迅对酌，边吃边谈。除了鲁迅和范文澜之外，其余都是左翼社团的代表：有北平“左联”的陆万美、“社联”的张磐石、“文总”的老周和“教联”的刘惠之等。

席间，鲁迅先谈了上海文坛的情况，讲了上海的压迫要比北平厉害，斗争更加激烈。听了北平左翼文艺运动的情况介绍之后，鲁迅又提了几点重要的意见。他认为，北平的新旧文人之堕落，都是不足为训的，而北平的新文艺运动要更加活跃。鲁迅要求北平“左联”要办刊物，要制造声势，要注重实绩。

鲁迅还讲了上海文坛的一些笑话。比如反动文人压制革命文学运动不得要领，常常出丑露乖，引得大家哈哈大笑，气氛轻松热烈。

近距离接触鲁迅后，大家深深感受到，鲁迅思想感情中除了冷峻严肃的一面，还有热烈活跃的另外一面。这次见面尤其令青年左翼作家领略到鲁迅这位文学大家和左翼文化领导人的风趣幽默，以及对待生活和工作的乐观自信。[25]

第二次秘密谈话在台静农家里进行，比较正式，是中共北平地下党组织精心准备的一次左翼社团对鲁迅来北平的欢迎会，有二十几人参加。

台静农不是中共党员，他是鲁迅先生的好友，在他家开会，不会太引人注意。即便如此，北平地下党组织也做了严密的安排。

所有前来集会的人，都反复斟酌路线，清理尾随人员，做到万无一失后，方可进入台静农的家。这方面，于伶的回忆文章《初见鲁迅先生时》和王志之的纪念专著《鲁迅印象记》

都有详细生动的叙述。从这些生动的回忆录中可以看出，当时北平国民党当局对鲁迅的到来非常紧张，生怕引起乱子，形成社会风潮，不好向南京方面交代，便对鲁迅的行动进行监视和跟踪。

秘密会见开始时，台静农做了简短的开场白，说明此次会面的背景和相关情况。接着，北平几个左翼文化团体分别向鲁迅做了简短的工作汇报。

鲁迅一边听汇报，一边发表意见，他主要讲了三点：

一是关于文艺作家参加政治活动的形式问题。鲁迅主张要用手中的笔作为战斗武器，而不是过多地参加一般形式的撒传单、贴标语、飞行集会、游行示威等活动，要注重实战。

二是“左联”要克服“关门主义”。对一些小资产阶级作家要团结，要争取，要创造机会让他们加入左翼作家的队伍。

三是要办一个刊物。一个刊物不仅能团结一批人，也能把左翼作家的实力展现出来，让更多人了解革命形势，参与进来。

这些意见都是对年轻的左翼组织如何领导文艺工作提出的忠言，当时的党组织完全接受了。

鲁迅回上海之后，他们按照指示，将《文学杂志》办起来，扩大了文艺队伍，各种文艺运动得以轰轰烈烈地开展。

作为“左联”的精神支柱，鲁迅将“左联”工作中的问题看在眼里，不回避，不尸位素餐，也不当“和事佬”，而是毫不保留地提出问题，快速形成意见，向组织内部表达他的忧虑和担心。

他严肃地指出北平和上海的中共地下党组织在文艺领导方面的偏颇，毫不犹豫地提出自己的意见和建议。

这些组织也非常看重鲁迅的意见，马上接受，立刻改正，使得左翼文艺的队伍日益壮大，这就是三十年代中国共产党能够在国统区取得文化领导权的一个重要原因。

可惜，鲁迅开创并丰富的这个文艺传统没有很好地、完整地继承下来。党内有些管文艺的领导干部不重视文化领导权建设，不懂文艺领导和政权领导的不对等关系，错误地认为，只要取得政权，手握印把子，就一定有文化领导权。这个认识看似合理，其实很荒谬。

在国民党统治时期，国民政府也手握政权，掌握着国家机器，但国统区的文化领导权却牢牢地掌握在共产党手里，原因何在？我们只需看一下鲁迅在二十世纪三十年代的地位和他发挥的作用，便可知其中的奥秘。

四、北平五讲

了解了鲁迅在北京的“两次密谈”，再回头观察鲁迅“北平五讲”的内容及其影响，不难理解为何国民党当局对鲁迅在北平的活动表现得如临大敌。

首先，五四时代共同打下“文化江山”的《新青年》同伴们对鲁迅来北平进行了或明或暗的抵制和破坏活动。

前面提及王志之的《鲁迅印象记》中有这么一个耐人寻味的细节——

> 我……拉着一位同学跑去找我们的国文系主任玄同老爹问："听说鲁迅来了，钱先生知道他住在哪儿吗？
>
> ……
>
> "我们已经决定，"那位同学不识趣，胀着透红的脸接着说："我们要请鲁……"

没想到钱玄同立刻翻脸，打断他们的话道："我不知道！我不认识有一个什么姓鲁的！"

学生不知所措，只好退出。他们决定自己到鲁迅居住的西三条家中去请。在路上，有同学告诉大家一个消息，钱先生已经公开宣布："要是鲁迅到师大来演讲，我这个主任就不再当了！"

学生们虽然不知道其中缘由，但决不顾及钱主任的说法，毅然去请鲁迅。结果还是把鲁迅请到了师大，做了著名的演讲——《再论"第三种人"》。[26]

先要追问的是，钱玄同与鲁迅都是五四时期的《新青年》同人，为什么到了三十年代却渐行渐远，甚至势同水火？

这方面的原因说来话长，但最重要的一点便是道不同，则不相为谋——原来与黑暗战斗的人，为了稳稳地把住饭碗，与黑暗同流合污，甚至变成黑暗的一部分；而有些人为了高升，则成为政府的帮闲或帮凶，五四时期好好的一场恶战，变成了"要升官，杀人放火受招安"的闹剧。

除了钱玄同之外，还有刘半农、胡适等人，都对鲁迅在北平的活动进行了抵制和破坏。

鲁迅刚到北平不久，一日偶遇胡适，胡适不无讽刺地对鲁迅说："你又卷土重来了！"几天之后，鲁迅在北大等地演讲中，多此提到"京派文人"怕他到北平来抢他们的饭碗，多方抵制他，便说："有人怕我卷土重来，我便卷土重去！"

鲁迅是左翼文化的旗手，胡适是右翼文化的盟主，两个人碰到一起，必然是一番刀光剑影，免不了斗上几个回合。

胡适多次说鲁迅被共产党抬了去做狮子，不足为训；而鲁迅在北平的另一些老战友纷纷回避，则是因为鲁迅变成"赤色分子"，怕受到连累，惹上事端。

事实上，鲁迅在北平的五次演讲，很大部分针对的就是与国民党当局关系紧密，但又似乎标榜独立的资产阶级自由派文人集团，揭露他们的本质，号召青年学生认清他们的面目，与之划清界限。

11月22日，鲁迅在北大的演讲题目是《帮忙文学与帮闲文学》[27]。

演讲的内容非常隐晦，他并没有批评当前的某某人或某某派，而是讲了一种古代常见的现象：大户人家里常常养着一种人，其职责是陪同吃饱喝足的主人打发时间，读读书，下下棋，画几笔画，这便是帮闲。鲁迅说，这样的文学，便是帮闲文学。

在这次演讲中，鲁迅深刻地指出，历朝历代的政权但凡快要垮台，即亡国的时候，皇帝总是无事，帮闲文学便非常盛行。而开国的时候，文人就帮助皇帝做宣传、做敕令、做实事，这便是帮忙。帮忙文学也是一种帮闲文学，无非是为主子服务的方式不同。

所以，鲁迅说，中国的隐士和官僚是最接近的，很有被聘的希望，一旦被聘，就为国家所用，开始帮忙加帮闲的工作。

谈到这里，鲁迅话锋一转，他指出，现在有一种为艺术而艺术的流派，不容许别人对社会有批评或反抗，你一反抗，他便说你对不起艺术，像现代评论派一样，他们反对骂人，但你要是骂他们，他们也会骂你。

在这里，鲁迅一针见血地指出，那些标榜无门无派和超然物外的人，恰恰既帮忙又帮闲。揭示了胡适等人虽然自我标榜独立、自由、超脱，但其实正是在帮助蒋介石政府，尽了他们既帮忙又帮闲的责任。

同日，鲁迅在北平辅仁大学演讲，题目是《今春的两种感想》[28]。谈的是中国人要“认真”和“眼光不可不放大但不可放得太大”这两种感想。

第一种感想源于“一·二八”事变，日本人捉去并杀掉了一些无辜青年，原因是这些青年很粗心，把学生军的操衣放在家里，被日本军搜到，以为他们是真的抗战者，就把他们给杀了。

而第二种感想，则是源于有些上海人因为月食而放鞭炮，竟然引起了日本人的警觉，差点闹出事件。因为日本人决不会想到全中国都在救上海的紧急时刻，上海人会放任此事不管，转而专心地去救月亮。

在这次演讲中，鲁迅提出“第一个吃螃蟹的人是勇士”的观点。

24日上午，鲁迅在女子文理学院讲《革命文学与遵命文学》，讲稿已经遗失。

晚上即赴范文澜寓中，与北平左翼组织代表宴饮，上文已经述及，此处不赘。

前面的三次演讲，是应朋友马幼渔、沈兼士和范文澜之约，前往三人所在的大学各演讲一次，时间不长，演讲规模不算太大。

而后两次的演讲则是应学生社团的热情邀请，在北平文艺界地下党组织的安排之下，匆匆而就，听众非常多，场面也有些混乱，但是效果却出乎意料的好。

这是因为：第一，学生组织精心准备，提前预告，无数学生从外校赶来，亲睹被誉为“中国高尔基”的鲁迅先生风采。第二，北平政府当局非常紧张，如临大敌，怕出现不可控制的局面，增加了戒备，出动便衣特务和军警前往现场，随时处置。因此，学生和文艺界团体自觉组成纠察队，保护鲁迅不受干扰和侵犯。第三，因上述两种情况同时发生，鲁迅27日、28日在师范大学、中国大学的演讲成为文化沸点，搅动了有些寂寥的文化之城——北平，掀起一波又一波的“鲁迅热”。

请看剧作家于伶记述的自己当时的心情和感受——

一九三二年十一月二十五日的晚前，我接到临时通知到慈慧寺等待一位同志。他将领我去会见鲁迅先生！

鲁迅先生从上海到了北平了！这是非常震动我们的心的大喜讯。去北京大学二院和辅仁大学做了演讲。这事在革命组织和进步社团以及广大的青年中间热烈地传说着，大家热情地奔走相告与相互探询着。昨天在女子文理学院作了第三次演讲。而我今晚就要见到鲁迅先生了！这个幸福的通知，激动得我忘记了吃晚饭，立即赶往慈慧寺去了。

要见到鲁迅先生了。感到莫大的兴奋，同时也很紧张。无心进哪一间屋子去串门，只在院中的大槐树下直打转转。想象着今晚鲁迅先生会怎么样接见我们，他的音容笑貌。回味着读到过的他的作品，作品中人物的遭遇和命运……[29]

关于鲁迅在师范大学演讲的情形，于伶的记录也很写实。他说："这是鲁迅先生在北平的第四回讲演。时间是十一月二十七日下午二时。师范大学的大门口贴有公布鲁迅先生演讲的大通告。所有过道的转弯抹角处，都贴有画着走向大操场的手指或箭头。大操场挤满了站着听讲的人群。到迟了的只能站得远远的，仰望着鲁迅先生了。"

因为发了预告，来听演讲的人特别多。原定的第五教室显然不能容纳这么多人，于是组织者临时动议，改在大操场（风雨操场）上。鲁迅看教室里已经挤得水泄不通，来人实在太多，只好答应改在操场上演讲。

于伶事后回忆说：

鲁迅先生兀立在一张方桌子上讲话。当时还没有传声扩音的话筒与喇叭这样的电气化设备。先生为了要让四周的几千人尽可能听得到，真是"大声疾呼"了。但离得远的听众还只能看到鲁迅先生的战斗姿态。

这第四讲，是师大文艺研究社邀请主办的，真正的公开演讲。听众除了师大学生与部分教师外，更多的是北平各个革命文艺组织的成员。“文总”领导下的当时八个联盟的盟员从中起着组织和维持秩序的作用。热烈的盛况是空前的，秩序之好也是空前的。

这是一次北平文艺队伍的大检阅。我们的这个文化新军的最伟大和最英勇的旗手鲁迅，以他极大的热忱，以威严凛然而又温文亲切、从容安详的战斗雄姿，检阅了这支奋战在北国的文艺队伍。每个战士以自己受到鲁迅的检阅为光荣，得到力量，怀着更坚定的战斗决心回去。把既是严师是长者，同时也是革命文艺青年的亲密战友的鲁迅形象，铭刻在自己心之深处。

第二天的北平各种报纸上都刊登了鲁迅先生这次露天大讲演的新闻与照片。多少同志特地买了报纸，珍贵地保存起来。（文物出版社1976年精印的《鲁迅1881–1936》照片集里的74、75、76三幅，当年曾在报纸上刊出过的。）[30]

这些叙述，虽然充满了战斗色彩和政治激情，但如果滤去一些夸张和感性成分，我们仍然能感受到鲁迅在师大的演讲确实令人神往。

不只是他个人的魅力，单纯是他演讲的题目《再论“第三种人”》，就足以振聋发聩。因为对于北平文艺界来说，“第三种人”的说法还比较新鲜。他们只知道革命文艺与反革命文艺之别，知道共产党领导的进步文艺和国民党支持的“民族主义文艺”之别，但并不知道在此之外，还有一种文艺，叫作“第三种人”。

虽然此次演讲稿遗失，且从目前看，不太能找到真实记录的原稿，但从鲁迅发表在《现代》杂志上的《论“第三种人”》来推断，这次演讲内容可能更具有战斗力和冲击力。

根据于伶的记录，鲁迅在现场指出：“新兴艺术的发展，是时代的必然趋势，什么方法也阻拦不住的。目前的时代，已不是‘皮鞋脚’的时代，而是‘泥脚’‘黑手’的时代。我们要接近工农大众，不怕衣裳沾污，不怕皮鞋染土。”[31]

这样的演讲对于青年文艺者，尤其对那些出自底层和广大乡村的青年人来说，无疑具有巨大的精神冲击力，受到的强烈感染和感动自不必说。

鲁迅思想的魅力正在于说出了民众的心声，颇为“接地气”，因而备受欢迎。

难怪鲁迅讲完后，又被群众拥入学生自治会休息室，大家纷纷提出各种问题，鲁迅一一解答。

学生挽留鲁迅在北平教书，鲁迅笑着说：“我一到此间，即有人说我卷土重来，故我不得不赶快卷土重去，以免抢饭碗之嫌。”

大家请鲁迅再演讲一次，鲁迅幽默地说：“我多写文章，请大家看我的文章，看文章还不挨挤。”

11月28日，鲁迅在中国大学讲了《文艺与武力》，此次演讲只有短短的二十分钟，其原因有三：

一是因为鲁迅到北平的消息轰动全城，来听讲的人实在太多，会场内嘈杂混乱。二是当局加派了军警和特务，在会场周围管控。三是鲁迅当日下午要赶往车站回上海，所以没有像往常一样在会后与群众交流，而是在事先安排好的担任保卫纠察的青年和学生的护送下匆匆回家。

当天下午，由台静农送鲁迅至车站，五点十七分发车。

11月30日下午六点，鲁迅安全回到上海。

鲁迅走后，北平曾经一度流传他在济南火车站被抓的谣言，也有人说鲁迅已经在车上遇害。北平文艺团体非常着急，曾有人提议举行游行示威活动，要求政府说明真相。

后来，他们派人去了西三条鲁迅母亲处打听消息，得知鲁迅平安返沪，大家才安下心来。

五、南下之后

鲁迅在北平16天的短暂探亲旅行，可以用八个字来概括：波澜壮阔，惊心动魄。

与北平左翼组织的两次热烈密谈，在大学里的五次精彩演讲，使鲁迅的文艺思想和独特观点得到广泛传播，激励和促进了北平“左联”及其他左翼团体进一步开展各种文艺运动。同时，鲁迅也觉察到北平学界一些学者对自己的抵触和反对。

北平之行虽然有些危险因素存在，遇到了一些麻烦和惊扰，但在鲁迅看来，与上海相比，北平的环境和气氛还是比较好的。

于是，探亲行程结束后，鲁迅动了回北平长住一段时间的念头。

回沪之后不久，准确地说，是1932年12月12日，鲁迅写信给在苏联的曹靖华说：“那边压迫还没有这里利害，但常有关于日本出兵的谣言，所以住民也不安静。倘终于没有什么事，我们明年也许到那边去住一两年，因为我想编一本‘中国文学史’，那边较便于得到参考书籍。”[32]

信中三次提及的“那边”，指的便是北平。

以下几个理由，让鲁迅觉得回去的条件似乎已经成熟：

一是北平文艺界对自己的欢迎与尊重，足以抵消少数学者的抵制行为。

二是北平虽然也属于国统区，但行政长官是张学良，相较上海的黑暗与压迫，还算可以忍受。

三是北平的故旧朋友多，老母在堂，需要照顾。

四是夫人朱安对鲁迅娶许广平并与其生孩子之事，态度有所转变，主动要求鲁迅回北平。

更主要的原因是鲁迅对北平有一种独有的感情。鲁迅曾多次对友人说北京（北平）“适合于居住”“很喜欢北平”“住惯了北京”“以气候与人情而论，是京好”等。

比如，1930年，在给章廷谦的两封信中，分别表达了对住在北平的向往。

第一封信是3月27日，鲁迅指出北平自然环境的优美：“至于北京，刺戟也未必多于杭州……但北方风景，是伟大的，倘不至于日见其荒凉，实较适于居住。”[33]

第二封信是5月24日，对住在杭州的章廷谦直截了当地说：“杭州和北京比起来，以气候与人情而论，是京好。”[34]

这里完全是从气候与景色的角度来谈，鲁迅认为北平适合居住，气候宜人，喜欢住在北平，也喜欢北方这种壮丽的风景。

再比如，1936年，鲁迅离世前几个月，在给颜黎民的两封信中，再次谈到对北平的向往，表达了非常想回平居住，但是又做不到的惆怅之情。

第一封信写于4月2日，得知颜黎民要在北平与友人再聚段时日，他表示非常赞成，以自己的居住经验，发表感慨说："我很赞成你们再在北平聚两年；我也住过十七年，很喜欢北平。现在是走开了十年了，也想去看看，不过办不到，原因，我想，你们是明白的。"[35]

第二封信写于4月15日，谈及门前手植的桃花，说到了住在北平的好处："北京的房屋是平铺的，院子大，上海的房屋却是直叠的，连泥土也不容易看见。我的门外却有四尺见方的一块泥土，去年种了一株桃花，不料今年竟也开起来，虽然少得很，但总算已经看过了罢。"[36]

其实，作为浙江绍兴人的鲁迅，喜欢北平的泥土和北方壮丽的风景，而不喜欢江南和上海，不只是地理环境使然，更多的是文化的原因。

有关这方面话题的讨论，多集中在鲁迅写给萧军和萧红的三封信中。

1934年12月26日的信中，他毫不客气地说："我最讨厌江南才子，扭扭捏捏，没有人气，不像人样，现在虽然大抵改穿洋服了，内容也并不两样。其实上海本地人倒并不坏的，只是各处坏种，多跑到上海来作恶，所以上海便成为下流之地了。"[37]

1935年1月4日的信中，鲁迅说："我生在乡下，住了北京，看惯了广大的土地了，初到上海，真如被装进鸽子笼一样。"[38]

1935年9月1日，鲁迅单独给萧军的信中，说出了他不喜欢江南的文化原因："满洲人住江南二百年，便连马也不会骑了，整天坐茶馆。我不爱江南。秀气是秀气，但小气。"[39]

在鲁迅看来，江南的秀气和舒适在无形中消磨了人的战斗意识。

鲁迅讨厌琥珀扇坠、翡翠戒指之类的"小摆设"，对风景秀丽的江南不怎么赏识，这种美学上的倾向性固然与他的审美习惯有关，但主要还是峻急的现实和民族忧患使然。面对风沙扑面、虎狼当道的中国危局，鲁迅在提倡战斗的文章中写道："他们即使要悦目，所要的也是耸立于风沙中的大建筑，要坚固而伟大，不必怎样精；即使要满意，所要的也是匕首和投枪，要锋利而切实，用不着什么雅。"[40]

1932年底，鲁迅匆匆的北平之行，让他更加清晰地看到中国面临的危机，也更加清楚自己面临的新挑战。

他原本想回北平著述写作，但是日本关东军占领了山海关，东北完全沦丧，北平已经在日本军队的炮口之下，飞机盘旋在城头，回平的计划被打乱。

一个偶然的机会，由郁达夫和黎烈文引领，鲁迅深入了解了一家以保守著称的商业报纸——《申报》，通过变换笔名，采取各种文化策略，不断向这家报纸的副刊《自由谈》投稿，开创了批评空间，使杂文这种形式"侵入高尚的文学殿堂"。

最为关键的是，鲁迅在《申报·自由谈》这个舞台，或隐身，或公开，变换笔墨，左右开弓，剽悍出击，迎来了晚年最为辉煌的进击和战斗岁月。

下面，我们将通过一个个专题，描述和分析晚年鲁迅这种进击和战斗的情形，集中展示其风貌，阐释其理论，探究其规律，带读者进一步体味中华民族伟大文化战士鲁迅的精神魅力和生命风采。

第二章 隐身发声

一、文禁如毛

鲁迅曾是北洋军阀统治时期民国政府的教育部佥事，属于中央官署的中级官员。这个官职得益于当时的教育总长、后来的北京大学校长蔡元培的举荐。

蔡元培是鲁迅的老乡，亦是鲁迅的伯乐，鲁迅终其一生都对蔡元培尊敬有加，执礼甚恭。

若细察鲁迅日记和书信，可知鲁迅从日本回国之后，除了蔡元培在欧洲考察的四年，其余每年他都与蔡元培有较为密切的交往。

1909年，鲁迅从日本留学回国，之后被聘为绍兴师范学校的校长。第二年，蔡元培任中华民国临时政府教育总长，之后举荐鲁迅到教育部任职。

1916年，蔡元培在北京大学任校长，1920年聘鲁迅为北大的兼职讲师，讲授中国小说史。

1927年，蔡元培担任中华民国大学院院长，之后聘请鲁迅为特约撰述员，月俸为大洋300元，一直到1931年12月，薪俸无一拖欠。[1]

可以说，鲁迅成为民国政府官员，1928年后被聘为特约撰述员，南京政府把他纳入关照范围内，都与蔡元培的特别关照有关。换句话说，由于蔡元培的举荐和牵线，鲁迅与南京国民政府之间有着千丝万缕的联系。

可是，国民党当局不懂鲁迅，只想着收编和利用，对鲁迅这样的知识分子的价值估计不足，加之没有耐心，缺乏诚意，一看鲁迅不听话，不合作，就立刻翻脸，断然取消鲁迅

“中华民国大学院特约撰述员”的资格，停发薪俸，并采用舆论攻击、政治施压，甚至恐吓威胁等手段，企图使鲁迅屈服。[2]

威压和强权对鲁迅来说根本没用，反而让鲁迅对国民党政权更加失望、反感。而在此时，中国共产党诚心敬意地团结鲁迅，信赖鲁迅，把他推上“左联”的领导地位，鲁迅欣然接受。[3]

当时处于弱势的共产党组织根本没有经济能力给为“左联”做事的鲁迅资助，反而是鲁迅需要不时拿钱接济那些穷作家，留宿潦倒的共产党人，秘密保护东躲西藏的左翼文学青年。鲁迅就这样跟共产党作同路人，在文化战线上负起领袖职责。[4]

1933年1月，鲁迅原本想回北平待一两年，写完刚开了头的“中国文学史”，静心从事学术研究。不料日本人占领了山海关（当时称“榆关”），继而进入长城一线，北平因此成为一座危城。

而此时，上海成立了以宋庆龄和蔡元培为首的中国民权保障同盟。宋和蔡是国民党左派的领袖，亦是鲁迅好友，他们力邀鲁迅加盟，鲁迅于是签名入盟。

组织成立之初，有许多活动要开展，且活动的范围主要是在上海，回北平写书的事便拖了下来。[5]

既然北平无法回，学问不能做，只好写文章了。

但此时鲁迅发现，他的文章发表起来越来越困难。

首先，鲁迅经常发表文章的“左联”刊物几乎全部被查禁。在上海的一些地下出版物也遭到查封，内部刊物也无法出版。

1932年9月11日，鲁迅给在苏联的曹靖华写信说：“这里的压迫是透顶了，报上常造我们的谣。书店一出左翼作者的东西，便逮捕店主或经理。上月湖风书店的经理被捉去了，所以《北斗》不能再出。《文学月报》也有人在暗算。”[6]

其次，“鲁迅”这个名字实在太响亮，他的文章一旦登载在刊物上，这个刊物很快就会被查封，导致谁也不敢冒险刊登鲁迅的稿子。

在编辑杂文集《花边文学》的时候，鲁迅常常慨叹自己的笔像有毒似的，只要刊登他的稿子，基本逃不掉停刊的命运。他说：“今年一年中，我所投稿的《自由谈》和《动向》，都停刊了；《太白》也不出了。我曾经想过：凡是我寄文稿的，只寄开初的一两期还不妨，假使接连不断，它就总归活不久。于是从今年起，我就不大做这样的短文，因为对于同人，是回避他背后的闷棍，对于自己，是不愿做开路的呆子，对于刊物，是希望它尽可能的长生。”[7]

再次，当时社会环境太恶劣了，到了“文禁如毛，缇骑遍地”的地步。[8]蒋介石当局效仿希特勒和墨索里尼，实行法西斯“棒喝主义”，1930年代的上海遍布特务和军警。绑架、刑讯、暗杀等手段层出不穷，文化界一时风声鹤唳，人人自危。许多杂志社和出版机构纷纷关门，另谋生路。

在这样的恶劣条件下，鲁迅遭到当局压迫和政府禁言，处境艰难是不言而喻的。

危机中必然暗藏生机，困难时期一定孕育着新的希望。刊物被禁掉，但是还有一家大报的副刊等着鲁迅那支如椽巨笔，去开展文化批评和社会批评之外的时政批评，那就是《申报》和它的副刊《自由谈》。

二、匿名写作

机会不期而然地来临。

1932年底，鲁迅刚从北平省亲回到上海。

一天，郁达夫来访，闲谈中他告诉鲁迅，《申报·自由谈》换了一位新编辑，叫黎烈文，刚从法国回来，人地两生，筹集稿子比较困难，如果鲁迅有稿子不妨给他，帮衬一下这位年轻编辑。

鲁迅便“漫应”着，并不太当真，因为在此之前，他从没有给《申报》这样的大报投过稿，事实上他也有点瞧不起这些商人办的报纸副刊，觉得无非是一些“鸳鸯蝴蝶派”的东西，没什么切实的社会内容。

后来，黎烈文因忙于工作，没有及时照顾待产的妻子，致使妻子因“产褥热”死去。鲁迅听说此事，才认真对待给《申报》投稿的事情，试着用新的笔名给黎烈文投了几次稿，没想到，从此之后，他的投稿一发不可收拾。[9]

此后两年左右，鲁迅在《申报·自由谈》上发表的文章共计147篇，占他后期杂文总量的三分之一，结集出版有《伪自由书》《准风月谈》和《花边文学》三部杂文集。

从此，鲁迅开始了杂文写作的“匿名时代”。

所谓“匿名写作”，是指鲁迅1933年之后的一段时间不再使用“鲁迅”“唐俟”“令飞”等惯用的笔名，而是不断变换笔名，以便与论敌和审查机关周旋。

刚开始给《申报》写稿时，鲁迅说：“因为我旧日的笔名有时不能通用，便改题了‘何家干’，有时也用‘干’或‘丁萌’。”[10]

半年后，《申报》因为刊登鲁迅的文章受到当局的警告，编辑黎烈文发出“多谈些风月，少谈论风云”的启事，鲁迅便再次更换了笔名。

他说：“从六月起的投稿，我就用种种的笔名了，一面固然为了省事，一面也省得有人骂读者们不管文字，只看作者的署名。然而这么一来，却又使一些看文字不用视觉，专靠嗅觉的‘文学家’疑神疑鬼，而他们的嗅觉又没有和全体一同进化，至于看见一个新的作家的名字，就疑心是我的化名，对我呜呜不已，有时简直连读者都被他们闹得莫名其妙了。现在就将当时所用的笔名，仍旧留在每篇之下，算是负着应负的责任。”[11]

到了1934年，鲁迅在《申报》上的文章越发越多，让当局和敌对者害怕，编辑黎烈文遭到上下排挤，被迫辞职，离开申报馆。

鲁迅说：“我的常常写些短评，确是从投稿于《申报》的《自由谈》上开头的；集一九三三年之所作，就有了《伪自由书》和《准风月谈》两本。后来编辑者黎烈文先生真被挤轧得苦，到第二年，终于被挤出了，我本也可以就此搁笔，但为了赌气，却还是改些作法，换些笔名，托人抄写了去投稿，新任者不能细辨，依然常常登了出来。”[12]

匿名写作，意味着鲁迅的杂文创作进入一个新的阶段：他的每篇文章都有现实指涉，几乎都是在针砭时弊，找准时代症结，活画出一个类型，体现了鲁迅晚年的思想和独特的哲学思考。

尤为重要的是，鲁迅的匿名写作出现一个新特点，那就是自此之后，鲁迅从左翼文学的小范围和小圈子，转而进入《申报》这样的大众传媒，使杂文的影响力迅速扩大，以“鲁迅风”为标识的杂感成为文坛新时尚，鲁迅式的“游戏文章”游刃有余地遍地开花。

这些杂文谈古论今，花样翻新，时而谈风月，时而讲天气，也论时事，讲人情，其中有一个重要主题，那就是大力批评国民党当局。

1932年12月，已经写出《子夜》的茅盾也住在上海，其住所距离鲁迅位于北四川路（今四川北路）的家比较近，作为“左联”领导人之一的茅盾经常找鲁迅交流。

据茅盾回忆，他去看望鲁迅，鲁迅谈到郁达夫转达《申报》约稿，茅盾希望鲁迅接受，利用大报的影响力，扩大左翼文学阵营的战场。

但鲁迅表达了自己的顾虑。他说：“黎烈文这人我（以前）没有听说过，史量才的态度是真是假，也要看一看。”[13]

依照鲁迅做事的审慎态度，在确定向《申报·自由谈》投稿之前，他确实需要做一番了解和调查。鲁迅对这家当时最有影响力的商业大报的内部情况很关注——比如报馆编辑人员的素质和兴趣、老板的政治倾向、投稿渠道是否可靠、内部有没有暗探和特务等重要问题。

所以，郁达夫代黎烈文约稿时，鲁迅只是“漫应”着，按兵不动。

在此，为了更好理解鲁迅为什么改变想法向《申报》这样的大众媒体投稿，不妨简略回顾一下《申报》的发展概况及其老板史量才的人生经历。

《申报》作为民国第一大报，曾是一家完全商业化的报纸，以迎合市民审美为主，讲究贴近实事，欢迎游戏文章，其政治倾向性不太明显。

但是，自从1912年，史量才接手该报，报纸从形式到内容进行了几次改革，尤其是蒋介石南京政府成立之后，自1928年起，《申报》开始顺应社会趋势和市民需求，有“向左转”的倾向，其影响力在三十年代达到顶峰。也许正因为如此，老板史量才在1934年被国民党特务暗杀。[14]

鸦片战争失败之后，清政府被迫将上海等地设为通商口岸，向西方商人开放。英国商人美查兄弟因看到在中国办新闻报纸的商机，便于1872年4月30日创办了华文日报《申报》。

《申报》利用洋人办报的优势，对当时的重大事件，诸如中法战争、中日海战、康梁变法等新闻进行了详细的报道。在当时信息闭塞的情况下，这家报纸打开了人们的眼界。

《申报》还开辟时评栏目，对事件提出自己的观点，引导当时的舆论。因此，每经过一次大事件，《申报》便扩大一次影响，增加一定量的订户。20世纪初，《申报》已经鹤立于上海的众多中文报馆了。[15]

但美查兄弟是地道的商人，他们的目的是赚钱。为了专心做实业，便把《申报》盘给了中国商人席子佩，至此《申报》脱离了外商之手。[16]

接下来，便是传奇人物史量才登场。

据冯亚雄《〈申报〉与史量才》记载，史量才系江苏南京人，原本是个前清秀才，进学后不久便放弃科举，研究新学。因为家无恒产，二十几岁就到上海来淘金，适逢辛亥革命，正是时势造英雄，有志之士大显身手之际。

相传史量才与上海名妓沈秋水有些往来。正值沈秋水的一个恩客得知直隶省候补道陶骏保携所贪污的军饷十万余元来到上海，把钱交给沈秋水保管，而陶骏保不久便被沪军都督陈英士（其美）枪杀，沈秋水怕受牵连，终日惶惶不安。史量才听闻陶骏保的死讯，便前来沈秋水处探听消息，设计把陶骏保的十万余元赃款悉数据为己有。此时《申报》馆因经营不善，席子佩有意转手，史量才用这笔钱买下了该报，从此《申报》便进入发展迅速的时代。[17]

这个故事的真实性有待考证。但是证诸史实，史量才确实胆子大，有个性，头脑活，也很能干。在1912年至1928年的北洋政府期间，史量才充分利用上海租界舆论相对宽松的环境，广设访员（记者），及时报道国内外的大事件，高薪聘请著名评论家陈景韩写作时评，适时展开评论和追踪报道，颇能引导时论，掌控舆情。

自从1927年南京政府成立，上海资本家在得到蒋介石的短暂支持之后，“蜜月期”一过，便备受国民政府的钳制和利用。

大量史料证明，蒋介石主要采用两种手段控制上海的资本集团：一是利用暴力机关，尤其是特务机构，对资本家进行敲诈勒索，尽可能地横征暴敛；二是利用杜月笙、张啸林等黑社会组织监控上海众多资本家，迫使他们购买南京政府的债券，开展向政府的捐赠活动。这样，来自上海的金钱便源源不断地汇入蒋介石当局的账户，供南京政府巩固政权之用。

美国学者小科布尔在其专著《上海资本家与国民政府（1927－1937）》中分析：“由于上海资本家与蒋介石结成联盟，

曾经挫败了共产党控制的上海工会力量，但是作为中国最有力量的经济集团的上海资产阶级，企图把他们的经济力量转为政治权力的打算，已经是落空了。上海资本家在1927年以前十年中享有的政治自由突然结束，而坠入‘恐怖统治’之下了。”[18]

面对蒋介石政权的恐怖统治，史量才和他的《申报》不会无动于衷。但他毕竟是个商人，不会与蒋介石硬碰硬地对抗。

1931年“九一八”事变和1932年上海“一·二八”事变以后，全国抗日反蒋的情绪日益高涨，左翼思潮蔓延，左翼文学运动蓬勃开展，史量才对南京政府的不满情绪有了宣泄的机会。

史量才同情和支持宋庆龄、蔡元培和鲁迅等人发起的中国民权保障运动，他自己与黄炎培等人组织抗战后援会，自任会长，支持十九路军的淞沪抗战。

史量才还支持在《申报》上不断发表激进的救国言论，连续发表了几篇非常“刺激”的文章，令南京政府大为不安。比如，《申报》刊发了《宋庆龄为邓演达被害宣言》，连续登出《“剿匪”与“造匪”》等三篇重要评论文章，致使《申报》被禁止邮递35天之久。[19]

1933年，史量才领导《申报》在舆论导向上从保守转向激进。这家曾保持中立的商业大报受左翼思潮的影响，开始了“向左转”的步伐。报纸副刊《自由谈》也开始改革，编辑换上了从法国留学归来的黎烈文，面貌为之一变。[20]

鲁迅把这些情况看在眼里，也作出了判断，他开始计划着打开这家报纸的文艺副刊《自由谈》的窗口，突破禁锢，为扩大左翼文学的影响做准备。

三、更新班底

1933年，从不与商业气息浓厚的日报和大报打交道的鲁迅，慢慢改变了态度，欣然给《申报·自由谈》投稿，而且一投再投，竟是每月八九篇文章见诸报端的频率。

其中的因由，在1933年7月为自己的杂文集《伪自由书》写的“前记”中说得很详细：

> 我到上海以后，日报是看的，却从来没有投过稿，也没有想到过，并且也没有注意过日报的文艺栏，所以也不知道《申报》在什么时候开始有了《自由谈》，《自由谈》里是怎样的文字。大约是去年的年底罢，偶然遇见郁达夫先生，他告诉我说，《自由谈》的编辑新换了黎烈文先生了，但他才从法国回来，人地生疏，怕一时集不起稿子，要我去投几回稿。我就漫应之曰：那是可以的。
>
> 对于达夫先生的嘱咐，我是常常“漫应之曰：那是可以的”的。直白的说罢，我一向很回避创造社里的人物。这也不只因为历来特别的攻击我，甚而至于施行人身攻击的缘故，大半倒在他们的一副“创造”脸。……我和达夫先生见面得最早，脸上也看不出那么一种创造气，所以相遇之际，就随便谈谈……但这样的就熟识了，我有时要求他写一篇文章，他一定如约寄来，则他希望我做一点东西，我当然应该漫应曰可以。但应而至于“漫”，我已经懒散得多了。
>
> 但从此我就看看《自由谈》，不过仍然没有投稿。不

久，听到了一个传闻，说《自由谈》的编辑者为了忙于事务，连他夫人的临蓐也不暇照管，送在医院里，她独自死掉了。几天之后，我偶然在《自由谈》里看见一篇文章，其中说的是每日使婴儿看看遗照，给他知道曾有这样一个孕育了他的母亲。我立刻省悟了这就是黎烈文先生的作品，拿起笔，想做一篇反对的文章，因为我向来的意见，是以为倘有慈母，或是幸福，然若生而失母，却也并非完全的不幸，他也许倒成为更加勇猛，更无挂碍的男儿的。但是也没有竟做，改为给《自由谈》的投稿了，这就是这本书里的第一篇《崇实》；又因为我旧日的笔名有时不能通用，便改题了“何家干”，有时也用“干”或“丁萌”。[21]

以上这几段文字信息丰富，意味深长。鲁迅既清楚地谈到了自己与《申报·自由谈》发生关联的经过，又不忘在叙述过程中讽刺曾经围剿过自己的创造社，为他们画了一张面具——“创造脸”，以至于后来“创造脸”成了那些趾高气扬、唯我独尊的才子的代名词。

与此同时，鲁迅还表明了自己与编辑黎烈文之前从无往来，投稿是想作一篇反对他的文章，对他丧妻之痛并不抱有多少同情，而是鼓励他在艰苦中应该坚强，认为“倘有慈母，或是幸福，然若生而失母，却也并非完全的不幸，他也许倒成为更加勇猛，更无挂碍的男儿”。

这便是鲁迅。爱憎分明，面对压迫和围剿毫无畏色，睚眦必报地迎头痛击，而对弱者和人之不幸，也不滥施同情心，挑破人性中的脓疮，让伤口暴露于外，以此锻炼坚韧决绝的个性。

其实，鲁迅投稿于《自由谈》，并非仅因同情，而是他从茅盾那里了解到《自由谈》改革的不易，被黎烈文勇于革除积弊、果敢任事、不折不挠的精神所感动。黎烈文质朴与真诚的性情打动了鲁迅和茅盾这两位文坛宿将，两人商量“协力支持黎烈文”。

《自由谈》栏目创设于1911年8月24日，著名的《礼拜六》主笔王钝根任首任编辑，之后又先后由吴觉迷、姚鹓雏、陈蝶仙、周瘦鹃等人接手，直到1932年黎烈文进入申报馆，接替周瘦鹃，前后21年，《申报》的这个文艺副刊性质的栏目，基本都是由“鸳鸯蝴蝶派”作家主事。

“鸳鸯蝴蝶派”作家注重趣味化和娱乐化，本来无可厚非，因为大众传媒的副刊必定是以通俗文艺为主，不然无法吸引更多的读者。

为什么到了1932年底，《自由谈》的编辑会忽然易主呢？原因很简单，是史量才对周瘦鹃的办报方针和风格不满意。

周瘦鹃用稿不看稿子质量，只看作者，基本都是用“几个夹带里的人物”，也就是他的那些熟人，视野狭窄，《自由谈》的稿子因此都比较庸俗，多是些游戏文章，格调不高，久之令人生厌。

另外，“一·二八”事变之后，人们更关注时局的发展，希望看到反映现实和人心的文艺作品，以及对了解时局有帮助的短文小品。

血与火之下，那些“打趣文字”和“游戏小说”难免令人反感。思想上已经发生变化的申报馆老板史量才动了撤换《自由谈》主编的念头，恰在此时，有新文化思想和留学背景的黎烈文便成为合适人选。[22]

鲁迅和茅盾经过观察和分析，觉得黎烈文完全是新文学阵营里的人，值得信赖。鲁迅便通过郁达夫转交给黎烈文《逃的辩护》《崇实》两篇短评，茅盾拿出《“自杀”与“被杀”》《紧抓住现在》两文，迅速刊登出来。

于是，在黎烈文接编一年半和张梓生续编的半年里，《申报·自由谈》真正以旧貌换新颜，登载了大量杂感、散文和文艺短评，新文学家的作品遍地开花。

唐弢先生为《申报·自由谈》的影印本写序的时候，高度评价这个时期的文学繁荣景象，他说：“就报纸副刊而言，《自由谈》确实感应敏锐，包罗万象，可以说是‘五四’以来编的相当热闹，相当活泼的一个。”[23]

在鲁迅和茅盾的带动下，新文学作家靳以、芦焚、欧阳山、陈白尘、徐盈等人的文章经常见诸报端，而后起之秀如姚雪垠、刘白羽、周而复、林娜、柯灵、黑丁、荒煤、罗洪等，也都在《自由谈》中试炼过他们的笔墨。[24]

《申报》是当时中国上流社会人士和市民阶层的案头必备之物，且在南洋华侨中颇为流行，发行量达到十几万份。

《自由谈》虽是《申报》的一个副刊，篇幅有限，但天天和读者见面，就影响而论，“左联”自办发行几百份的刊物自是不能相提并论。况且，《申报》历来以保守著称，商业气息浓厚，政治倾向性不强，一时不会引起当局太多注意。

自从《自由谈》革新以后，鲁迅、茅盾等新文学作家的作品（尽管使用化名）见诸报端，引起民众的广泛关注。尤其是杂文这种文体形式短小精悍，言简义丰，颇受读者欢迎。

这类杂文贴近现实，论述广泛，剖析更深，备受追捧。据《黎烈文评传》作者康咏秋考证，黎烈文主编《自由谈》期间，这个栏目“声誉剧震，读者广泛欢迎，《申报》的订户猛然增长”。[25]

鲁迅在《自由谈》上发表的杂文，大都是自己写完后定稿，让许广平誊抄之后，用了各种各样的笔名，托人寄（送）往编辑部，因此，鲁迅的真实身份一时并不会被人察觉。加上黎烈文编辑有方，设法为鲁迅打掩护，在较短的一段时间内，鲁迅文章的发表畅通无阻，见报率颇高。

1933年1—5月间，鲁迅在《自由谈》上发表杂文43篇，7月份便结集出版《伪自由书》，可谓反应敏捷，出手迅速，让当局措手不及，非常头痛。

但是，国民党当局及其御用文人眼光锐利，嗅觉灵敏，很快便知道了鲁迅在《自由谈》撰写杂文的情况。一时间谣言四起，明枪暗箭不断射向《自由谈》和鲁迅等人。

国民党当局手中掌握着国家机器，利用特务机关到处打探消息，出面警告申报馆，向黎烈文施加压力。1933年春天之后，国民党特务逮捕了丁玲和潘梓年，应修人在被捕过程中，从楼上摔下惨死。6月18日清晨，他们又当街枪杀了杨杏佛。不久，特务机关开始秘密酝酿抓捕鲁迅的事宜，一时间形势大为紧张。

他们放出风来：要杀鲁迅。[26]

四、批评当局

当局为何如此恼怒?

最主要的原因是鲁迅在《申报》上坚持批评政府，伤到了政府的脸面，刺到了他们的痛处。

此时，鲁迅的批评风格和批评方向发生了一些比较明显的变化。他在坚持一贯的文明批评和社会批评的同时，开始关注时政，对具有时效性的现实感更强的时局和政局形势，进行持续而有效的针砭和批判。

换句话说，鲁迅进入《申报》这样的大型商业报纸，便不限于像以前那样主要进行社会现象的揭示和文化批判，而是集中笔力开始批评政府当局。尤其是那些对当局不顾人民安危，在外敌入侵的关键时刻放弃抵抗而加紧压迫人民等丑行和恶政持续揭露和嘲讽的杂文，在社会上引起强烈共鸣和反响。

这种短兵相接的正面出击，很快招致当局的仇视与报复，特务机关把鲁迅放入暗杀名单的举动就不难理解了。

1933年1月，日本军队占领山海关，国民党政府军无力阻拦，放弃抵抗。日军很快攻占热河、滦东、长城一线，日军飞机不时飞临北平上空，在周边投掷炸弹，不断袭扰华北一带，局势非常紧张。

面对这种情况，北平一些大、中学的学生请求暂缓考期，提前放假或请假离校，暂避危局。这本是可以理解的事情。作为一个负责的政府，面对如此局面，应该想办法疏散学生和老百姓，让人民免遭战火涂炭。但是，当局却组织特务责骂学生“贪生怕死”“无耻而懦弱”，身在南京、上海的文人学士也纷纷指责。一个叫周木斋的文化人就发表文章批评北平学生“敌人未到，闻风远逸”“即使不能赴难，最低最低的限度也不应该逃难”。

与此同时，北平还发生一件令人费解的事。

面对紧逼的日本军队，不允许学生提早放假回家的国民党政府却慌忙将故宫博物院和中央研究院历史语言研究所的古代文物和古书装成一百二十只大箱子，运往南京和上海等地。

这就是著名的“古物南迁”。

对此，鲁迅写了至少五篇文章对国民党当局的前后矛盾、把学生视为低贱之物的潜在心理予以讽刺和揭露。最有名的当是发表在《自由谈》上的《逃的辩护》和《崇实》两篇。

《逃的辩护》一文登载在《自由谈》上时称《“逃”的合理化》，收入《伪自由书》时，鲁迅改为现题目。在这篇文章中，鲁迅先从两年前学生请愿说起。

> 我们还记得，自前年冬天以来，学生是怎么闹的，有的要南来，有的要北上，南来北上，都不给开车。待到到得首都，顿首请愿，却不料“为反动派所利用”，许多头都恰巧“碰”在刺刀和枪柄上，有的竟“自行失足落水”而死了。
>
> 验尸之后，报告书上说道，“身上五色”。我实在不懂。
>
> 谁发一句质问，谁提一句抗议呢？有些人还笑骂他们。[27]

“九·一八”事变之后，全国学生奋起抗议蒋介石的不抵抗政策，纷纷组织请愿团到南京请愿。国民党政府通令全国，禁止为学生请愿团提供车辆，但许多学生徒步进京。南京政府出动军警，逮捕和屠杀在南京示威请愿的各地学生，有的学生被刺伤后扔进河里。

事后，当局为掩盖真相，诬称学生“为反动分子所利用”，被害学生是“自行失足落水”等，并公开发表验尸报告，说被害者“腿有青紫白黑四色，上身为黑白二色”。

学生“闹事”之后，没有“碰”到刺刀和枪柄上的那部分人回去上课，自然要被训诫，带头“闹事”的要被开除出校，其他更多的是被老师和教授劝说“埋头学术，一心读书”。于是鲁迅接着说：

> 还要开除，还要告诉家长，还要劝进研究室。一年以来，好了，总算安静了。但不料榆关失了守，上海还远，北平却不行了，因为连研究室也有了危险。住在上海的人们想必记得的，去年二月的暨南大学，劳动大学，同济大学……，研究室里还坐得住么？
>
> 北平的大学生是知道的，并且有记性，这回不再用头来“碰”刺刀和枪柄了，也不再想“自行失足落水”，弄得“身上五色”了，却发明了一种新方法，是：大家走散，各自回家。
>
> 这正是这几年来的教育显了成效。

这里所说的“榆关”就是山海关，而“去年二月”指的是

1932年“一·二八”事变，即上海遭到日本军队的突然袭击，一时陷入火线之中。

无论北平，还是上海，都危如累卵，随时都有被日军入侵的可能，学生们也学乖了，不再请愿，不再示威，而是大家走散，各自回家。这又有什么错呢？

一个大国的政府，养着大量的军队，面对异国侵略，不作抵抗，任其轻而易举地打进自己的国土。东三省丢了，山海关丢了，热河丢了，长城一线丢了，敌军已经到了北平郊外的密云，敌机不时在城市上空盘旋，学生眼睁睁看着敌人一步步逼近，大家选择各自回家，这是用脚提出抗议，用脚表示对政府的失望，而南京和上海的文人学士却嘲骂他们。

与此同时，北平的古物虽然没有脚，却被装入箱子，运往南方，所以鲁迅感慨道：

> 但我们想一想罢：不是连语言历史研究所里的没有性命的古董都在搬家了么？不是学生都不能每人有一架自备的飞机么？能用本国的刺刀和枪柄“碰”得瘟头瘟脑，躲进研究室里去的，倒能并不瘟头瘟脑，不被外国的飞机大炮，炸出研究室外去么？
>
> 阿弥陀佛！

大学生逃难和古物的南迁原本是看似毫不相干的两件事，但是鲁迅的眼光如此锐利，让人们看到它们之间的关系，从中体悟出社会的不公和当局的不义。

这无疑是一种批评政府的态度，但鲁迅不是为了发泄怨气，更重要的是指出问题的症结及其背后权力腐坏和政治颓败的事实。

《崇实》一文就是意在揭露国民党当局搬迁古物的别有用心。

> 又例如这回北平的迁移古物和不准大学生逃难，发令的有道理，批评的也有道理，不过这都是些字面，并不是精髓。
>
> 倘说，因为古物古得很，有一无二，所以是宝贝，应该赶快搬走的罢。这诚然也说得通的。但我们也没有两个北平，而且那地方也比一切现存的古物还要古。禹是一条虫，那时的话我们且不谈罢，至于商周时代，这地方却确是已经有了的。为什么倒撇下不管，单搬古物呢？说一句老实话，那就是并非因为古物的“古”，倒是为了它在失掉北平之后，还可以随身带着，随时卖出铜钱来。[28]

当局搬迁古物的时候，堂而皇之地说“主要考虑到它们的文物价值，失去了便不能复得，破坏了便不能复原”。

鲁迅认为这些都是骗人的鬼话。北平城和北平人民比任何古物都有价值。丢了城池，放弃人民，只记挂着不会说话的死的古物，只算计着自己的利益得失，而不顾国家民族的大义，忘记了民生涂炭，这到底是怎样的政府，怎样的当局呢？

他进一步说：

> 大学生虽然是“中坚分子”，然而没有市价，假使欧

美的市场上值到五百美金一名口，也一定会装了箱子，用专车和古物一同运出北平，在租界上外国银行的保险柜子里藏起来的。

但大学生却多而新，惜哉！

费话不如少说，只剥崔颢《黄鹤楼》诗以吊之，曰——

阔人已骑文化去，此地空余文化城。
文化一去不复返，古城千载冷清清。
专车队队前门站，晦气重重大学生。
日薄榆关何处抗，烟花场上没人惊。

人重要，还是古物重要呢？国土重要，还是文物重要呢？在当局看来，大学生不值钱，所以，他们死不足惜。

大学生看到敌机来炸，纷纷回家，便被人责骂；那些阔人们拉着装满古物的箱子，纷纷南逃，倒显得天经地义。

国民党政府当局面对日军压境，不思抵抗，不想保护人民和家园，却首先考虑把那些古玩宝贝搜罗装箱南运，只剩下北平这座冷清的古城，实在是本末倒置。

就这样，当局腐败透顶的政策、自私自利的用心、荒唐可笑的措辞、令人发指的畏怯，在鲁迅一篇几百字的文章中，一下子现出了原形。

无疑，鲁迅对当局的批评是无情的，大尺度的，他意在把当局华丽的外衣扒下来，将其丑陋不堪的一面展示给人们看。

如此，揭了政府老底的鲁迅，能不被当局仇恨么？

五、鲁迅预言

如果害怕别人仇恨就停止发声，停止批评政府，一看到“勾名单”就立刻软下来，再不做声，那就不是鲁迅了。

毛泽东说：“鲁迅的骨头是最硬的，他没有丝毫的奴颜和媚骨，这是殖民地半殖民地人民最可宝贵的性格。”[29]

这句话现在听得耳朵已经出了茧子，但是，如果联系鲁迅所处的时代和他所遭受的攻击与威胁，就会知道这样的性格是多么可贵。

所谓殖民地半殖民地社会，即政府没有完全的主权，该政府治下人民也完全丧失了人权和尊严，政府和人民都充满了奴颜和媚骨，平日里要看强权国家的脸色行事，靠逢迎和巴结强权国家过日子。

鲁迅敢于批评腐败政府，声讨替当局说话的无良媒体和御用文人，嘲弄那些看客，在殖民地半殖民地社会里，是尤为可贵的。正因为有了这种精神，中国才有希望从列强的挟持和逼迫中挣脱出来，才能够为争取人的基本权利和尊严而抗争不止。

1932年初，鲁迅亲身经历了“一·二八”事变，遭受日本战火袭击；1933年，又看到国民党政府对日军占领山海关犹疑不决的态度、消极应付的作为，于是，他毫不犹豫地通过写文章予以揭露与批评。

但鲁迅对政府的批评并不是直接谈事，而是采用“抄报章”的方法，把几样事实摆在一起，让人们看到深层的含义。

《战略关系》一文引述了南京《救国日报》上的一篇社论，社论建议政府“浸使为战略关系，须暂时放弃北平，以便引敌深入……应严厉责成张学良，以武力制止反对运动，虽流血亦所不辞”。

鲁迅引用了这段话，劈头就嘲讽道：“虽流血亦所不辞！勇敢哉战略大家也！血的确流过不少，正在流的更不少，将要流的还不知道有多多少少。这都是反对运动者的血，为着什么？为着战略关系。”

遇到敌人，不敢用武力抗争，而是要放弃北平，名之曰诱敌深入；如果有谁反对这种“战略”的话，可以使用武力制止反对者，即便流血也在所不辞。

鲁迅把持有这种论调的人称为勇敢的“战略家”——

> 战略家在去年上海打仗的时候，曾经说：“为战略关系，退守第二道防线”，这样就退兵；过了两天又说，为战略关系，“如日军不向我军射击，则我军不得开枪，着士兵一体遵照”，这样就停战。此后，“第二道防线”消失，上海和议开始，谈判，签字，完结。那时候，大概为着战略关系也曾经见过血；这是军机大事，小民不得而知，——至于亲自流过血的虽然知道，他们又已经没有了舌头。究竟那时候的敌人为什么没有“被诱深入”？
>
> 现在我们知道了：那次敌人所以没有“被诱深入”者，决不是当时战略家的手段太不高明，也不是完全由于反对运动者的血流得“太少”，而另外还有个原因：原来英国从中调停——暗地里和日本有了谅解，说是日本呀，你们的军队暂时退出上海，我们英国更进一步来帮你的忙，使满洲国不至于被国联否认，——这就是现在国联的什么什

么草案，什么什么委员的态度。这其实是说，你不要在这里深入，——这里是有赃大家分，——你先到北方去深入再说。深入还是要深入，不过地点暂时不同。[30]

弱国无外交，腐败政府无主权。

“一·二八”事变发生后，国民党政府不顾全国人民的抗日要求，坚持“不抵抗”政策，破坏十九路军的抗战行动，并在英、美、法等国的参与下，同日本进行屈膝投降的谈判，于1932年5月5日签订了《上海停战协定》。

在“国联”的操纵下，12月15日通过了一项决议草案，草案内容明显偏袒日本，默认“满洲国”伪政权，中国主权和领土被强行侵夺。

停战也好，“诱敌深入”也好，在鲁迅看来，都是帝国主义操纵下的分赃游戏，最终受苦和流血的都是中国老百姓。

北平丢了没关系，国民政府的要员们照样无忧无愁地过他们的神仙日子，因为他们为自己找到了新的去处。早在1932年“一·二八”事变发生的时候，国民政府于1月30日仓皇“移驻洛阳办公”，3月，国民党四届二中全会又通过决议，正式定洛阳为行都，西安为陪都。所谓行都，就是必要时政府暂时迁驻的地方；陪都，就是在首都以外另建的都城。

战争还未展开，就先为逃跑选好了地址。鲁迅看清了这样无能腐败的政府和这些战略家的真实意图，嘲笑道：

其实，现在一切准备停当，行都陪都色色俱全，文化古物，和大学生，也已经各自乔迁。无论是黄面孔，白面孔，新大陆，旧大陆的敌人，无论这些敌人要深入到什么地方，都请深入罢。至于怕有什么反对运动，那我们的战略家："虽流血亦所不辞"！放心，放心。

只需把"一·二八"事变、山海关失守、古物南迁、大学生逃难、国民党设立行都和陪都、武力解决反对者等这几条线索放在纸上，人们就能清楚地看到战争危机下国民党政府的消极作为。

把国家和人民交由这样的政府管理，情形如何，自然分明。

杂文《保留》也不足千字，许多内容也都是引述报章。鲁迅首先引述了一个在当时引起轰动的案子：

这几天的报章告诉我们，新任政务整理委员会委员长黄郛的专车一到天津，即有十七岁的青年刘庚生掷一炸弹，犯人当场捕获，据供系受日人指使，遂于次日绑赴新站外枭首示众云。[31]

后来证明，1933年5月发生的黄郛案实际上是一个假案和错案。

1933年4月间，日军向长城沿线发动总攻之后，唐山、遵化、密云等地相继沦陷，直接威胁北平和天津。国民党政府为了向日本表示进一步的投降，于5月上旬任命黄郛（1880–1936）为行政院驻北平政务整理委员会委员长，15日黄由南京北上，17日晨专车刚进天津站台，就有人投掷炸弹。

投弹者刘魁生（刘庚生是“路透电”音译），年17岁，山东曹州人，在陈家沟刘三粪场做工。当天中午刘被诬为“受日人指使”，次日在新站外枭首示众。

事实上，刘当时只是路过铁路，审讯时也坚决不承认投弹。国民党当局将他杀害并制造舆论，显然是借以掩饰派黄郛北上从事卖国勾当的真相。

然后，鲁迅引述另一个西湖抢案的报道。此案与上案有个相同的地方：砍头示众。

令鲁迅感叹的是，这砍头的景观“虽与‘民权篇’第一项的‘提高民族地位’稍有出入，却很合于‘民族篇’第二项的‘发扬民族精神’。南北统一，业已八年，天津也来挂一颗小小的头颅，以示全国一致，原也不必大惊小怪的”。

也就是说，民国已经成立了二十余年，砍头这种野蛮酷刑本应早已废除，却在天津、杭州两地再次复兴，实在令人称奇。

所谓“乱世无法”,1933年火线下中国的混乱仓皇可见一斑。鲁迅的意图并不止于揭示乱世刑法的淆乱与失当，而是另有引申，别有所寄。

鲁迅仍然从“三老通电，二老宣言，九四老人题字”的报章故事以及社会上关于“童子爱国”“佳人从军”的趣闻中引出中国一遇事故，壮年男儿便黯然失色，只靠了一批老弱妇稚来维持场面；也只有他们愿意说出真话，付出真情，去做一些真诚有益的事情，这是何等令人悲哀和义愤的事。

在此种情境下，说17岁的少年卖国，道理何在？在当时这篇未能刊出的文章中，鲁迅蘸了浓浓的感情述说道：“二十年来，国难不息，而被大众公认为卖国者，一向全是三十以上的人，虽然他们后来依然逍遥自在。至于少年和儿童，则拼命的使尽他们稚弱的心力和体力，携着竹筒或扑满，奔走于风沙泥泞中，想于中国有些微的裨益者，真不知有若干次数了。虽然因为他们无先见之明，这些用汗血求来的金钱，大抵反以供虎狼的一舐，然而爱国之心是真诚的，卖国的事是向来没有的。”

鲁迅在1936年写过一篇题为《我要骗人》的文章，也曾详细述及他给一个十三四岁募集水灾捐款的小学生捐了一块钱的感想。文章描写了那孩子的真诚与仆仆于街头的辛劳，以及鲁迅明知道这一块钱只不过成为水利局老爷的烟卷钱，决不会到达灾民的手里，却不忍心让孩子失望的复杂心情。

文中还说道：“中国的人民，是常用自己的血，去洗权力者的手，使他又变成洁净的人物的。”[32]

这实在是“一面是严肃的工作，一面是荒淫与无耻”。

鲁迅在《保留》的文末呼吁：“从我们的儿童和少年的头颅上，洗去喷来的狗血罢！”

像鲁迅的许多时事杂感一样，《保留》中的话也成了政治预言。

鲁迅“希望我们将加给他（刘庚生）的罪名暂时保留，再来看一看事实，这事实不必待至三年，也不必待至五十年，在那挂着的头颅还未烂掉之前，就要明白了：谁是卖国者”。

果然，就在撰写此文的14天之后，即1933年5月31日，黄郛就遵照蒋介石的指示，派熊斌同日本关东军代表冈村宁次签订了卖国的《塘沽协定》。

根据这个协定，国民党政府实际上承认日本侵略长城及山海关以北地区的行为合法，并把长城以南的察北、冀东的二十余县划为不设防区，整个华北门户向敌人豁然敞开。

第三章

迎击论客

一、戳痛当局

1933年，鲁迅突破文禁，化名“何家干”为《申报·自由谈》写稿，开展时政批评，引起社会各方关注和政府当局的警惕。

很快何家干的身份被具有官方背景的御用文人侦知，并在《武汉日报》中刊文指出鲁迅就是何家干，于是活捉何家干、围剿鲁迅的战线拉开。

鲁迅对此并不以为意，继续以何家干为名展开针锋相对的论战。他使用积极的化名策略，运用各种有效的去伪模式，很快在论战中取得主动权，成功突破围攻，向公众揭露论客们的虚伪嘴脸和被国民党特务把持的报刊之凶恶本质，为左翼文化思潮的传播提供了有效方式和经验策略。

1933年2月11日，鲁迅在《申报·自由谈》上发表了一篇署名何家干的文章《不通两种》，算是捅了马蜂窝。原因是文章摘引1932年10月31日《大晚报》关于“江都清赋风波”的一篇报道《乡民二度兴波作浪》，其中有一段是记录村民陈友亮之死的：“陈友亮见官方军警中，有携手枪之刘金发，竟欲夺刘之手枪，当被子弹出膛，饮弹而毙，警察队亦开空枪一排，乡民始后退。……”

何家干分析道，文章中的“军警”前面加上“官方”一词实属多余，奇怪的是“被子弹出膛”一句，写得子弹像是个活物，能够自己飞出弹膛，而后文加上“亦”字，便因此不通了。随后指出，之所以“不通”，是因为作者竭力避免军警杀人这个事实出现在字里行间，而仅仅指出人是被子弹杀的。

江苏省的“江都清赋风潮”是民国时期一个很著名的案件：江都县县长杨卓茂要清查田赋，重新丈量田亩，扩大税收，搜刮更多的民脂民膏。此举遭到乡民的抵制，大量乡民进县城请愿。杨卓茂几次派出警察和保安队，甚至请来正规部队独立团弹压民众。但是，乡民越聚越多，最终发生了剧烈冲突，乡民死伤多人，被拘捕200多人。事件闹了一两个月，反反复复，发展成为乡民冲击县城，打砸县政府的严重事件。后来，政府妥协，答应释放被捕乡民，停止清查田赋。在冲突过程中，有10余名乡民被军警枪杀。[1]

上文《不通两种》中鲁迅引述的《大晚报》报道的就是这件事。

政府竭力掩饰枪杀乡民一事，而具有官方背景的《大晚报》在报道中自然与政府口径一致，所以在叙述陈友亮之死的时候，笔法曲折，出现了鲁迅指出的“不通”的文字。为此，文章分析道：“现在，这样的希奇文章，常常在刊物上出现。不过其实也并非作者的不通，大抵倒是恐怕‘不准通’，因而先就‘不敢通’了的缘故。头等聪明人不谈这些，就成了‘为艺术的艺术’家；次等聪明人竭力用种种法，来粉饰这不通，就成了‘民族主义文学’者，但两者是都属于自己‘不愿通’，即‘不肯通’这一类里的。”[2]

与当局暗通款曲的报纸在报道枪杀民众事件的时候，自然不会直接说杀人的事，但新闻稿件不能编造事实，那就需要记者在叙述的时候变换角度。于是，原本军警杀人的事实，主语是军警，而在报道中，主语变成了乡民，成了乡民“被子弹出膛”，饮弹而亡。表面看起来是说出了事实，却掩盖了政府指使军警杀害乡民的真相。

在《不通两种》里，作者严肃地指出：政府的御用文人写文章为什么老是“不通”，老是搞得读者摸不着头脑？不是因为他们不想“通”，而是因为他们内心有鬼，脑袋里有障碍，根本就不愿通，不肯通。于是，他从新闻报道引申到文学中去，认为“为艺术的艺术”提倡纯文学，不涉及现实生活，搞些“象牙塔”里的东西，其实是故意让读者读不明白。他们不是不想写明白，而是怕写得太明白，让人抓住把柄，危及性命。而国民党政府当局御用文人搞的“民族主义文学”，则是另一种“不通”，他们怕老百姓知道他们为国民党当局服务，便故意写得艰深难懂、缥缈无边。

这篇只有500字的短文威力强大，不仅揭露了国民党地方政府鱼肉乡里、枪杀乡民的罪行，还批评了为“艺术的艺术”家们，同时捎带着讽刺了直接为国民党政府服务的“民族主义文学”的倡导者和践行者们。

针对《不通两种》，“民族主义文学”中坚人物王平陵于2月20日在《武汉日报》的《文艺周刊》上发表《“最通的”文艺》一文，开篇就向当局告密：“鲁迅先生最近常常用何家干的笔名，在黎烈文主编的《申报》的《自由谈》，发表不到五百字长的短文。”

王平陵这篇文章实在毒辣——活捉何家干，告密两个人：你们看，那个经常在《自由谈》上发表文章的何家干就是鲁迅！《自由谈》的主编是黎烈文！

不仅如此，王平陵还痛痛快快地嘲弄讽刺了一番：

好久不看见他老先生的文了，那种富于幽默性的讽刺的味儿，在中国的作家之林，当然还没有人能超过鲁迅先生。不过，听说现在的鲁迅先生已跑到十字街头，站在革命的队伍里去了。那么，像他这种有闲阶级的幽默的作风，严格言之，实在不革命。我以为也应该转变一下才是！譬如：鲁迅先生不喜欢第三种人，讨厌民族主义的文艺，他尽可痛快地直说，何必装腔做势，吞吞吐吐，打这么许多湾儿。在他最近所处的环境，自然是除了那些恭颂苏联德政的献词以外，便没有更通的文艺的。他认为第三种人不谈这些，是比较最聪明的人；民族主义文艺者故意找出理由来文饰自己的不通，是比较次聪明的人。其言可谓尽深刻恶毒之能事。不过，现在最通的文艺，是不是仅有那些对苏联当局摇尾求媚的献词，不免还是疑问。如果先生们真是为着解放劳苦大众而呐喊，犹可说也；假使，仅仅是为着个人的出路，故意制造一块容易招摇的金字商标，以资号召而已。那么，我就看不出先生们的苦心孤行，比到被你们所不齿的第三种人，以及民族主义文艺者，究竟是高多少。[3]

从这一大段我们可以看到，王平陵批评鲁迅确实底气十足，甚至十分霸气。他的底气和霸气由何而来呢？

我们知道，王平陵正是鲁迅批评的“民族主义文学”运动的代表人物。1930年6月，国民党当局看到“左联”成立后发展得风生水起，无产阶级文艺运动风风火火，觉得应该加以应对，于是国民党宣传部门的潘公展、朱应鹏等召集了王平陵、黄震遐、范争波、傅彦长等人策应，发动了“民族主义文艺运动”，出版《前锋周报》《前锋月刊》等报刊，企图抵制左翼文艺的隆兴。这个民族主义运动宣称要铲除多型的文艺意识，各种文艺都要统一于“民族主义”的“中心意识”。[4]

此运动实质上是国民党独裁统治的官方文化行为，对多数作家而言，没有多少吸引力，聚拢在其左右的也是一些右倾的文人，多是些行政兼职人员，或略通文墨的闲散人等，以及追名逐利之徒。而王平陵算是其中比较有文化和才能的。

王平陵(1898—1964)，本名仰嵩，字平陵，笔名有西冷、史痕、秋涛等。他是江苏溧阳市别桥镇樊庄村人，毕业于杭州第一师范。原本从事新闻行业，后来搞起了文学和文学评论。1924年主编《时事新报》副刊《学灯》，并为《东方杂志》撰稿。1928年任上海暨南大学教授，主编《中央日报》副刊《大道》与《清白》，后投身国民党新闻界，出任《中央日报》副刊主编、《文艺月刊》主编、中华全国文艺协会抗敌协会理事等。1949年赴台，曾主编《中国文艺月刊》，后任曼谷《世界日报》总编辑。1959年，赴菲律宾讲学，并为马尼拉《大中华日报》主撰文艺专栏。回台湾后，任政工干校教授，1964年病逝。[5]王平陵生平著述甚多，涉及哲学、美学、小说、散文、诗歌、戏剧等，共计40余种。有短篇小说集《残酷的爱》、长篇小说《茫茫夜》、散文集《副产品》《雕虫集》、诗集《狮子吼》等。

1933年的王平陵是国民党宣传部门的红人，说话自然硬气。他指名道姓批评鲁迅，说鲁迅写的文章只不过是“对苏联当局摇尾求媚的献词”。

在这篇文章中，他尖刻地指出："先生们个人的生活，由我看来，并不比到被你们痛骂的小资作家更穷苦些。当然，鲁迅先生是例外，大多数的所谓革命的作家，听说，常常在上海的大跳舞场，拉斐花园里，可以遇见他们伴着娇美的爱侣，一面喝香槟，一面吃朱古力，兴高采烈地跳着狐步舞，倦舞意懒，乘着雪亮的汽车，奔赴预定的香巢，度他们真个消魂的生活。明天起来，写工人呵！斗争呵！之类的东西，拿去向书贾们所办的刊物换取稿费，到晚上，照样是生活在红绿的灯光下，沉醉着，欢唱着，热爱着。像这种优裕的生活，我不懂先生们还要叫什么苦，喊什么冤，你们的猫哭耗子的仁慈，是不是能博得劳苦大众的同情，也许，在先生们自己都不免是绝大的疑问吧！"

从文学史的角度看，王平陵其实说得有些道理。当时在上海的少数所谓左翼作家，确实过着资产阶级的生活，却写一些穷苦人的事，写无产阶级工人、农民的生活；或者写到革命者的时候，往往要写他们的爱情，"革命+恋爱"成了他们的写作模式。但问题是王平陵以偏概全，得意扬扬的样子令人讨厌，而且他还向当局指认了何家干就是鲁迅。鲁迅看穿了王平陵外强中干、仗势欺人的实质，回应的题目简单且轻蔑：《官话而已》。鲁迅说："看他投稿的地方，立论的腔调，就明白是属于'官方'的。一提起笔，就向上司下属，控告了两个人，真是十足的官家派势。"

写文章应该以理服人，不能以势压人，更不能站在官方的制高点上，训斥人，声讨人。鲁迅批评报纸记者在新闻报道中为官方杀人的事实竭力涂抹，闪烁其词，语焉不详，王平陵就说鲁迅善于作“对苏联当局摇尾求媚的献词”，实在是不讲道理，逻辑不通。

且看鲁迅怎样批驳他——

> 说话弯曲不得，也是十足的官话。植物被压在石头底下，只好弯曲的生长，这时俨然自傲的是石头。什么“听说”，什么“如果”，说得好不自在。听了谁说？如果不“如果”呢？“对苏联当局摇尾求媚的献词”是那些篇，“倦舞意懒，乘着雪亮的汽车，奔赴预定的香巢”的“所谓革命作家”是那些人呀？是的，曾经有人当开学之际，命大学生全体起立，向着鲍罗廷一鞠躬，拜得他莫名其妙；也曾经有人做过《孙中山与列宁》，说得他们俩真好像没有什么两样；至于聚敛享乐的人们之多，更是社会上大家周知的事实，但可惜那都并不是我们。平陵先生的“听说”和“如果”，都成了无的放矢，含血喷人了。
>
> 于是乎还要说到“文化的本身”上。试想就是几个弄弄笔墨的青年，就要遇到监禁，枪毙，失踪的灾殃，我做了六篇“不到五百字”的短评，便立刻招来了“听说”和“如果”的官话，叫作“先生们”，大有一网打尽之概。则做“基本的工夫”者，现在舍官许的“第三种人”和“民族主义文艺者”之外还能靠谁呢？“唉！”[6]

这些话代表了鲁迅杂文的风格，句子简短却力如千钧，直接击中王平陵的要害，令人看到国民党御用文人之蛮横的同时，亦对革命青年充满同情，因为他们经历监禁、枪毙、失踪的命运之后，还要被造谣和谩骂。

王平陵虽然被鲁迅痛骂，但也因此“一骂成名”。

这里有两则故事可供参考。

其一是说王平陵遭到鲁迅的揭露和回击之后，久久没有发声，却获得了国民党当局的称赞和表扬，称他为“文艺斗士”。后来，国民党政府成立“电影剧本评审委员会”，王平陵因此被任命为评审委员。1936年，陈立夫通过国民政府教育部成立“中国电影协会”，委派王平陵主编《电影年鉴》。王平陵因此成为中国电影界的实权人物。

另一则故事更耐人寻味。二十世纪四十年代末，王平陵随国民党败军退入台湾后，一时找不到固定工作，便以卖文为生。为了便于卖文，王平陵向人声称“鲁迅曾骂过我”。这一宣传颇见成效，许多人因此对他刮目相看。1950年5月，王平陵被《半月文艺》看中，担任专稿撰述委员，获得了一份体面且收入颇丰的工作。[7]

二、遭到围攻

鲁迅在《自由谈》上仅仅发表了6篇短文，便被嗅觉敏锐的官方文人王平陵侦知。

既然如此，鲁迅还敢不敢在《自由谈》上以“何家干”的笔名再发表文章呢？依鲁迅的个性，他肯定是要继续的。因为他要给那些人继续捣乱，让他们日子过不舒坦。以牙还牙，以眼还眼，决不屈服，不向强权低头，是鲁迅一贯的品格。这也是鲁迅的化名策略：既然化名被对方指认，便用这个被指认的化名继续写文章与对方周旋，针锋相对，毫不相让，以更凌厉的攻势打将回去，直到对方被攻击得体无完肤，落荒而逃为止。

据笔者统计，鲁迅用“何家干”或“干”为笔名在《自由谈》上发表的文章达37篇之多，从1933年初到同年5月19日的《天上地下》，这个响亮的名字在《申报》上出现达五个月之久。

更多犀利的短评不断发表，令读者欢欣，也令政府头痛。文探们和一班御用文人惊慌失措，立刻组织人马，围攻鲁迅。

在上海，当时国民党自办或倾向于国民党当局的文艺报刊并不多，计有《大晚报》《时事新报》《社会新闻》《文艺座谈》《微言》等，其中有些报刊是直接由国民党复兴社特务主编的。比如，《社会新闻》便是军统特务头子丁默邨（后来演变成了如今谍战剧中反复出现的间谍组织76号的当家人）在背后主持，《大晚报》的副刊《火炬》由中统特务崔万秋主编，《文艺座谈》是提倡“解放词”的投机文人曾今可主编的。这些报刊的政治倾向都偏右，都不喜欢左翼作家，更讨厌鲁迅。于是，在1933年上半年，这些报刊集结在一起，向鲁迅发起进攻。

4月21日，鲁迅发表一篇题为《“以夷制夷”》的文章，谈到面对日本人的进攻和占领，国民党当局不是想着抵抗，而是一味地依靠“国联”，让“国联”出面调停，依靠外国人制止日本人进攻中国的脚步。日本报纸上说这是中国祖传的“以夷制夷”的老办法。鲁迅则认为，从“国联”的角度来看，这些办法正体现了外国人“以华制华”的心机。

鲁迅说：“例如罢，他们所深恶的反帝国主义的‘犯人’，他们自己倒是不做恶人的，只是松松爽爽的送给华人，叫你自己去杀去。他们所痛恨的腹地的‘共匪’，他们自己是并不明白表示意见的，只将飞机炸弹卖给华人，叫你自己去炸去。对付下等华人的有黄帝子孙的巡捕和西崽，对付智识阶级的有‘高等华人’的学者和博士。”[8]

殖民地半殖民地国家的社会治理模式在鲁迅这篇杂文中昭然若揭。国家一旦失去主权，政府一旦坐稳了奴隶之名，帝国侵略者就成了太上皇和青天大老爷。他们侵略、欺负、剥削，还离间、瓦解、腐蚀，让殖民地半殖民地国家的民众自己窝里斗，他们坐收渔翁之利。什么“以夷制夷”，分明是一出“以华制华”的鬼把戏。

为了更鲜活地说明此意，鲁迅随手摘引了4月15日《大晚报》上一则报道《我斩敌二百》：“（本报今日北平电）昨日喜峰口右翼，仍在滦阳城以东各地，演争夺战。敌出现大刀队千名，系新开到者，与我大刀队对抗。其刀特长，敌使用不灵活。我军挥刀砍抹，敌招架不及，连刀带臂，被我砍落者纵横满地，我军伤亡亦达二百余。……”

大刀队是国军第29军在长城一线抗击日寇杀敌立功的“特殊”队伍，被宣传机构所神话。其实，再勇猛的大刀队也敌不过装备精良的日军大炮和机枪。尽管如此，大刀队名声赫赫，在当时非常鼓舞士气，激励民心。

没想到，在这则报道中，敌人也使用了“大刀队”！到底怎么回事呢？鲁迅分析道：

我要指出来的是“大刀队”乃中国人自夸已久的特长，

> 日本人虽有击剑，大刀却非素习。现在可是“出现”了，这不必迟疑，就可决定是满洲的军队。满洲从明末以来，每年即大有直隶山东人迁居，数代之后，成为土著，则虽是满洲军队，而大多数实为华人，也决无疑义。现在已经各用了特长的大刀，在滦东相杀起来，一面是“连刀带臂，纵横满地”，一面是“伤亡亦达二百余”，开演了极显著的“以华制华”的一幕了。

原来，所谓敌人的“大刀队”，其实就是伪满洲国军队；虽然在那时伪满洲国表面上是一个独立国家，但是他们仍是日本统治下的中国人。这则报道中伪满洲国军队杀国民政府军二百余人，自然是“以华制华”的样本了。

鲁迅发表此篇短文的当晚，《大晚报》副刊《火炬》便登出署名李家作的《“以华制华”》，对鲁迅进行影射式的攻击，说有一种区别于哈巴狗的警犬，老于世故，认定自己是一个好汉，一个权威，只有他彷徨彷徨，呐喊呐喊，没有人敢冒犯，一旦认定可杀的目标，便猛咬一口，置人死地。警犬之效忠于它的主人，即“员外”，因为员外给它供奉和地位。

这篇文章逻辑混乱，言语不清，只知道用类比法，通篇骂街似地独自痛快，没有什么杀伤力，分量较轻。而署名傅红蓼的《过而能改》一文，更无足观。

此文竭力为政府放弃抵抗、丧失国土而辩护，充斥着“十年生聚，十年教训”、组织不健全、武器不充足、需要几十年做准备的衰败之语。认为热河失守，是塞翁失马，焉知非福，所谓“过而能改，善莫大焉”。辩护的理由无力，道理浅薄。

作者对时局不了解，对日本侵略逆来顺受的心理，跃然纸上。

描述鲁迅揭示外国人“以华制华”的阴谋诡计时，这位作者却马上变得严厉起来，威胁道，警犬咬人，向着当头一棒，打得藏起头来，之后便会忏悔改过。这正是鲁迅批判过的典型的“卑怯”的国民性：见狼显羊相，见羊显狼相；遇到强敌自甘奴隶，遇到弱者尽情蹂躏。

所以，在结集出版《伪自由书》的时候，鲁迅便把这两篇攻击他的文章收在文后，加了按语说：“无论怎样的跳踉和摇摆，所引的记事具在，旧的《大晚报》也具在，终究挣不脱这一个本已扣得紧紧的笼头。”“此外也无须多话了，只要转载了这两篇，就已经由他们自己十足的说明了《火炬》的光明，露出了他们真实的嘴脸。”[9]

其实，鲁迅无意招惹这群文人，只是因为他批评了政府当局，说出了实情，把事实和真相揭示出来，让人们看到自己的真实处境，还原了社会现状的真实面貌。于是，一些御用文人便坐不住了，“跳踉”起来；而另一些人则摇头摆尾地说委屈，道冤枉，“摇摆”起来。这些动作足以说明鲁迅的杂文揭开了“以华制华”的黑幕，深深地伤了这些人的“自尊”心，让他们气急败坏。

到了5月25日，国民党当局采取强硬措施，向申报馆上层施压，黎烈文不得不在《自由谈》上刊出《编辑室》启事，“吁请海内外文豪，从兹多谈风月，少发牢骚，庶作者编者，两蒙其休”。之后，鲁迅才变换笔名，改换腔调，继续发表文章，后来便有了《准风月谈》《花边文学》这样的不朽论集。

三、戏仿论敌

王平陵在《武汉日报》活捉何家干，向政府当局告密何家干就是鲁迅后，鲁迅依然毫不退让，仍以何家干之名在《自由谈》上发表犀利短文批评政府，揭露王平陵等人借官方权势压制言论的行为，让当局“御用文人”受到重创。围攻鲁迅不成，他们就开始造谣。

他们说鲁迅与日本间谍勾结，通过出卖中国的情报获得报酬，而内山完造是日本暗探，内山书店是接头地点。

这种造谣并不新鲜。之前，仇恨鲁迅的国民政府御用文人倾向于说鲁迅受到苏联的资助，拿苏联的卢布；而1932年国民政府与苏联复交之后，则说鲁迅拿卢布不足以成为罪名，无法构陷。日本人入侵中国之后，“通日”便成了一项足以致人于死地的罪名。

上海有个文人叫曾今可，自己开办了一个新时代书局，主编《新时代月刊》，提倡所谓的“解放词”。在该刊第四卷第一期上发表了《词的解放运动专号》，其中载有他的一首词《画堂春》：“一年开始日初长，客来慰我凄凉；偶然消遣本无妨，打打麻将。都喝干杯中酒，国家事管他娘；樽前犹幸有红妆，但不能狂。”鲁迅于3月12日发表《曲的解放》一文，认为词可以解放，曲同样也可以解放。通过戏仿，讽刺和揭露了国民党当局放弃热河，准备议和，忙着逃跑的慌张与丑态。

《曲的解放》实际是瞿秋白所写，鲁迅找人誊抄，寄送给黎烈文，用自己的笔名何家干发表在《自由谈》上的。而主持《社会新闻》杂志的亲蒋人士则极尽挑拨离间之能事，在该杂志上预告说，曾今可被鲁迅攻击到了“体无完肤”的地步。面对鲁迅的戏弄和“侮辱”，曾今可利用新时代书店，拟出版《文艺座谈》半月刊，予以反击。

果然，第一期《文艺座谈》便发表了白羽遐写的《内山书店小坐记》，文章不长，看似漫不经心，但绘声绘色，用意险恶。这里不妨全文照录：

某天的下午，我同一个朋友在上海北四川路散步。走着走着，就走到北四川路底了。我提议到虹口公园去看看，我的朋友却说先到内山书店去看看有没有什么新书。我们就进了内山书店。

内山书店是日本浪人内山完造开的，他表面是开书店，实在差不多是替日本政府做侦探。他每次和中国人谈了点什么话，马上就报告日本领事馆。这也已经成了“公开的秘密”了，只要是略微和内山书店接近的人都知道。

我和我的朋友随便翻看着书报。

内山看见我们就连忙跑过来和我们招呼，请我们坐下来，照例地闲谈。因为到内山书店来的中国人大多数是文人，内山也就知道点中国的文化。他常和中国人谈中国文化及中国社会的情形，却不大谈到中国的政治，自然是怕中国人对他怀疑。

“中国的事都要打折扣，文字也是一样。‘白发三千丈’这就是一个天大的谎！这就得大打其折扣。中国的别的问题，也可以以此类推……哈哈！哈！”

内山的话我们听了并不觉得一点难为情，诗是不能用科学方法去批评的。内山不过是一个九州角落里的小商人，一个暗探，我们除了用微笑去回答之外，自然不会拿什么话语去向他声辩了。不久以前，在《自由谈》上看到何家干先生的一篇文字，就是内山所说的那些话。原来所谓“思想界的权威”，所谓“文坛老将”连一点这样的文章都非“出自心裁”！

内山还和我们谈了好些，“航空救国”等问题都谈到，也有些是已由何家干先生抄去在《自由谈》发表过的。我们除了勉强敷衍他之外，不大讲什么话，不想理他。因为我们知道内山是个什么东西，而我们又没有请他救过命，保过险，以后也决不预备请他救命或保险。

我同我的朋友出了内山书店，又散步散到虹口公园去了。[10]

这篇文章以见闻的方式，明面上是在谈内山书店和内山完造这个人，暗地里却是在构陷鲁迅。其阴险之处在于：从内山先生口中说出鲁迅文章的内容，说明鲁迅与内山关系非同寻常；说内山是日本暗探，鲁迅与其来往密切，以此暗示鲁迅也是日本间谍。

与这篇造谣文章遥相呼应的是《社会新闻》登载的《内山书店与左联》，故意把“鲁迅”写成“茅盾”，还牵扯上郭沫若等人，内容非常刺激，二百多字的短小文章，却是一篇奇文，仍然照录如下：

《文艺座谈》第一期上说，日本浪人内山完造在上海开书店，是侦探作用，这是确属的，而尤其与左联有缘。记得郭沫若由汉逃沪，即匿内山书店楼上，后又代为买船票渡日。茅盾在风声紧急时，亦以内山书店为惟一避难所。然则该书店之作用究何在者？盖中国之有共匪，日本之利也，所以日本杂志所载调查中国匪情文字，比中国自身所知者为多，而此类材料之获得，半由受过救命之恩之共党文艺份子所供给；半由共党自行送去，为张扬势力之用，而无聊文人为其收买甘愿为其刺探者亦大有人在。闻此种侦探机关，除内山以外，尚有日日新闻社，满铁调查所等，而著名侦探除内山完造外，亦有田中，小岛，中村等。[11]

前文说内山完造是日本间谍，与鲁迅暗中来往密切，鲁迅自然与日本脱不了干系；此文则说内山书店是藏匿共产党的窝点，也是一个侦探机关，经常收留和转移共产党，并把共产党提供的材料转送到日本去。

针对这样的谣言，鲁迅坦白地说："至于内山书店，三年以来，我确是常去坐，检书谈话，比和上海的有些所谓文人相对还安心，因为我确信他做生意，是要赚钱的，却不做侦探；他卖书，是要赚钱的，却不卖人血：这一点，倒是凡有自以为人，而其实是狗也不如的文人们应该竭力学学的！"[12]

除了造谣，他们还喜欢挑唆、离间、起哄，在观斗中取乐。

年初，鲁迅和茅盾等人支持黎烈文改革《申报·自由谈》，并为报纸投稿助威，《社会新闻》杂志便捕风捉影地刊出文章

《左翼文化运动的抬头》，说鲁迅和沈雁冰（茅盾）已经成为《自由谈》的两大台柱，而商务印书馆的《东方杂志》也开始左转，还有几个中级的书局也落入左翼作家手中，如郭沫若、高语罕、丁晓先、沈雁冰等人，各自抓着一个书局，书局老板现在靠这些"红色人物"吃饭了。

除了把臆想说成事实之外，他们还善于给鲁迅罗列一些无中生有的罪名，以期引起当局的注意。在《鲁迅沈雁冰的雄图》中，作者说，鲁迅和茅盾掌控了《自由谈》之后，组织人马，打算组织一个团体，复兴他们的文化运动。这些话说得有鼻子有眼，内容生动，细节详尽，什么王统照、叶绍钧等文学研究会的旧部响应，创造社的田汉也率众归附，什么一切都已安排妥当，不日便在"红五月"中成立新组织等。

这些生造的材料登载在报刊上，不明真相的民众信以为真，上海的特务组织也循迹找上门来。5月14日，左翼作家丁玲和潘梓年被秘密逮捕，湖畔派诗人应修人在被捕过程中坠楼而亡。6月18日，中国民权保障同盟总干事杨杏佛被国民党特务暗杀。白色恐怖在上海文化界漫延。

于是，《社会新闻》登出署名"道"撰写的一则消息《左翼作家纷纷离沪》，推波助澜，形成更加紧张的肃杀氛围。该消息称，5月间，上海文艺界似乎被左翼作家包办了，但是，好景不长，自从6月下旬，上海暗杀之风盛行，非左翼的反共阵线开始形成，而左翼内部发生了分化。在这则消息中，"道"先生讽刺道："文人的脑筋最敏锐，胆子最小而脚步最快，他们都以避暑为名离开了上海。据确讯，鲁迅赴青岛，沈雁冰在浦东乡间，郁达夫杭州，陈望道回家乡，连蓬子，白薇之类的踪迹都看不见了。”[13]

这是十足的恐吓和威胁。从消息中可以看出，《社会新闻》确实是特务办的刊物，他们一边用手枪搞暗杀，一边用文章吓唬人，一手沾满鲜血，一手挥舞油墨，真是令人发指。事实上，鲁迅未赴青岛，沈雁冰也没有躲到浦东，郁达夫仍在上海。这则消息完全是臆想和起哄，他们想用这种方法营造紧张气氛，制造白色恐怖，吓退左翼作家，但鲁迅用反讽和戏仿的口吻回复道：“‘道’先生有道，代我设想的恐怖，其实是不确的。否则，一群流氓，几枝手枪，真可以治国平天下了。”[14]

鲁迅在这里指出，流氓终究是流氓，下三滥的事情不少干，但永远干不出伟大的事业；手枪能吓唬胆怯的人们，但吓不住勇士和闯将，也阻止不了文明的进步。

鲁迅突破论客们攻击的办法其实很简单，他只需将化名的文章结集出版，在《后记》中将这些围攻者在当时报章中的告密、启事、自白、辩驳等文字原原本本地照录，巧妙排列，略加论述，或反讽，或戏仿，梳理其间脉络，让读者自行体悟，自是一种制敌法宝。论敌的劣迹由此可见一斑，论客们也被钉在了历史的耻辱柱上。

1933年7月，鲁迅结集出版《伪自由书》的时候，写了一篇长长的《后记》，他说：“这回趁几种刊物还在手头，便转载一部份到《后记》里，这其实也并非专为我自己，战斗正未有穷期，老谱将不断的袭用，对于别人的攻击，想来也还要用这一类的方法，但自然要改变了所攻击的人名。将来的战斗的青年，倘在类似的境遇中，能偶然看见这记录，我想是必能开颜一笑，更明白所谓敌人者是怎样的东西的。”[15]

其中“战斗正未有穷期，老谱将不断的袭用”，已经成为名句被广泛传诵，自然也说明鲁迅思想就是在巧妙地运用去伪模式中得以广泛传播。

四、迎击论客

1933年上半年，围攻鲁迅最为起劲的除了《社会新闻》之外，便是《大晚报》副刊《火炬》和新时代书店的《文艺座谈》。正如前文所述及的那样，这三份报刊都有国民党当局的背景，在反对鲁迅领导的左翼文化运动方面同气相求。但仅仅靠“同仇敌忾”来维系朋友关系，也不见得长久，因为论敌一旦消失或被打倒，没有了共同的敌手后，友谊自然结束。何况《火炬》的主编崔万秋是既捏笔杆又握枪管的人物，而新时代书店主理人曾今可只是一个贪图名利的市侩文人，两人本不是一路，行事做人的风格差异很大。

就在他们共同讨伐鲁迅的时候，发生了一件不愉快的事情，充分暴露了他们的本来面目。鲁迅借此让人们看清此二人的真实企图，用以子之矛攻子之盾的方法突破了他们联手经营的攻击重围。

崔与曾之间矛盾缘由其实并不复杂。1933年2月，曾今可出版了诗集《两颗星》，其中有一篇署名崔万秋的“代序”，极尽吹捧之能事。而奇怪的是，在7月2日、3日的《大晚报》和《申报》上刊登了崔万秋的启事，说《两颗星》的“代序”不是本人所写，乃是曾今可自己杜撰。这无疑是一件十足的丑闻，上海文艺界一时议论纷纷。

7月4日，曾今可在《申报》上刊登一则启事，说“代序”虽然不是崔万秋特意写的，却是摘录自崔氏的来信，集束而成，竭力为假借他人之手吹捧自己的丑事辩解。曾今可知道崔万秋是国民党复兴社特务，不是好惹的，于是他在启事中装可怜，充当弱者，但又绵里藏针，讽刺崔万秋以势压人，他说：“鄙人既未有党派作护符，也不借主义为工具，更无集团的背景，向来不敢狂妄。惟能力薄弱，无法满足朋友之要求，遂不免获罪于知己。……(虽自幸未尝出卖灵魂，亦足见没有‘帮口’的人的可怜了！)”[16]

这样的启事实在是太有意味了。曾今可一面说自己是弱者，没有背景，没有党派，一面说自己能力有限，不能满足朋友要求，因此获罪。鲁迅在《序的解放》一文中讽刺道：“我们倘不知道这位‘文学家’的性别，就会疑心到有许多有党派或帮口的人们，向他屡次的借钱，或向她使劲地求婚或什么，‘无法满足’，遂受了冤枉的报复的。”[17]

这位曾今可真是一位可恨复可怜的文人。他在崔万秋没有授权的情况下，擅用崔的名字给自己的诗集作序，自吹自擂，已经算厚颜无耻了；被崔万秋登报揭露时，便改口说这篇序言是对方来信中夸赞之词的集合，还暗示对方以势压人，因不能满足他的要求，才登启事揭露自己。

这还不够，更令人咋舌的是曾今可随后向一家不知名的小报匿名投稿，揭崔万秋的老底，题目是《崔万秋加入国家主义派》——“《大晚报》屁股编辑崔万秋自日回国，即住在愚园坊六十八号左舜生家，旋即由左与王造时介绍于《大晚报》工作。近为国家主义及广东方面宣传极力，夜则留连于舞场或八仙桥庄上云。”[18]

这无疑是一篇告密的短文，非常毒辣：文章里有罪证，有家庭住址，如果按照这个地址逮捕崔万秋也是很容易的。可是，曾今可告的不是共产党，而是一名复兴社特务。

曾今可投书告密的行为被神通广大的崔万秋获知。更为可怕的是，曾今可的原稿也落在了崔的手里，可谓是捉贼捉赃。尽管匿名，但是字迹和手书却不能作伪。要说崔万秋也是个厉害的角色，他不动声色地把曾今可的告密稿子制成了铜版，在《中外书报新闻》上给精印了出来，这下全上海都知道了，曾今可马上陷入被动挨打的局面：冒名作序在先，投书告密在后，还有什么人格可言，有何脸面再在上海文坛混！

于是，曾今可在7月9日的《时事新报》上刊登了一篇启事："鄙人不日离沪旅行，且将脱离文字生活。以后对于别人对我造谣污蔑，一概置之不理。这年头，只许强者打，不许弱者叫，我自然没有什么话可说。我承认我是一个弱者，我无力反抗，我将在英雄们胜利的笑声中悄悄地离开这文坛。如果有人笑我是'懦夫'，我只当他是尊我为'英雄'。此启。"[19]原本在一起围攻鲁迅等左翼作家的崔、曾二人，因各自挟私，反目成仇，闹得不可开交，联合阵线不攻自溃。

这就是鲁迅杂文中打掉对手"变戏法的手巾"以去其伪的另一种方式：以子之矛攻子之盾，把论客们之间的争斗和嫌隙放在一个平台上，让其原形自现。像上述崔、曾两人之间的矛盾与攻讦，鲁迅只需抄录几则"启事"，就将他们的背景、人品、做事手段和真实嘴脸完全呈现在《后记》里。鲁迅以轻蔑的口吻回应这些文人论客："上海有些所谓文学家的笔战，是怎样的东西，和我的短评本身，有什么关系。"[20]不是鲁迅战术有多强，论战的功夫有多高，而是站在对立面的那些文艺界的围攻者实在不堪，人格卑劣且自私自利，在鲁迅的笔下原形毕露，已经无法排兵布阵，也根本没有能力围攻鲁迅了。

第四章

批评胡适

一、早有裂隙

从表面看来，政治立场不同是造成鲁迅与胡适思想分歧的主要原因。

两人一左一右，立场分明。一个主张激进革命，一个主张渐进改良。鲁迅是坚定的左翼文化旗手，胡适是自由知识分子领袖，二者分道扬镳在所难免。

但是，如果仔细观察或深究他们思想的发展历程，会发现其实并非如此简单。鲁迅好友中也有许多自由主义派作家，如郁达夫、台静农，而胡适交往密切的也有倾向革命的激进派，如陈独秀、李大钊。用政治眼光和各自的思想立场来判断和阐释鲁迅与胡适的复杂关系，是一个比较通行而便捷的方法，但又过于粗略、简单，往往会忽略一些有趣而重要的历史细节，进而也容易忽略人性深处的复杂和思想演变的跌宕回旋。

观察鲁迅和胡适的复杂关系需要站在一个适当的时间节点和分析平台。既要体现出历史演进的趋势，又要能够看出人性复杂的一面；既要有国家政治和文化变迁的宏观分析，又要有个人遭遇和人事更迭的微观视角。只有从历史、文化、生活等多个层面来观察鲁迅与胡适，才有可能看到两位文化巨匠在现代中国的纷扰争吵中的清晰面影。

1933年就是这样一个时间节点。因为在这一年，鲁迅与胡适同时成为中国民权保障同盟的成员。后来，胡适因视察北平监狱事件很奇怪且快速地被总会开除；同盟总干事杨杏佛在此间遭到暗杀；萧伯纳在北平访问期间遭到胡适等人抵制，鲁迅对此发表了一系列文章，嘲讽和批评胡适，二人或明或暗的交锋开启，裂隙也越来越大。

这些事件把鲁迅和胡适搅在了一起，让二人再次站在1933年的历史舞台中间。聚光灯下那复杂的思想文化交锋不再隐约其间，而是变得格外鲜亮，为我们切近而细致地观察鲁迅与胡适之关系，以及厘清其背后的历史脉络，提供了一个不错的视角。

五四时期，鲁迅与胡适是新文学阵营中的战友，从事的都是“反帝反封建”，打倒孔家店，建设新文化的大事业，关系不说非常密切，但还说得过去。

因为二人都有研究中国古代小说史的爱好，所以在资料搜集和观点交流方面也颇有些交集。比如，1922年8月鲁迅在北大讲授小说史时向胡适借参考书，在还书时给胡适留信道：“大稿（《五十年来中国之文学》）已经读讫，警辟之至，大快人心！我很希望早日印成，因为这种历史的提示，胜于许多空理论。但白话的生长，总当以《新青年》主张以后为大关键，因为态度很平正，若夫以前文豪之偶用白话入诗文者，看起来总觉得和运用‘僻典’有同等之精神也。”[1]

查《鲁迅全集》，鲁迅在日记中提到胡适达40处之多，写给胡适的书信也有10封。但这并不代表鲁迅与胡适便是志同道合的朋友，相反，他们二人在性情、学养、见识和思想立场方面，有着巨大的分歧和难以逾越的鸿沟。

鲁迅很早就发现胡适很有“韬略”。

在著名的《忆刘半农君》一文中，鲁迅谈到他参加《新青年》编辑会的时候，观察胡适、陈独秀与刘半农三人的不同风格做派，以凸显胡适性格的内有“武库”：“《新青年》每出一期，就开一次编辑会，商定下一期的稿件。其时最惹我注意的是陈独秀和胡适之。假如将韬略比作一间仓库罢，独秀先生的是外面竖一面大旗，大书道：‘内皆武器，来者小心！’但那门却开着的，里面有几枝枪，几把刀，一目了然，用不着提防。适之先生的是紧紧的关着门，门上粘一条小纸条道：‘内无武器，请勿疑虑。’这自然可以是真的，但有些人——至少是我这样的人——有时总不免要侧着头想一想。半农却是令人不觉其有‘武库’的一个人，所以我佩服陈胡，却亲近半农。”[2]

内有“武库”的意思，说白了就是胸有城府。其实这也没什么不好，鲁迅也不是个直肠子，甚至也有人说他是个“世故老人”（高长虹语）。

二人最早的分歧始于胡适反对《新青年》谈政治。

1920年，《新青年》成为新文化运动的一面旗帜，但在办刊方向上，胡适写信给陈独秀等编辑同人，对刊登马列言论表示不满，抱怨“色彩过于鲜明，差不多成了Soviet Russia的汉译本”，提出改变《新青年》性质，申明杂志“不谈政治”。

鲁迅当即表示异议。他给胡适写信说：“发表新宣言说明不谈政治，我却以为不必，这固然小半在‘不愿示人以弱’，其实则凡《新青年》同人所作的作品，无论如何宣言，官场总是头痛，不会优容的。”[3]

鲁迅信中虽说得含蓄，但意思却是明确的。他看出胡适所谓“不谈政治”只不过是要求不谈马列主义的政治，倘若谈“好人政府”之类的政治，胡适恐怕不会反对，而且大谈特谈。胡适多次说自己“三十年不谈政治”，却总是在为政府当局出主意，想办法。

这是因为胡适很早就有做“帝王师”的情结。1922年5月，这位新文化领袖“拜见”了逊位的宣统帝。这件事在胡适的日记有详细的记录：“即日因与宣统帝约了见他，故未上课。”[4]

为了见皇帝，胡适不惜翘班，可见他对此极为重视。

日记中继续写道：“十二时前，他（宣统帝）派了一个太监，来我家接我。我们到了神武门前下车，先在门外一所护兵督察处小坐，他们通电话给里面，说某人到了。……他们电话完了，我们进宫门，经春华门进养心殿。清帝在殿的东厢，外面装大玻璃，门口挂着厚帘子；太监们掀开帘子，我进去，清帝已起立，我对他行鞠躬礼，他坐在前面放了一张蓝段垫子的大方凳子上，请我坐，我就坐了。我称他‘皇上’，他称我‘先生’。”

胡适称逊位的清帝为“皇上”，执礼甚恭，作为一位爱谈民主和自由，极力反对集权和暴政的新文化人，这样的行为做派，确实匪夷所思。但从他的政治抱负和私下交往来看，其实也不难理解。

胡适倡导“好人政府”，四处游说，竭尽全力促成王宠惠的“好人内阁”，又与段祺瑞、吴佩孚暗中来往，参与善后会议，支持清室活动。

1925年，《京报》主编邵飘萍接到两篇投稿。一篇是董秋芳的《致胡适之先生的一封信》，一篇是袁伯谐的《敬告胡适之先生》，都是批评胡适参与北洋军阀善后会议的。

邵飘萍拿不定主意，对是否刊登一事致信胡适征求意见，顺便附上这两篇书信体的投稿。不料，胡适以为邵飘萍故意与自己为难，很生气，在信中说：“我不能不感觉一种不愉快。

今读来书云云，益知先生真疑我与‘当局’有何关系，或疑我之参加善后会议是为‘同乡’（段祺瑞）捧场。”[5]

胡适为什么生气呢？因为董秋芳在信中对胡适背离五四精神，猎取名誉之后为统治者服务的行为进行了嘲讽：“恭喜先生，数年来埋首书丛的结果，构成了名流学者的资格，运会所至，居然得了临时执政的段芝泉先生底宠招，行将和许多达官贵人们握手谈心，讨论所谓军国大事，……我们读过先生给善后会议筹备处的一封信，不能不想到两年前先生在《努力周报》上答复我们讨论好政府主义的几句话——分头并进，各行其是，不能不感到先生所说的这几句话是含有乘时窃势的意义，并且不能不悟到数年前先生所提倡的思想革命、文学革命等等新文化运动，原来是窃猎浮誉，以为现在活动的一种步骤。诚然，先生之用心，亦良苦矣。”[6]

董秋芳在信中批评胡适的话丝毫不留情面，但显然有些片面。他认为胡适埋头治学获得声望之后，便与达官显贵眉来眼去，替他们说话，令进步人士失望。而新文学运动和思想革命倒成了胡适沽名钓誉的一种手段，一旦获得高位，便忘记了自己的初心。

实际情况是，五四之后，许多新文化运动的知名人物获得社会声誉，便被蒋介石的南京政府招入麾下，进入权力中心。胡适因为信奉自由主义不便直接为当权者服务，但是他与一些重要的政治人物保持密切来往是不可否认的。

胡适因提倡人权受到国民党政府的“警戒”[7]之后，态度似乎有所转变，1930年写了著名的《我们要走那条路》，提出打倒并铲除贫穷、疾病、愚昧、贪污、扰乱等“五大仇敌”。他说，在这五大仇敌中，资本主义不在内，资产阶级不在内，封建势力不在内，帝国主义也不在内，最大的仇敌是“扰乱”。而这个“扰乱”，除了二十年的“革命”与“军阀”外，实际是指“近年各地的共产党暴动”，这些扰乱又大抵是“长衫朋友”造成的。[8]

当时蒋介石正与李宗仁、冯玉祥开战，南方共产党的革命势头正猛，学生运动又重新发展，这就是胡适所说的“扰乱”的背景。因此，这些文章和言论是很有针对性的，相当符合当局的口味，对刚刚夺取政权的国民党在意识形态领域占领话语权有建设性作用。蒋忙着打桂、冯，剿“共匪”，平“学乱”，都是驱除胡适所说的“扰乱”，打击“长衫朋友”的捣乱。胡适的这些言论正是在意识形态方面配合了蒋介石政权的工作。

随后，胡适陆续荣任依靠美国退还庚款所组成的中华教育文化基金会的董事兼秘书、东北政务委员会委员、农村复兴委员会委员、中英庚款委员会委员等职，渐渐进入权力中心。

1932年胡适创办《独立评论》，实际是为政府支招，呼应政府的政策，引导社会舆论，形成一个相当有话语权的社论据点。

于是，胡适便与在北平执政的张学良、在南京任行政院长的汪精卫成为私交甚密的朋友。有几封信可以作为佐证——

1932年8月，张学良致胡适：“适之仁兄大鉴：手书敬悉，高论同愚见甚相符合，非素爱良之深者，安能出此诚恳之言论。……拟于今晚或明日过贵宅一访，请先生切勿客气。”[9]当时的张学良是北平最高行政长官，尚能亲自过宅来访，可见关系非同一般。

查《胡适来往书信选》，可以看到，在1933年，汪精卫同胡适往来信件达15通之多。在一些信件中，汪精卫直言要请胡适做教育部长、驻德国大使等职，胡适虽未答应出任这些职务，却推举了自己一派的王世杰、唐有壬等人进入汪精卫内阁。

而胡适则希望做政府的“诤臣”，是想“有时当紧要的关头上，或可为国家说几句有力的公道话。一个国家不应该没有这种人；这种人越多，社会的基础越健全，政府也直接间接蒙其利益”。[10]

随着胡适作为文坛和学界盟主地位的日益巩固，他更加注意自己的身份和影响，不会轻易接受蒋介石的邀请，不愿意入阁从政，但他决不会与蒋介石政权公然作对。

他与蒋介石保持一定距离，希望“为国家说几句公道话”，企图用自己的思想影响蒋介石，实现多年来做“帝王师”的梦想。

1932年底，胡适在武汉首次见到了蒋介石，给蒋留下了一册《淮南王书》。在日记中胡适说：“盼望他能够想想《淮南王》‘主术训’里的思想”“做一个好的国家元首。”[11]

由此可以想见，1933年前后，胡适角色的自我认同发生了微妙的变化。

政权的高层频频传递示好的信号，“九一八”事变以后的中国政局又复杂多变，国民党上层的各派谁都难以预料自己的命运将走向何方，抓住这位文化界的名人对自己的权力巩固只有好处，并无害处。胡适因此成为众多政治势力拉拢的对象，正在一步步走红。

这就不难理解，为什么到了1933年，胡适公然挑战同盟的权威，与宋庆龄、蔡元培主持的中国民权保障同盟闹翻，即便被同盟开除也在所不惜。

二、王道诗话

中国民权保障同盟开除胡适的原因其实并不复杂。

1933年初的一天，中国民权保障同盟负责人宋庆龄收到一封信，揭露北平监狱种种骇人听闻的酷刑。这封信对北平陆军反省院虐待政治犯的事叙述得非常详尽。宋庆龄便以“中国民权保障同盟全国执行委员会”的名义在外国报刊上发表了这封信，揭露种种监狱黑幕。

但是，宋庆龄此举却触怒了胡适。

胡适写信给《燕京新闻》说，他曾同杨铨、成平访问过北平监狱，“他们当中没有一个人提到上述呼吁书所描绘的那些骇人听闻的酷刑”。

胡适如此讲，意在表示那封信是假的，宋庆龄不该发表。胡适在信末说：“民权保障同盟北平分会将尽一切努力来改善那些情况。然而我不愿依据假话来进行改善。我憎恨残暴，但我也憎恨虚妄。”[12]

事后，蔡元培、林语堂共同致信胡适说：“北平军委会反省院政治犯Appeal一篇，确曾由史沫特列女士提出会议；在史女士确认为自被拘禁人展转递出之作，而同人亦以此等酷刑，在中国各监狱或军法处用之者，本时有所闻，故亦不甚置疑。”[13]

当时，蔡元培、林语堂都是民权保障同盟的负责人。二人联署的这封信一方面向胡适说明在报纸上发表的Appeal的信并非捏造，确有此信；另一方面，蔡、林二人批评胡适不应公开指责同盟，搞内讧，转移视线。

查看《胡适来往书信选》，内有1933年2月1日史沫特莱给胡适的信，也有附录的《史沫特莱致中国民权保障同盟北平分会（译文）》。经过对照可知，史沫特莱提供的关于北平监狱酷刑之事，并不违背事实。

在《胡适来往书信选》中，还有一个被囚拘在北平宪兵司令部中叫作关仰羽的人也给胡适写信，并有《黑暗惨酷之宪兵司令部》一文，叙述了北平的监狱机构"随意捕拿，酷刑拷打，惨无人道，黑幕重重，所谓人间地狱者，今北平宪兵司令部……是也"[14]。

可见，北平监狱对犯人（尤其政治犯）施以酷刑的事实是不容抹杀的。

令人不解的是，胡适不仅在给《燕京时报》的公开信中指责同盟总部"虚妄"，还罔顾事实，于1933年2月22日在回答《字林西报》记者问题时坚持说："孙夫人（宋庆龄）信中作为依据的陆军反省院政治犯所写的控诉书，显然是伪造的。"

在这次谈话中，胡适无意中透露出他为政府开脱，为当局说话的真实意图。

《字林西报》的报道最后是这样说的："胡博士说，民权保障同盟不应当提出不加区别地释放一切政治犯，免予法律制裁的要求，如某些团体所提出的那样。一个政府为了保卫它自己，应该允许它有权去对付那些威胁它本身生存的行为，但政治嫌疑犯必须同其他罪犯一样，按照法律处理。"[15]

作为同盟的成员，胡适公开批评同盟，其言行显然有悖于章程。

1933年2月28日，宋庆龄、蔡元培共同署名致电胡适，严肃地警告他说："会员在报章攻击同盟，尤背组织常规，请公开更正，否则惟有自由出会，以全会章。"[16]要求胡适公开更正错误言论，承担相应责任，不然，就别留在同盟了。

胡适自然不会听从宋庆龄、蔡元培的指令，于是，民权保障同盟于3月3日召开临时会议，开除胡适的中国民权保障同盟会会籍。

以提倡自由精神著称，正在主办《独立评论》，标榜"不倚傍任何党派，不迷信任何成见"的"独立精神"的胡适，为何竟冒天下之大不韪，公然替政府当局遮掩罪行，为虐待政治犯、侵犯民权等行为发言辩护?

正如前面分析的那样，胡适此时正在一步步"走红"。

中国民权保障同盟不过区区一个民间组织，只有虚名，并无实权，更无实力，宋庆龄和蔡元培这些已经失势的国民党元老人物，胡适哪里放在眼里!

于是，他借北平监狱对政治犯实施酷刑的调查一事，公开向上海的同盟总部叫板，同他们闹翻。既表明自己的立场，给外界一个说真话的印象，又可获得南京高层的击赏。

这样做也算是给足了北平最高行政长官张学良面子，巩固自己在北平的地位。

1933年上半年，鲁迅在《申报·自由谈》上发表《王道诗话》和《"光明所到……"》，直接针对胡适为监狱酷刑辩护的事件。他用一种非常奇特的修辞和叙述方式，对此事进行深入细致的剖析，对胡适予以毫不客气地批评。

应该说明的是，《王道诗话》和下文提到的《出卖灵魂的秘诀》两篇文章，其实是瞿秋白与鲁迅交换了意见之后，由瞿秋白执笔完稿，交与鲁迅，鲁迅找人誊抄，再用笔名“何家干”或“干”，送报馆发表。

后来，鲁迅在结集出版杂文集时，把瞿秋白执笔的这几篇文章一并收入《伪自由书》。

《王道诗话》中说胡适是文化班头，认为他以争取人权为名，意在为政府当局说话，已经沦落为一个为专制政权洗脱罪责的无行文人。

杂文以诗为证：“文化班头博士衔，人权抛却说王权，朝廷自古多屠戮，此理今凭实验传。人权王道两翻新，为感君恩奏圣明，虐政何妨援律例，杀人如草不闻声。”[17]

其实“文化班头”的说法，有些漫画化的成分，未必击中要害。究其实，胡适的观点和作为在当时的政治语境中并没有多少可指责的。他的《人权论集》为中国争取人权尊严发出了先声，具有不可磨灭的历史功绩。他把西方的人权观念引入中国，让国人知道自己的哪些权利应该受到维护和尊重，哪些是神圣不可侵犯的，这些举动都具有进步意义。至于他后来为北平监狱说话，也有他自己的苦衷。

1949年，胡适匆忙退入台湾的时候，许多书信和资料没有带走，后来都被中国社科院近代史研究所收集整理，出版了《胡适来往书信选》，实在是一部不可多得的史料。翻阅1933年的胡适书信，我们会看到另一个胡适，或者说是胡适的另一张面孔。胡适与张学良通信中涉及北平监狱曝光一事，张学良很不安，便让他的秘书王卓然致信胡适，有暗中摆平此事的想法。

王卓然在信中对胡适说："先生笃念时艰，抒发伟议，审微见远，良殷心倾。所提各节然即向汉公（张学良，字汉卿，故王卓然称他'汉公'——引者注）商办，冀能一一实现，不负先生苦心。至反省院政治犯绝食之说，然询之该院，并无其事，外传非实。知念谨闻。恭请近绥。"[18]

此时，胡适正在北平任教，是文化古都的学界领袖，深得主政华北的张学良的尊重和信任。这其实没有什么，反倒说明胡适的影响力超越了学界，进入政府和军界。一个学者能为国家所用，说明他的价值所在。

鲁迅批评胡适也不是因为他如何影响政府要员，而是他一面争人权，一面讲王权；既要获得独立学者的清誉，又不时为政府当局开脱说事。独立学者与政府高官暗通款曲，串通一气，确实令人侧目。用时下的话说，是既当又立，做"双面人"。因此，鲁迅和瞿秋白以诗话的形式嘲讽胡适"人权王道两翻新，为感君恩奏圣明，虐政何妨援律例，杀人如草不闻声"，便是势所必然的事情了。

在政治倾向和思想观点方面，鲁迅与胡适的态度更是明显不同。

鲁迅旗帜鲜明地亮出自己的政治倾向和思想观点。他因反对北洋政府，被通缉而南下；他坚决拥护共产主义，参加"左联"的文化活动，领导"左联"开展斗争。

而胡适作为中国民权保障同盟北平分会的主席，竟公然睁眼说瞎话，替北平当局辩护，不惜指责总会，与蔡元培和宋庆龄闹翻。

在《“光明所到……”》中，鲁迅说：“中国监狱里的拷打，是公然的秘密。上月里，民权保障同盟曾经提起了这个问题。”文章接着笔锋一转，转述了胡适调查情况的报道：“但外国人办的《字林西报》就揭载了二月十五日的《北京通信》，详述胡适博士曾经亲自看过几个监狱，‘很亲爱的’告诉这位记者，说‘据他的慎重调查，实在不能得最轻微的证据，……他们很容易和犯人谈话，有一次胡适博士还能够用英国话和他们会谈。监狱的情形，他（胡适博士——干注）说，是不能满意的，但是，虽然他们很自由的（哦，很自由的——干注）诉说待遇的恶劣侮辱，然而关于严刑拷打，他们却连一点儿暗示都没有。……’”[19]

《字林西报》是英国人在上海办的一家英文日报，至少有80多年的在华史，是当时殖民者在中国最有影响的外文报纸之一，它有强大的西方背景和浓郁的殖民色彩。因而鲁迅指出胡适能够在这家报纸发表谈话，并且“很亲爱的”与记者谈话，实际是在暗示他们之间的共谋关系：会英国话的胡适博士在英文报纸上“很亲爱的”与记者谈论中国监狱的情形，与后面用英国话同犯人“很自由的”诉说，证明中国监狱没有严刑拷打等相联系，便会令读者怀疑胡适谈话的真实性和合理性——如果不是胡适撒谎，那就是这家报纸在撒谎；如果胡适在撒谎，那么，这家报纸就是在传播谎言。

鲁迅在杂文中直接引用报章中的文字，让人看到报道与事实之间的距离，让读者自己去鉴别真伪，分辨是非。

接着鲁迅写道：“我于是大彻大悟。监狱里是不准用外国话和犯人会谈的，但胡适博士一到，就开了特例，因为他能够

‘公开检举’，他能够和外国人‘很亲爱的’谈话，他就是‘光明’，所以‘光明’所到，‘黑暗’就‘自消’了。他于是向外国人‘公开检举’了民权保障同盟，‘黑暗’倒在这一面。但不知这位‘光明’回府以后，监狱里可从此也永远允许别人用‘英国话’和犯人会谈否？如果不准，那就是‘光明一去，黑暗又来’了也。”

监狱里不允许用外国话同犯人交谈，却准许胡适博士同犯人讲话，这说明监狱并不遵守章程，看人下菜碟，对胡适有特殊照顾。为什么要照顾他？因为他来的目的是“公开检举”民权保障同盟，而且能够“很亲爱的”与外国记者交谈，能替政府说“公道话”。对监狱当局来说，胡适就是“光明”，这个光明能够驱走监狱里的“黑暗”，能掩饰虐待政治犯的罪恶，能抹杀公众对政府当局的憎恶。

这就让读者领会到胡适所说的监狱里没有酷刑，很自由地谈话之类，无非是为政府当局涂抹粉饰的伪词，同时活画了胡适以“光明”自喻，被“黑暗”利用，为“黑暗”开脱的形象。

如此一来，谎言与事实发生了戏剧性的颠倒，增添了发人深省的讽喻力量。

三、对日态度

1933年3月22日，鲁迅以“何家干”为名在《申报》发表了一篇杂文《出卖灵魂的秘诀》，批评胡适在对待日本侵略的问题上表现得怯懦悲观，也揭露了一些文人学者在战争和死亡面前的畏葸和逃避。

文中提到胡适便是畏战、自卑、始终怀着亡国之感的代表，他力劝日本“征服中国民族的心”：

> 几年前，胡适博士曾经玩过一套“五鬼闹中华”的把戏，那是说：这世界上并无所谓帝国主义之类在侵略中国，倒是中国自己该着“贫穷”，“愚昧”……等五个鬼，闹得大家不安宁。现在，胡适博士又发见了第六个鬼，叫做仇恨。这个鬼不但闹中华，而且祸延友邦，闹到东京去了。因此，胡适博士对症发药，预备向“日本朋友”上条陈。
>
> 据博士说：“日本军阀在中国暴行所造成之仇恨，到今日已颇难消除”，“而日本决不能用暴力征服中国”。这是值得忧虑的：难道真的没有方法征服中国么？不，法子是有的。“九世之仇，百年之友，均在觉悟不觉悟之关系头上，”——“日本只有一个方法可以征服中国，即悬崖勒马，彻底停止侵略中国，反过来征服中国民族的心。”[20]

前文提及，胡适曾经撰文《我们走那条路》，指出中国有五大仇敌，即贫穷、疾病、愚昧、贪污、扰乱，矢口否认中国有资本主义、封建势力，更不承认帝国主义是中国的仇敌。

胡适的话音刚落，便发生了“九一八”事变。日本占领了东三省，炮轰上海，继而占领热河，突破长城防线，步步进逼华北和黄河流域，中国掀起反日浪潮。

于是，胡适便写了《日本人应该醒醒了》。此文先发表在1933年3月《独立评论》第42期，而后在1933年3月22日《申报》上又有《北平通信》之《太平洋会议讨论中日问题·胡适之谈话》的报道，两个文本都有上面所引关于劝日本人“停止侵略中国，反过来征服中国民族的心”的说法。

为了避免对胡适这句“关键语”断章取义，引起误解，不妨查考原文：

> 日本的真爱国者，日本的政治家，到了这个时候，真该醒醒了！
>
> 萧伯纳（George Bernard Shaw）在二月二十四日对我说：“日本人决不能征服中国的。除非日本人能‘准备’一个警察对付每一个中国人，他们决不能征服中国的。”（这句话，他前几天在东京也一字不改的对日本的新闻访员说了。）
>
> 我那天对他说：“是的，日本人决不能用暴力征服中国。日本只有一个法子征服中国，即就是悬崖勒马，彻底的停止侵略中国，反过来征服中国民族的心。”
>
> 这句话不是有意学萧伯纳先生的腔调，这是我平生屡次很诚恳的对日本朋友的忠告。这是我在这个好像最不适宜的时候要重新提出忠告日本国民的话。[21]

从这几段话的语境来看，胡适关于“征服中国民族的心”的说法并非戏言，更不是正话反说，而是“平生屡次很诚恳”的“忠告”。

在1933年国家日危，民众反日情绪高涨时，胡适为什么如此无视“民气”，出此悖谬之论？仅仅以胡适“立异以为高”的个性来解释很难说得清楚，若联系1933年前后胡适的言论与行为，即可知他的这番话自有其真实的思想背景和内在理路可循。

其一，胡适是个技术至上论者，对中国能够抵抗日本侵略不抱希望。

他认为日本太强大，中国太贫弱，他被敌人在1933年进攻热河时，能够以“一百二十八人，四辆铁甲车，可以爬山越岭，直入承德，如入无人之境”的局面所震慑。胡适认为，中国“养兵数百万，而器械窳劣”，没有科学，没有工业，“‘太古式之车辆用作运输’，这个国家是不能自存于这个现代世界的”，因而，他要人们“承认我们今日不中用”，“要准备使这个民族低头苦志做三十年的小学生”，“除此一条活路之外，我看不出有什么自救的路子”。[22]这就表明了他的心志，他已经丧失战胜日本的信心。

在《我们可以等候五十年》一文中，胡适又要人们守住“不承认主义”，“隐忍苦守”。他列举了比利时和法国的实例后强调：“一九一四年比利时全国被德国军队占据蹂躏之后，过了四年，才有光荣的复国。一八七一年法国割地两省给普鲁士，过了四十八年，才收回失地。”[23]

也许是真的被日本的军事威胁给吓怕了，胡适竟然指望着用将来几十年的时间来为中国人洗刷耻辱，他说：“在一个国家的千万年的生命上，四五年或四五十年算得什么?”胡适的意思很明白：中国目前打不过日本，但可以等待，不妨先做了奴隶，先“隐忍”“苦志”，寄希望于将来。

其实，胡适的等候五十年，源自他对中国的彻底失望，也源自他多年来形成的中国百不如人的民族信念虚无感，也许还由于“现状下苟安，思想上躲懒”以及卑怯、无奈、不知所措等因素。在《我的意见也不过如此》一文中，胡适仍然反对对日作战，认为中国对日作战，是“白日说梦话，盲人骑瞎马，可以博取道旁无知小儿的拍手欢呼，然而不是诚心的为社会国家设计”。[24]

然而，胡适“诚心的为社会国家设计”的是什么呢？无非是一个字：等。即“等候五十年”，或“苦守待援”。

其二，胡适虽然对中国打败日本不抱什么希望，但对国联主持公道、对美国的好心援助却抱有极大的幻想。

李顿报告书发表以后，胡适惊喜地称赞这是“一个代表世界公论的报告”，认为这个报告可以使中国这个“狂醉”的民族得以清醒。即便当日本不承认国联的调停书，退出国联，调解失败时，胡适也并不认为国联调停只是为了同日本讨价还价，多获取一些在华的利益，仍然满心欢喜地要中国人指望国联，因为他认为“国联的责任是要使人类在这个世界可以安全”。

因此，他在呼吁中国人“可以等候五十年”时，又寄希望于国联的支持：“第一，我们要对得住国联和美国的‘不承认主义’，……第二，我们不应该抛弃国联，……国联在这一年半中对中日冲突案的努力是值得我们全国人的深刻的感谢的。”

到了1933年下半年，胡适到美国访问，参加了在加拿大举行的太平洋会议，回国途中又访问了日本，于是在当年11月发表《世界新形势里的中国外交方针》一文，给政府出谋划策。他的主张是，让当局更加依靠美国和国联，提出“多交朋友，谨防疯狗”的方针：“我们的外交政策的原则应该是：我们必不可抛弃那国联国际的大路。”[25]

所谓“多交朋友”就是和美国、英国亲近；而“谨防疯狗”就是不要让日本咬住，躲着它走。这是胡适对日本和西方的看法与态度。

而事实如何呢？英美哪里是真心帮助中国？日本倒是真心侵略中国。

其三，胡适与国民政府高层的亲日派之间有着很契合紧密的呼应。

如果仔细通读《胡适来往书信选》中1933年胡适和汪精卫的15封通信，便会发现汪精卫竟然送给胡适密电本，并约定开头用Yone为暗号，由此可知胡、汪秘密通电颇为频繁。[26]

前文述及，汪精卫多次拉胡适入阁，胡虽未应允，但他推荐了自己的朋友，主导汪精卫内阁的舆论力量。可以想见，在对日政策和方略上，胡适与汪精卫彼此呼应，互相影响。汪精卫内阁的亲日倾向一直十分明显，抗战全面爆发后，汪公开投敌，为世人所不齿；而此时胡适对待日军侵华的态度与许多言论，也都对汪内阁的外交有较大影响。

从以上三点简略分析可知，胡适真的被日本的军事力量吓坏了。技术至上论让他坚信日本太强大，中国无力抗击日军；应该“鸣钲待援”，“等候五十年”，紧密依靠美国和国联；即便日军步步紧逼，也不能轻言作战，因为战则败，要争取议和。

这是典型的失败主义言论。而这些言论通过胡适的权威传播，不仅影响到民众和一些知识分子，也影响到国民党当局中的亲日派。

四、批评胡适

鲁迅与胡适不只是在思想上充满分歧，在解决问题的方法上也天差地别。可以说，二人之间道不同，技亦不同。

面对日本侵略，胡适要人们低头苦志，等待国联；而鲁迅则号召人们不要失去自信力，不要出卖中国人的灵魂。

1934年，在“九一八”事变爆发三周年之际，鲁迅写了名文《中国人失掉自信力了吗》，直陈胡适所代表的悲观主义情绪：“两年以前，我们总自夸着‘地大物博’，是事实；不久就不再自夸了，只希望着国联，也是事实；现在是既不夸自己，也不信国联，改为一味求神拜佛，怀古伤今了——却也是事实。”鲁迅进一步强调，应该相信自己，相信人民：“我们从古以来，就有埋头苦干的人，有拼命硬干的人，有为民请命的人，有舍身求法的人，……虽是等于为帝王将相作家谱的所谓‘正史’，也往往掩不住他们的光耀，这就是中国的脊梁。”[27]

而胡适的观点和方法论恰恰相反。

有了这个背景，再来理解胡适请求日本放弃侵略中国，“反过来征服中国民族的心”的说法，便可对其思想有所了解。至于这个说法所隐伏的更深更细腻的心机，以及所牵涉的中国历史深处更辽远的东西，还是让我们再回到杂文《出卖灵魂的秘诀》上来。鲁迅写道——

这据说是“征服中国的唯一方法”。不错，古代的儒教军师，总说“以德服人者王，其心诚服也”。胡适博士不愧为日本帝国主义的军师。但是，从中国小百姓方面说

> 来，这却是出卖灵魂的唯一秘诀。中国小百姓实在“愚昧”，原不懂得自己的“民族性”，所以他们一向会仇恨，如果日本陛下大发慈悲，居然采用胡博士的条陈，那么，所谓“忠孝仁爱信义和平”的中国固有文化，就可以恢复：——因为日本不用暴力而用软功的王道，中国民族就不至于再生仇恨，因为没有仇恨，自然更不抵抗，因为更不抵抗，自然就更和平，更忠孝……中国的肉体固然买到了，中国的灵魂也被征服了。

这段话是文章的核心。

短短二百余言把批评的锋芒指向中外、古今、灵肉三个维度，多方位地剖析胡适言论，令人警醒。

鲁迅从两个角度来分析这个话题，一个是对入侵中国的日本而言，另一个是对忍受侵略的中国的百姓而言。

对日本而言，胡适的“征服中国民族的心”是“征服中国的唯一方法”。因为日军在华的暴行使中国对日本的仇恨达到不可调和的地步，愈施暴，中国人对日本的仇恨愈深，这样下去，积怨太深，所以胡适就说：“九世之仇，百年之友，均在觉悟不觉悟之关头上”，日本人应该抓住这个机会，立即停止侵略，征服人心。

但鲁迅进一步追问，这对于中国人来说将会如何呢？中国的小百姓在胡适眼里是“愚昧”的，不懂得胡适所说的“民族性”之类的大道理，只知道别人打我，我就产生仇恨，你打得愈狠愈猛，我对你的恨就愈深愈烈。如果日本人采用胡适的“征服人心”的方法，“不用暴力，而用软功的王道”，那将会如何呢？

如果用软功，用“征服中国民族的心”的办法，中国人就不会有仇恨了，也就放弃抵抗了，然后就和平了，忠孝了，中国人的灵魂也就被征服了。所以说，若用胡适提议的办法来替中国治心，中国百姓的肉体是保住了，性命也无忧了，但也有一个小小的代价，那就是把自己的灵魂出卖给日本，出卖给天皇陛下。

通过《出卖灵魂的秘诀》一文，鲁迅把胡适劝说日本征服中国人心的办法，看作出卖中国人民灵魂的“秘诀”。

胡适表面上以“独立”“自由”“人权”等字眼装扮自己，用学术、知识、科学的名义粉饰自己，私下里却与当局的高官来来往往、密电频频。嘴里喊着要一个世界的秩序、为国家的兴亡从长计议的胡适，其实心里向往着西方的“黄金世界”，蔑视着这个“百不如人”的，被贫穷、愚昧、疾病、贪污、扰乱“五鬼”缠身的中国，希望把祖国打扮成“睡美人”好嫁给“西方武士”[28]。

当祖国遭到日本军队的侵略，胡适却重弹“已不如人”、自我丑陋的老调，要求政府当局“鸣钲待援”，“苦撑待变”，决不言战，更劝说日本人来征服中国人的心。

不管替自己的理论冠以怎样冠冕堂皇的名号，不管真实用意掩饰得如何隐蔽，事实俱在，人心自有衡准，良知便是尺度。

鲁迅早已看透当时情势下出现的各种各样的手段，只需拈出“出卖灵魂的秘诀”一词，便指称了先出卖自己的良知，再妄图出卖中国和中国人的诡秘心机。

《出卖灵魂的秘诀》从分析胡适的谈话入手，把谈话的内容及其指涉的事实植入生活中，让人们重新思考在日本侵略者入侵中国时，中国人对这一事件的反应和言论。当时有人完全被敌人的气焰所吓倒，有人出于这样那样的立场和私欲，企图寻找逃路，竭力回避战争，也有人早已在思想上缴械，散布失败主义情绪和无力抗争的言论，胡适正是这种意识的代表。

鲁迅看到这股思潮的危害性和深层的卑劣心理，用“出卖灵魂的秘诀”来隐喻，给这种悲观逃避而又振振有词的社会情绪重新命名，让人们看清它的实质并加以警惕和抵制。这篇《出卖灵魂的秘诀》只用短短几百字，便形神毕肖地活画出一班畏葸丧志而又巧言掩饰的士大夫嘴脸。

在文章的末尾，鲁迅更进一步，让人看清这种“出卖灵魂”的秘诀可能还有另外的方式——

> 因此，胡适博士准备出席太平洋会议，再去“忠告”一次他的日本朋友：征服中国并不是没有法子的，请接受我们出卖的灵魂罢，何况这并不难，所谓“彻底停止侵略”，原只要执行“公平的”李顿报告——仇恨自然就消除了！

鲁迅提醒人们，在出卖灵魂的这桩买卖中，买主不仅只有目前侵略我们的日本，还有坐收渔利、别有用心的美国、英国……

第五章 隐蔽战斗

一、大陆新村

1927年，鲁迅到上海定居之后，先后住过景云里、拉摩斯公寓和大陆新村九号。

避难之时，还暂住过花园庄旅馆、千爱里公寓和内山书店楼上等。定居之后的三处住所都不是以鲁迅的名义租住的。除了景云里的房子外，其余两处寓所均由内山书店的老板内山完造出面为鲁迅租来。

1933年迁居大陆新村九号之后，鲁迅在上海的活动大部分是经由内山书店进行的，其衣食住行和大部分文化活动也都局限在日本人云集的北四川路附近区域。

事实上，因形势的严峻，鲁迅不得不隐居于此。

研究鲁迅在上海的活动地图和他生活工作的文化空间，有利于我们更深入地了解他的思想发展轨迹。通过对他的衣食住行、工作模式和生活轨迹的分析，可以更清晰地发现他的文化创造活动是如何受到他所处城市的文化空间结构的深刻影响。

城市空间对作家的写作及其作品风格的形成之影响非常重要。城市不只是一个作家生活的地方，为他提供衣食住行和创作的必要条件，还无形中影响了他的思想、情感、想象和书写方式。

英国学者迈克·克朗认为："文学地理学应该被认为是文学与地理的融合，而不是一面单独的透镜或镜子折射或反映的外部世界。同样，文学作品不只是对地理景观进行深情的描写，也提供了认识世界的不同方法，揭示了一个包含地理意义、地理经历、地理知识的广泛领域。"[1]

从这个角度来观察鲁迅所在的上海和他的行动空间，尤其是他的居所及其周边环境，也许更能理解他的思想变化和文学创作发展轨迹。

还是从1933年鲁迅迁居大陆新村九号开始探讨。

1933年4月11日，鲁迅全家从位于北四川路的拉摩斯公寓，迁居到施高塔路130弄（今山阴路132弄）的大陆新村九号。直到1936年离世，鲁迅在这里住了三年半。

这是一个处于“越界筑路”范围内的“半租界”空间，后来他的几本杂文集都署名“且介亭”，也是由于他所居住的大陆新村属于“半租界”的范围。

所谓“越界筑路”，是指十九世纪末到二十世纪初上海公共租界在界外修筑道路，进而在事实上取得了一定行政管辖权的附属于租界的“准租界”区域。

“越界筑路”的区域分为沪西、沪北，共筑有大小马路接近40条。鲁迅居住的大陆新村寓所就在其中。这条路始筑于1911年，而其附近内山书店所在的北四川路，是早在1906年便完成了的越界筑路。[2]

大陆新村是一群三层新式楼房建筑，红砖红瓦，砖木结构，相当于现在的联排别墅。1931年由当时的上海大陆银行上海信托部投资兴建，故名“大陆新村”。鲁迅寓所的门牌是九号，占地78平方米，建筑面积222.72平方米。[3]隔壁是一个茶社，挂着一个大牌子，上面写着大大的“茶”字，格外惹眼。

为了近距离观察这处鲁迅曾经在此创作出十几部重要著作的晚年居所，我们不妨循着著名作家萧红的笔触，听她巨细靡遗而又充满深情和伤感地详述这个她当年经常光顾的地方——

鲁迅先生的客厅摆着长桌，长桌是黑色的，油漆不十分新鲜，但也并不破旧，桌上没有铺什么桌布，只在长桌的当心摆着一个绿豆青色的花瓶，花瓶里长着几株大叶子的万年青，围着长桌有七八张木椅子。尤其是在夜里，全弄堂一点什么声音也听不到。

那夜，就和鲁迅先生和许先生一道坐在长桌旁边喝茶的。当夜谈了许多关于伪满洲国的事情，从饭后谈起，一直谈到九点钟十点钟而后到十一点钟。时时想退出来，让鲁迅先生好早点休息，因为我看出来鲁迅先生身体不大好，又加上听许先生说过，鲁迅先生伤风了一个多月，刚好了的。

但是鲁迅先生并没有疲倦的样子。虽然客厅里也摆着一张可以卧倒的藤椅，我们劝他几次想让他坐在藤椅上休息一下，但是他没有去，仍旧坐在椅子上。并且还上楼一次，去加穿了一件皮袍子。

那夜鲁迅先生到底讲了些什么，现在记不起来了。也许想起来的不是那夜讲的而是以后讲的也说不定。过了十一点，天就落雨了，雨点淅沥淅沥地打在玻璃窗上，窗子没有窗帘，所以偶一回头，就看到玻璃窗上有小水流往下流。夜已深了，并且落了雨，心里十分着急，几次站起来想要走，但是鲁迅先生和许先生一再说再坐一下："十二点以前终归有车子可搭的。"所以一直坐到将近十二点，才穿起雨衣来，打开客厅外面的响着的铁门，鲁迅先生非要送到铁门外不可。我想为什么他一定要送呢？对于这样年轻的客人，这样的送是应该的吗？雨不会打湿了头发，受了寒伤风不又要继续下去吗？站在铁门外边，鲁迅先生说，并且指着隔壁那家写着有“茶”字的大牌子：“下次来记住这个‘茶’字，就是这个‘茶’的隔壁。”而且伸出手去，几乎是触到了钉在铁门旁边的那个九号的“九”字，“下次来记住茶的旁边九号。”

于是脚踏着方块的水门汀，走出弄堂来，回过身去往院子里边看了一看，鲁迅先生那一排房子统统是黑洞洞的，若不是告诉得那样清楚，下次来恐怕要记不住的。[4]

萧红优美细腻的笔触把鲁迅先生的这处住所里里外外的场景与环境，以及鲁迅夫妇对她的热情和关切描写得绘声绘色，如在眼前。

这是鲁迅休息、生活、写作和社交的私密空间。它绝非只是身体居住和灵魂安妥之所，还是一个文学生产和意义增殖的文化空间，更是二十世纪三十年代中国左翼文学和左翼文化聚集和融合、扩大和展开之处，以巨大的影响力推动全国乃至世界文化迈向纵深发展的文学心脏与中枢位置。因此，对这个文化空间及其相关场域的研究不只是文化地理学的命题，更是文化生产和文化再生产研究的重要主题。

首先，要了解的是鲁迅对这处新居所的态度和迁居的缘由。

对大陆新村九号这处新的居所，鲁迅大致是满意的。

他在迁居后的第四天（4月16日）便写信给好友许寿裳说：“迁寓已四日，光线较旧寓为佳，此次过沪，望见访。”[5]

5月10日，在给许寿裳的另一封信中，再次提及新居："新寓空气较佳，于孩子似殊有益。我们亦均安，可释念。"[6]

7月11日，鲁迅给母亲的信中提到海婴时，也表达新居住环境对孩子的好处："海婴是更加长大了，下巴已出在桌面之上，因为搬了房子，常在明堂里游戏，或到田野间去，所以身体也比先前好些。"[7]

11月12日，在问候母亲的另一封信中，鲁迅再次提及房子和海婴："上海天气亦已颇冷，但幸而房子朝南，所以白天尚属温暖。男及害马均安好，但男眼已渐花，看书写字，皆戴眼镜矣。海婴很好，脸已晒黑，身体亦较去年强健，且近来似较为听话，不甚无理取闹，当因年纪渐大之故。"[8]

鲁迅为什么搬家？

从以上四封信中我们约略可以看出，一个主要的因素就是海婴。

1927年10月，鲁迅与许广平来到上海同居后，曾商议不要孩子，因为他们居无定所，不知道在上海能待多长时间。

那时候鲁迅正受到创造社和太阳社的围攻，且外界对他们的结合蜚短流长，他们承受着各方压力，生活得很艰难。

但人生总是充满未知。

1929年海婴出生，对鲁迅来说是个意外的惊喜。面对新生命的降临，面对上苍给他们的礼物，鲁迅焉有不接受之理？于是，鲁迅以"上海出生的婴儿"之意，给孩子取名"海婴"。

鲁迅晚年得子，自然对这个孩子疼爱有加，备加呵护。

但是，海婴出生之后，身体一直比较弱，经常闹病，鲁迅非常操心。

1930年5月，由于遭到国民党政府的威胁逼迫，鲁迅一家从景云里搬至半租界性质的北四川路底的拉摩斯公寓。与景云里的石库门房子相比，这里较为干净，住客多为外国人，也比较清静，适合鲁迅读书写作。但是，拉摩斯公寓有个缺点，就是房子朝北，属于阴面，很少见到阳光。这一点，对大人来说也许不甚重要，但对孩子的健康却是个大问题。

1932年，海婴的身体经常出现状况，引起了鲁迅的不安和关注。

查《鲁迅日记》得知，1932年5月21日，海婴腹泻较甚，请日本医生坪井诊疗，确诊为菌痢。于是全家开始了为海婴治疗的漫长过程。

那段时间，鲁迅夫妇几乎每天都会携海婴往篠崎医院跑，检查、注射，有时请医生来家诊治。直到6月26日，海婴的菌痢病症才算痊愈，前后共计36天。

此后，海婴还有些类似喘息剧烈、咳嗽等症状，虽痊愈，但颇费心神。

《鲁迅日记》1932年9月28日记载："上午坪井学士来为海婴诊。午后往文华别庄看屋。"本条日记的注释是："因拉摩斯公寓正房朝北，不宜于海婴健康，本日起鲁迅另觅新居，次年3月21日看定大陆新村九号寓。文华别庄，应作'文华别墅'。"[9]

1932年10月5日，鲁迅在日记中写道："上午同广平携海婴往篠崎医院诊，付泉八元四角。下午同往大陆新村看屋。"[10]

由此可见，由于考虑到海婴的健康状况，鲁迅在1932年10月间已经下定决心迁居，并找了几处房屋，寻觅合适的寓所。

11月，北平的母亲派人发来病重电报，于是鲁迅回北平探望老母。月底返回上海，瞿秋白夫妇在鲁迅家中避难，紧接着是中国民权保障同盟的成立，鲁迅参加各种集会。

之后马上要过春节，中国的习俗是重大节日不迁居，于是搬家的事便推迟到了1933年的春天。

直到3月21日，鲁迅才定下迁居的地点。这天的日记写道："决定居于大陆新村，付房钱四十五两，付煤气押柜泉廿，付水道押柜泉四十。夜雨且雾。"[11]

二十天后，鲁迅正式迁入大陆新村。

房主是谁？如何签的协议？上述租金和煤气水电费怎样支付？这些问题，在鲁迅日记和书信中都没有交代。

其实，许多文献表明，上述这些工作都是由一个人代鲁迅办理的。就是内山书店的老板内山完造。

由此，与鲁迅居所最有关联的另一处公共文化空间内山书店便进入我们的研究视野。而要想更好地了解内山书店，先弄清楚它的老板内山完造是个什么样的人便显得尤为重要。

二、内山书店

内山完造原是一个来自日本底层、前来中国贩卖药品赚钱糊口的生意人，而鲁迅是中国新文学先驱和文艺界领袖，无论从哪方面讲，他们都不是同一阶层和同一文化水平的人，但偏偏社会地位、身份和思想学识水平差异很大的两个人，却成了彼此充分信任、结下深厚友谊的朋友。

鲁迅和内山完造相识交往以及结为好友的过程，是一件有趣而值得探讨的事情。

内山完造（1885–1959）从日本贩来一种叫作“大学眼膏”的药品，在中国的各个城市推销，同时也把上海严大德堂出品的一种治疗脚气的中药带到日本售卖，获得很大成功。

因为日本人较多居住在潮湿的沿海地区，脚气病比较普遍，许多人用了严大德堂的药之后，疗效明显，几乎药到病除。内山完造贩卖的药在日本颇受欢迎，药品生意逐渐有了起色。在上海站稳脚跟后，内山便把他的妻子带到中国，一起在上海居住。[12]

内山夫人是一位基督徒。当内山完造带着他的药品到中国各大城市推销的时候，内山夫人自己闲来无事，便在上海的寓所开辟出一个空间，支起货架，摆上铺板，卖《圣经》《妇女月刊》《文艺杂志》之类的书籍和刊物。

不料，闲来无聊打发时光的生意居然获得意外成功，到铺子里买书的人竟然越来越多。于是内山夫人便在住所附近的魏盛里租了两间铺面，增加了一些书的品种，生意红红火火地开展起来。内山夫人还从日本购进一些重要的文艺书刊，尤其是一些介绍苏联文艺的理论书、日本作家的小说和介绍欧美文学的杂志，颇受上海读者欢迎，销量甚好。[13]

内山完造见夫人的书店买卖不错，就把药品生意交给他的一位亲戚打理，与夫人一起专门经营起这家书店来。由于内山的诚实、周到和书刊品质，这间书店逐渐在周边变得小有名气。当然，让这家小小的内山书店享有海内外声誉的主要原因还是鲁迅的到来。

1927年10月，鲁迅偕许广平从广州来到上海，住在北四川路附近的景云里。

景云里距离内山书店不远。鲁迅夫妇初来上海，人地两生，闲来无事，便溜达到魏盛里的这家日本书店里。因为鲁迅的穿着打扮很土，甚至有些寒酸，一个负责书店的日本人居然提醒店员注意这个人，他可能是个偷书贼。

但当鲁迅用日语与内山完造交流，并买下四本比较贵重的书时，他们才发现这个人不是一般顾客，便问起鲁迅的名字。鲁迅说自己叫周树人，内山惊奇地追问："你就是鲁迅先生么?"鲁迅点点头。内山喜出望外，立刻鞠躬行礼。鲁迅与内山完造近十年的交往自此便开始了。[14]

内山完造虽然是一个生意人，但他和妻子一样，喜欢文艺，喜欢结交有名望的作家和艺术家。他对鲁迅的崇拜是由衷的、真诚的，尤其是鲁迅留学日本的经历和鲁迅对日本文化的认同与理解，也让内山完造有一份自然的亲近。

鲁迅的深刻、博学与敏锐让内山完造深深感佩，他的平易近人、朴实真挚和丰富阅历也让内山完造感到亲切，不由得被他吸引。

内山完造还有一个特点，就是细心、勤谨和温厚。这种品格也非常对鲁迅的路子。

内山虽然文化不高，但是他懂文化；虽然没有多高的学历，但是经历坎坷，懂得人情世故，善解人意。加之他对鲁迅高山仰止一样的崇敬，鲁迅自然认定他是一个值得信任和托付的朋友。

事实也确是如此。

鲁迅的到来，为内山书店带来了福音。书店人气很旺，书籍销量亦增加不少。

内山完造在书店内部专门为鲁迅增加了一个茶座。鲁迅一踏进书店，内山便请他坐下来，喝茶叙谈。叙谈有时是正式的，多数是闲聊。而有心的内山老板总是会把鲁迅的一些观点记下来，成为他之后与别人谈话的内容。

由此看来，内山书店就不单单是一个图书买卖的经济活动空间。

由于鲁迅的到来，与鲁迅有关的人和事在内山书店内交汇，内山书店从此增加了更多的文化属性，成为意识形态斗争的文化场域。

这方面，许多细节和场景可以通过内山书店中一个店员的回忆进行佐证和补充：

> 鲁迅先生几乎每天都到书店来一趟，每次来都是在下午两、三点钟光景。假如不来，不是有事，就是病了，内山先生一定要到鲁迅先生家里去看他。这时候，店里的店员也增多了，我们都认识鲁迅先生，他不到店里来，我们也会向内山先生打听的。
>
> 鲁迅先生每次到书店来，都由内山先生陪着谈话。
>
> 这个时候的内山书店虽比原来的稍微大一点点，布置还和原来的一样，中间的书架靠后面一点，有两把椅子，中间放着一只日本式的大火缸，这只缸在夏天也是不拿掉的。鲁迅先生每次来都坐在这里，他坐在外面的一张椅子上，面朝里坐，内山先生坐在他的对面陪着，所以从外面进来的人，只能看到鲁迅先生的背影。这时候，鲁迅先生的处境是很危险的，随时都有受到迫害的可能，他面

> 朝里，为的是不让外面进来的人看见他。鲁迅先生到书店来，也不一定从大门进来，有时从后门；出去也往往走来时的相反方向。我们都为鲁迅先生的处境担心，为了保护鲁迅先生，在他来了之后，我和内山先生就会特别注意书店里的顾客，万一生疏的面孔多了，我们就立刻通知鲁迅先生，让他避开。
>
> 从这个时候起，鲁迅先生写好了文章，都送到内山书店来，由书店代他送出去，稿费信件送来时，也由书店代转。鲁迅先生要会客人，地点也往往在内山书店或借内山先生的家里千爱里三号（就在书店的后门口）。[15]

从上述店员的细致回忆中，可以总结出内山书店经济功能之外的政治功能和文化功能，以及这个场所对鲁迅日常生活的影响。

第一，鲁迅把内山书店当作他与外界交往的一个秘密联络点。一般情况下，鲁迅都会把要见的普通朋友约到书店来见面、喝茶、聊天。

如果是重要的朋友，便由内山领到自己家中，再通知鲁迅与之见面。党内的同志也是通过内山代为联络，待鲁迅确定会面时间和地点之后，由内山转达，然后才安排见面。内山细心周到，这些秘密联络事项也都会办得妥妥帖帖，没有出过什么差错。

第二，内山书店是鲁迅在1933年之后收发信件的通用地址，即秘密通信处。

当时的大陆新村附近可谓谍影重重，暗探、警察和国民党蓝衣社特务的身影总是在此处晃动。考虑到特殊的身份和上海复杂的敌情，鲁迅的信函和包裹从不直接寄到自己的住所。他给朋友写信时，交代自己的通联处总是：上海北四川路底内山书店转周豫才收。

书店是日本人开的，国民党当局怕引起外交上的交涉，不敢明目张胆地检查书信。书店里如果来了鲁迅的信件，一般是由鲁迅本人来取，有时是由许广平代取。

如果鲁迅家中有事，不能亲往，内山完造会安排一个可靠的店伙计亲自把信送上门，并嘱咐伙计对周先生的住所加以保密。

第三，鲁迅还把内山书店当作自己聊天和放松的休息地。

搬到大陆新村寓所之后，鲁迅的作息更加规律：晚上工作，早晨和上午睡觉，午间起床。午后从大陆新村由北向南踱步几百米，来到北四川路，进入内山书店，与内山先生聊一聊，或者购一些书，照顾内山的生意。

鲁迅也会把文坛上的一些故事讲给内山听，也会就家庭和生活中的一些事情征求内山的意见。如果鲁迅收到朋友送的礼物，例如阳澄湖大闸蟹、家乡的笋干、金华火腿等，他会分一部分送给内山一家。内山夫人做了好吃的寿司或蛋糕之类，也会请鲁迅与许广平来家品尝。

内山夫人是一个心地善良、做事笃诚的女人，她的家庭地位似乎比内山完造要高，内山非常服膺夫人的见解，经常与夫人到鲁迅家中拜访，给海婴送上一些甜点、玩具等。

1932年11月，鲁迅到北平探母，内山夫人送上一床绒被，让鲁迅捎给北平的母亲。而鲁迅在临行之前，也亲自到内山家中请内山完造照料许广平母子。

第四，当鲁迅遇到危险，内山夫妇会不遗余力地帮助鲁迅脱险，内山书店成为鲁迅的一个避难所。

1931年，柔石等人被捕，国民党特务发出通缉令，要捉拿鲁迅。内山给鲁迅找了一家日本人开的叫花园庄的旅店暂避风头。其间，内山几次携日用品探望，也带去外界的各种信息和重要情况。

1932年“一·二八”事变期间，鲁迅居住的拉摩斯公寓遭到枪弹袭击。鲁迅当时正在写作，书桌正对着日本海军陆战队的司令部，当晚枪声大作，子弹打穿玻璃窗，射进屋内，差点造成伤亡。此时，内山书店的店员按照内山完造的吩咐，带领鲁迅全家、周建人全家共十口人，来到内山书店在英租界分店的一个大房间里，暂时躲避战争带来的危害。直到外面安全了，他们才回到家中。

1934年8月，内山书店的一个经常给鲁迅送书的中国店员被逮捕，为慎重起见，鲁迅被安排在内山位于千爱里的家中暂时避险。一段时间后，待那个店员被释放，外面的风声平息了，内山才把鲁迅安全护送回家。[16]

从这里可以看出，内山完造与鲁迅的关系非同一般。毫不夸张地说，鲁迅在上海的安全，多半是由内山完造来保障的。而内山完造对鲁迅及其全家的照顾和爱护，也已经突破了一般朋友的界限。

或者可以这样说，内山书店不仅是鲁迅的通联处和活动据点，还是他的避难所，是鲁迅及其家人生命危急关头转危为安的安全屋。

至此，再回想并分析探讨1933年鲁迅迁居大陆新村九号的过程，可以想见内山完造在其中扮演何其重要的角色。

事情应该是这样的：鲁迅和许广平看好大陆新村九号的房子，把地址告诉内山完造。内山完造以书店店员的名义租下这套房子，费用由书店垫付，鲁迅与书店结清租金等费用后直接搬进新居即可。

许广平在《鲁迅回忆录》中谈到内山的情谊时说："对鲁迅，他尽了朋友的责任，甚至好友的责任。鲁迅因为避免政治上的迫害，人事上的纷扰，我们的住处是经由内山先生作为中国店员的宿舍去租赁的。房租、水电、煤气都是先交款给他代办的，因之通信往来就不便直接收发，也统由他们代理了。"[17]

当时，许多人认定内山完造是日本间谍，特别是那些有意污蔑鲁迅为日本人服务的国民党政府御用文人。

前文提到过的《内山书店小坐记》便是曾今可等人的"杰作"。鲁迅也对此有过专门的回应。可见，那些认为内山完造是日本间谍的谣言多半是为了攻击鲁迅，让他背上"与日本间谍勾结出卖中国人"这个黑锅。

三、租界生活

究其实，内山书店是因为距离鲁迅住所很近，方便鲁迅躲避各方面的暗算和伤害，才成为他经常出入的重要活动场所。

正是有了这样一个相对安全、自由和隐蔽的书店作掩护，鲁迅晚年写的几百篇犀利杂文才得以安全送到报馆林立的望平街，产生巨大的文化爆发力。

内山书店的公共空间性质，使之成为左翼文化生产和再生产的重要场域。大批左翼文化名人在此结识鲁迅，受到鲁迅影响，成为左翼文化发展的主力军。

甚至一些共产党高级干部也通过这个中转站与鲁迅结识交往，鲁迅精神由此影响到全国的左翼文化思潮和文化运动。

还有一大批外国友人纷纷来到上海，在此地认识鲁迅，访问鲁迅，报道鲁迅，把鲁迅的思想及时传播至世界各地。

另外，内山书店作为一个隐蔽所，保护了鲁迅及其家人，保全了鲁迅这个中国人民的文化领袖和精神导师。单凭此点，内山书店为中国文化做出的贡献便是无法估量的。

鲁迅在上海的住所虽然几经搬迁，但是，基本在北四川路（现在的四川北路）、施高塔路（现在的山阴路）、狄思威路（现在的溧阳路）一带。这一带处于公共租界和“越界筑路”之间，被称为“半租界”。

租界是殖民地时期帝国主义在中国国土上制造的皮癣和疮痍，它的治外法权和种种恶行令人气愤，应该遭到谴责。

但是，我们也应该清醒地认识到，正是有上海租界这个“护身符”，鲁迅才不会招致更大的危险和更多的麻烦。也可以说，如果不是处于半租界这样的文化地理环境，鲁迅也不可能有那么多著述，准确而深刻地揭露出中国社会的种种丑恶与不义。

当然，即便身处半租界这样的环境中，鲁迅仍需格外小心地应对外面的一切：通信、接待、联络都是通过内山书店这个中转站，许多家庭和生活事务也都拜托内山完造夫妇办理。因此，鲁迅在上海期间，实际上过着半地下、半隐居的生活。

鲁迅在此的生活虽然处处小心，但他是讲究斗争策略的，这种策略并不是为了一己之私，也不是胆小怕事，而是为了文学创作和文化事业的顺利开展，为了对敌斗争工作免受不必要的干扰。

大量文献资料表明，鲁迅在上海的三处住所收留过许多共产党人和进步青年。

在景云里，柔石、白莽等文学青年经常到鲁迅家吃饭、借宿和从事文学活动。

鲁迅成为“左联”领导人之后，他的家便成了一个重要的秘密集会地点。他在自己的家中，编“左联”的刊物、改青年作家的稿子、邮发一些重要文件和书信。

鲁迅从不顾惜自己的安危，热情积极地从事“左联”的各项工作。[18]

在北四川路的拉摩斯公寓，鲁迅的家里经常出现共产党人的身影。冯雪峰、胡风、阳翰笙等人是鲁迅家中的常客，他们经常深夜畅谈，抵足而眠。[19]

在大陆新村九号，鲁迅家中专门有一间客房是为像瞿秋白、陈赓这样的共产党高级干部住宿和避难而设的。

1932年和1933年瞿秋白夫妇曾三次住在鲁迅家中，鲁迅与瞿秋白在此期间缔结伟大友谊，[20]已成文坛佳话，自不待言。

陈赓两次避居鲁迅家中，为鲁迅提供红军长征的素材，[21]也成为文学史和革命史上重要的历史场景和文化主题。

可以这样说，鲁迅有这样一个比较安全和隐蔽的住所，很大程度得益于内山完造的周密布置和悉心安排，他在鲁迅的周围织造了一张无形的安全网，为鲁迅的文化活动设置了一道安全的屏障。

前述内山书店的中国店员王宝良在同一篇回忆录中较为详细地描述了鲁迅如何得到内山的保护、鲁迅在自己的住所周围如何进行文化活动，以及内山怎样安排和处理鲁迅的应急情况：

> 鲁迅先生在上海的几次避难，几乎都是托内山先生代为安排的，一次在花园庄旅社，一次在内山书店楼上，一次在四川路四马路（就是现在的福州路）口内山书店分店里。这些事情，内山先生只肯告诉我一个人，因此这些事情我是知道的。前些日子，鲁迅纪念馆的同志要我陪他们去看一看这些地方，我陪着去了，可是时过境迁，房子的样子都变了。
>
> 内山先生和鲁迅先生成了好朋友之后，常和我谈起鲁迅先生，他对鲁迅先生是非常敬仰的。内山常说，鲁迅的一支笔，象一架机关枪，十分厉害。鲁迅先生的为人，也时常成为我们谈话的资料。关于鲁迅先生的“儿子”的事情，早听说过了，我们除去痛恨这些无赖之可恶以外，对于鲁迅先生的气量的宽宏，不胜惊叹。内山先生还曾表示过，不管在政治思想方面，在文学素养方面，由于和鲁迅先生的接触，都是获益很多的。[22]

王宝良的回忆应该是准确的，因为无论是许广平，还是内山完造本人，都谈到鲁迅对内山完造的影响，也详细叙述了他们的交往过程和在困难年代结下的深厚友谊。

本以贩药发迹的内山完造，因为和鲁迅交往，思想境界发生了巨大变化，他本人也受到中日两国的关注，蜚声海外。这都是意料之外的事情。

内山完造在“二战”之后陆续写了一批关于鲁迅的文章，备受学界欢迎。他还出版了《活中国的姿态》《上海漫语》《花甲录》等，成为一位国际知名的汉学研究专家，更是一段令人称奇的佳话。

通过内山完造和他的书店，鲁迅与鹿地亘、增田涉等日本作家、文学专家建立了深厚的情谊。

鹿地亘原名濑口贡，日本小说家，毕业于东京帝国大学，与中国作家冯乃超同期。鹿地亘在学生时代受日本共产主义思想影响较深，比较激进，后来成为日本无产阶级作家联盟负责人之一。“九·一八”事变后，他因发表许多反对日本对中国作战的言论，受到日本军国主义的迫害，被日本政府逮捕。

1935年获得释放后，鹿地亘夫妇搭乘戏班的轮船，流亡到上海，生活穷困，可以说到了饥寒交迫的地步，于是找到了内山完造。

内山完造便把鹿地亘介绍给鲁迅认识。鲁迅让鹿地亘翻译中国作品到日本，以此获得一些稿费维持生活。

鲁迅给鹿地亘编选作品，答疑解惑，帮助他完成翻译工作。鹿地亘把内山完造看作“第二父亲”，把鲁迅看作“灵魂的导师”，[23]可见他深受鲁迅思想和人格影响。

增田涉是一位学者，也是内山的朋友。经由内山完造与鲁迅认识后，在1931年3月到12月期间，他每天午后在鲁迅家里与鲁迅对谈三四个小时。在此期间，他还常被鲁迅留在家里就餐。

增田涉用10个月的时间，系统地听鲁迅讲解《中国小说史略》《呐喊》《彷徨》等作品，并将《中国小说史略》翻译成日文，鲁迅为之作序，在日本出版。[24]

后来，增田涉写了《鲁迅的印象》一书，为研究鲁迅提供了许多有价值的史料。

鲁迅之所以如此辛苦和忙碌，就是因为他不仅自己勤奋写作，还把很多时间用在帮助朋友和同志上。

搬到大陆新村之后，鲁迅的家是一栋三层小楼，空间更宽敞，又有租界和半租界作掩护，便成了中外左翼作家和党内同志的栖息地和避难所。

四、文化空间

大陆新村周边的居民多是一些日本侨民，不远处是日本驻军及其相关的机构。

也就是说，鲁迅的新寓周围聚居着许多日本人。

那么，鲁迅在上海日式文化空间中生活写作，他对日本民族、日本普通人和日本军国主义的态度是怎样的呢？或者说，他受到日本文化的影响如此深入和广泛，是否被日本文化同化或俘获呢？

首先，在了解日本民族和民众的基础上，鲁迅对日本普通民众充满了理解、尊重和友善。与鲁迅打过交道，甚至是几面之缘的日本人都对这一点印象深刻。

且不说内山完造夫妇和内山书店的日本店员，即便是来中国游学的青年学子，一旦接触到鲁迅，便能一下子被他渊博的学问、和善友好的态度吸引住。

长尾景和是日本关西大学的学生。他研究的是中日贸易，很想熟悉一下中国的风俗习惯。1930年他来到上海，住在日本人开的花园庄旅馆，碰巧遇到了避难于此的鲁迅。

长尾与鲁迅的相识是很偶然的。他在四川北路闲逛的时候，遇见一个日本妇女向他问路，因为他对上海的街道不熟，便无从回答，而此时，在他身后走来一个中年男人，用很流利的日语回答了那个妇女的问题。长尾于是记住了这个很亲切的中国男人。

次日，他们再次在花园庄旅馆偶遇。长尾递上名片，自我介绍，中年男人说："我没带名片，我叫周豫山。"因为住在同一楼上，长尾与周豫山很快亲密地交谈起来。

第一次谈话，周豫山谈了很多美术方面的事情，从哥赫、郭刚、米勒的画，谈到罗丹的雕塑，又从日本的水墨画谈到广重、歌磨的版画。

这时，长尾揣测这位周豫山是个美术家。

第二次谈话，他们说起了医学，从维生素、荷尔蒙、达尔文的进化论谈起，一直谈到天文学、爱因斯坦相对论、灵魂不灭等，长尾景和越来越觉得这个周豫山了不起。

他们很快成了无话不谈的朋友，长尾景和感受到了周豫山独特的人格魅力，后来他才知道，周豫山就是大名鼎鼎的鲁迅。为此，他写下了著名的《在上海"花园庄"我认识了鲁迅》一文，详细记录了鲁迅怎样一步步吸引他，给他教益和思想上的帮助，从另一个侧面体现出鲁迅对日本青年的态度和影响。

他在文章中写道："像这样学识渊博的人，我是从未见过的。在日本，我虽然也结识不少教授、博士等有名的人物，但他们对于自己业务以外的事，知道的并不比我多。直到现在我没有遇到过一个能够谈得投机的人，然而和他却不可思议地很容易引起共鸣。这大概就是所说的情投意合了。”

更令长尾惊奇的是，这个博学的人很谦虚，从没有表现出知道得比别人多的神气。

长尾当面夸赞他的时候，他总是说：“我吗？没什么！”

长尾揣测他一定是某大学的教授，出于礼貌，他没有询问周豫山的真实身份。

但是，谈的时间久了，长尾越来越觉得眼前这个人很神奇，他回忆道：

> 随着我们的相识，愈来愈感到他的伟大；我想，在上海一个普通的里弄之中，竟会有这样的人，中国真是太伟大了！和他在一起谈话，你会感到时间过得非常之快；我丝毫觉察不出，我们两个人的年纪有着很大的距离；他也无所顾忌，甚至忘掉了中国人和日本人的国籍的差别。当时正好我们彼此都没有什么事情可做，所以能够经常整日长谈，常常是从早晨开始，吃过午饭之后再接着谈，晚饭后仍然继续谈。他所谈的话，对我来说，都是宝贵的精神食粮。他说：“我们两人之间很熟悉，所以我没有什么顾虑，可以随意连续谈上几个小时。”他总是微笑着很热心地倾听着我这样一个无名青年的谈话。他的日语造诣是极其深而博的。每当我脱口诵出《万叶集》《源氏物语》《徒然草》等的章句时，他都能很好地理解。这些词句，即使对现代的某些日本人来说，也是很费解的。可见，他的日本文学修养是比普通的日本人还要高的。
>
> ……

像这样又过了二十多天。一天下午，我从四马路回来时，买了一本鲁迅的《呐喊》和一本郁达夫的作品。鲁迅的作品，我看不大懂。我坐在平常取暖的那个地方，正要把书打开时，他走过来了。他笑呵呵地坐在平时坐的那把椅子上。我把书递过去，说："请您看看这本书，我有很多地方读不懂，我想您是一定懂的。在日本，鲁迅也是很有名的，郁达夫则就不太熟悉了。"我做出一副很懂的样子这样地评论着。当时他的面部表情是我一生也忘不了的。他衔着烟卷，微微地笑了笑。于是我想，是因为我说这本书很难懂，他在笑我连这样的书都看不懂吧。或者他大概早就看过这本书了。所以笑我到现在才劝他看这本书吧！可是，紧接着他就哈哈大笑起来，然后悄悄地对我说："我就是鲁迅。"我当即大吃一惊。稍稍沉默了一会，他说："我本名叫周树人，字豫才，笔名鲁迅。"这时，我才恍然大悟。然后他又很感慨地告诉我："我反对了蒋介石的政策，特别反对他的阴谋诡计和恐怖的政治，所以到处在追捕我，我的学生已经有很多人被逮捕了。"我知道了我所尊敬的这个人就是鲁迅，感到非常高兴；同时也非常憎恨国民党政府。为什么要逮捕这样伟大的人物呢？我马上向他致了歉意："由于不知道您就是鲁迅先生，很失礼！为了尊敬的先生，有什么事情需要我做，尽管交给我好了！"鲁迅先生很热情地紧紧握着我的手，用很轻微的声音说："谢谢，谢谢！"[25]

上述这几段引文充满了戏剧性，虽然篇幅稍长，但唯其如此引证，才可充分展示一个与鲁迅素昧平生的日本青年如何被他渊博的学识、诚恳的态度、谦逊的品格所打动，也见证了鲁迅如何影响日本青年学人。

这是一个互动的过程，又是中日两国人民之间思想交流和友好往来的有力注脚。

鲁迅对日本民族和人民的了解与认同，并不代表他失去了中国人的自信心和独立性。在与日本人的交往中，鲁迅经常遇到一个问题：日本的国民性优越，还是中国的更优越？鲁迅的态度很清楚：既不妄自菲薄，也不盲目自大。他认为两国之间应该互相学习，互相借鉴。

儿岛亨是内山书店的日本店员，他从1933年开始与鲁迅接触，以他细腻的感受和敏感的观察，留下了许多关于鲁迅生活细节和思想认识的记载。

儿岛亨观察到，鲁迅对日本人的理解超出常人想象。

儿岛亨有一个上大学的内兄叫小智，比较顽劣，有独子的优越感和懒惰性，他的父亲很头疼。暑假期间，内山让小智来上海书店帮忙。

假期结束的时候，内山让小智到鲁迅家辞行，小智硬着头皮到鲁迅家。鲁迅早就听说小智的情况，便对小智说了这样一番话："小智，你父亲虽说你不成器，不如你妹妹好，但是你父亲决不会把你妹妹接来继承你们家的家业吧！"

小智回国后，把鲁迅对他说的这番话告诉他做生意的父亲（即儿岛亨的岳父），他父亲深受感动，对鲁迅非常佩服，说："真不愧是鲁迅先生啊。他就连我的心事也一清二楚。"[26]

内山完造是个基督徒，他诚恳、勤谨，有自我牺牲精神，有博爱之心，所以赢得鲁迅的信任和敬佩。

但谈到中国精神，鲁迅曾对内山说：“老板，你既是个基督教徒，最好读一读中国墨子的书。”

于是内山就看一些墨子的书，深受启发。

他说，墨子思想中的兼爱和互利很好，与基督教精神是相通的。兼爱就是平等的爱，要像爱自己一样爱别人，像爱自己父母一样爱别人父母，像爱自己国家一样爱别人的国家。互利就是尊重别人的利益，自己获得利益，也要让别人获得利益。

其实鲁迅强调墨子的思想，针对的是日本侵略中国，违背了起码的人道精神。

儿岛亨回忆鲁迅给他印象深刻的一个场景，就是他对一个日本文学家狂妄地声称要替中国管理国家的无耻之言的坚决态度。

那个文学家对鲁迅说：“贵国的政治、经济都很混乱，国民非常痛苦。如将中国全部交给日本来管，岂不倒可使他们幸福吗？”

鲁迅听到这话，不假思索地回答说：“那可不行。这在日本看来即使很有利，但对中国却是绝无好处的。我们的事，要由我们自己来做！”

面对日本侵略中国的企图和做法，儿岛亨曾回忆鲁迅说日本人缺少幽默感，想法单纯而好发火。性子急不好，日本人今后想要做的事情，中国人是早已经经验过了的，他们不仅经历过饥饿、疾病、政变等所有情况，并懂得如何应对。

鲁迅常常在日本朋友面前自豪地说：“日本人是聪明的，并善于模仿别人，对比之下，中国人好像愚笨似的，但中国人却具有创造精神。”

迁居大陆新村之后，鲁迅处在北四川路这个城市文化空间中，受到日本人的影响，自然，他的思想也感染和影响着日本人士，尤其是经历“一·二八”事变之后，鲁迅的思想和创作迎来了一个新的时期，其中一个重要主题就是面对国内外恶势力的压迫，要增强信心，坚持战斗。

著名的《中国人失掉自信力了吗》就是在日本侵略华北，中国内外交困，失败主义蔓延的时候写就的。

鲁迅在大陆新村九号，写出了这样令人振奋的文字，呼唤普通民众站起来，挺起自己的脊梁，积蓄力量，迎接更大、更凶猛的挑战。

第六章 出版情书

一、也是战斗

很少有作家愿意主动披露自己的爱情秘史，即便无意中曝光过自己的爱情生活，也绝少有人愿意把私人情书公布出来，且不说要印刷成书，公开出售了。

但是，鲁迅不仅毫不避讳地披露了自己与女学生许广平的爱情生活，还精心地把情书分类编排，出版发行，公之于众。

1933年4月，鲁迅和许广平的情书集《两地书》由上海青光书局出版，向全国公开发行。

这一年，鲁迅52岁，许广平35岁，海婴虚岁4岁。

鲁迅为什么在1933年才印行自己的情书？他出版这本书有什么目的？鲁迅与许广平之间的结合在当时人们的眼里究竟是怎样的？文学圈里的人怎样看待鲁、许的爱情生活？除了许广平之外，鲁迅与其他女性还有没有情感纠葛，如果有，那是怎样的一种关系？怎样通过鲁迅的爱情生活全面了解他？怎样客观认识鲁迅的精神内涵？这些问题对我们研究和理解鲁迅至关重要，需要作较为深入的分析，而从《两地书》出版的前因后果入手，则是一条较为方便的思路。

首先要弄清楚《两地书》是怎样一本书。

《两地书》收录了1925年至1929年间，鲁迅与许广平之间的个人通信共135封。全书共四部分：序言和三集正文。书的目录为：第一集 北京（1925年3月至7月）、第二集 厦门—广州（1926年9月至1927年1月）、第三集 北平—上海（1929年5月至6月）。

第一集收录了鲁迅任职教育部和在北大、女师大兼职教书期间与许广平的35封通信。这35封信忠实记录了二人从认识到熟识，以至于发展为热恋的全过程，充分展现了一个成熟而有魅力的老师与一个求知若渴的女学生之间的微妙关系。在信中，许广平称呼鲁迅为“鲁迅师”“鲁迅先生”或“鲁迅先生吾师”，而鲁迅则称许广平为“广平兄”。

关于“兄”的称谓，许广平与许多读者一样，很是费解：一个比自己大17岁的先生居然称呼自己的女弟子为“兄”，作何解释？

许广平问：“贱名之下竟紧接着一个‘兄’字，先生，请原谅我太愚小了，我值得而且敢当为‘兄’么？不，不，决无此勇气和斗胆的。先生之意何居？弟子真是无从知道。不曰‘同学’，不曰‘弟’而曰‘兄’，莫非也就是游戏么？”[1]

鲁迅回信劈头就回答了为什么称“广平兄”——

> 这回要先讲“兄”字的讲义了。这是我自己制定，沿用下来的例子，就是：旧日或近来所识的朋友，旧同学而至今还在来往的，直接听讲的学生，写信的时候我都称“兄”；此外如原是前辈，或较为生疏，较需客气的，就称先生，老爷，太太，少爷，小姐，大人……之类。总之，我这“兄”字的意思，不过比直呼其名略胜一筹，并不如许叔重先生所说，真含有“老哥”的意义。但这些理由，只有我自己知道，则你一见而大惊力争，盖无足怪也。

鲁迅解释说，这是自己独创的称谓，凡是老朋友、旧同学、听课的学生，无论大小，不论男女，都一律称“兄”，这个“兄”字比直接称呼人名稍好一些，略显尊重，但又不像“先生”“太太”“小姐”那样的称呼，显得疏远、客气。

总之，鲁迅称“兄”，绝无许慎（叔重）《说文解字》中所解释的“兄长”“老哥”的意思，而是一种自创的、亲切的、独特的称呼。这个“兄”字，当然不是开玩笑的游戏，也不是给许广平单独设立的称呼，其中的意思只有鲁迅自己一个人清楚，难怪许广平费解。

中国文化就是如此，自从鲁迅独创“广平兄”一词以来，由于名人效应的示范作用，我国的书信往来中就多了这样一个称谓：不论男女老幼，只要关系稍近且融洽，都可称“兄”，尤其是称呼年轻女性为“兄”，不算唐突，反而成为一种文化时尚。

当然，这种称谓中也包含幽默的调侃意味，两人在文字游戏中进一步增进了解和认识。

总体来说，北京时期的鲁迅和许广平的通信探讨的内容比较集中，像一般还未涉及恋爱但又互生情愫的人一样，无非是谈学习，谈人生，谈理想。话题基本都是些大概念，比较抽象、笼统，原则性的东西比较多，即便涉及具体的人和事，鲁迅也不太直抒胸臆，比较少袒露个人内心的真实想法。

相比而言，许广平的来信比较直接，自己有什么想法，尤其是一些不平和困惑，都会一一请教，而鲁迅的回答虽然也很诚恳，但仍有些囫囵和笼统，甚至有些圆滑。

比如，许广平在1925年3月26日的信中问鲁迅，是否真的要“做土匪去”呢？也就是说，鲁迅是否要参加实际的斗争，参与社会活动，许广平表示，如果鲁迅去做“土匪”，她愿意做一个誓死不二的“马前卒”，做一个小喽啰，“不妨令他摇几下旗子，而建设和努力，则是学生所十分仰望于先生的。不知先生能鉴谅他么”。

许广平的这些话真诚热烈，掏心扒肝的，甚至有些以身相许的意味了。

鲁迅却不敢接茬，显得有些心虚。他说：“希望我做一点什么事的人，也颇有几个了，但我自己知道，是不行的。凡做领导的人，一须勇猛，而我看事情太仔细，一仔细，即多疑虑，不易勇往直前，二须不惜用牺牲，而我最不愿使别人做牺牲（这其实还是革命以前的种种事情的刺激的结果），也就不能有大局面。所以，其结果，终于不外乎用空论来发牢骚，印一通书籍杂志。你如果也要发牢骚，请来帮我们，倘曰‘马前卒’，则吾岂敢，因为我实无马，坐在人力车上，已经是阔气的时候了。”

如果把这些书信来往看作男女之间的攻防游戏，现在看来是不必当真的。

信中许广平说，我要做你的马前卒，为你的事业摇旗呐喊，我仰慕你很久了。

鲁迅回信说，我哪里是干事业的人呢，我心太敏感，不够凶狠，而且也有些贪生怕死，不愿意牺牲自己，更何况是牺牲别人呢，你还是别跟我了。

其实，鲁迅在信中只是故意示弱，对许广平的进攻保持守势，不过是一种托词而已。为什么这么说呢？

因为不久鲁迅作为“真的猛士”的形象便在著名的女师大风潮和“三一八”惨案中体现出来了。

1925年发生的女师大风潮与鲁迅关系甚大，其历史功过和是非曲直，自有历史学家来评判，在这里暂且搁置其价值判断，只谈人心，就事论事。

从鲁迅对许广平等人的支持来看，他的表现无可指摘。

在女师大风潮中，校长和教育部当局无疑是强势一方，他们借故开除了许广平等人，擅自提出停办女师大，把许广平等学生赶出学校，而许广平等人自己组织起来，开展护校、复校活动。

鲁迅当时的身份是双重的。作为教育部官员，他应该维护当局的权威，站在校长杨荫榆和教育部一方；作为女师大的教师，他的先进思想和启蒙精神又使得他毫不犹豫、坚定不移地站在学生一方。

他坚决支持学生与学校当局作斗争，并身体力行地起草倡议信，联络教员为复校的学生上课，在声援书上带头签字。为此，被教育总长章士钊免去了教育部的职务，丢了饭碗和乌纱帽。

撇开鲁迅的进步思想和斗争精神不说，作为一个朋友，不惜牺牲名誉和职位，甚至冒着生命危险，去支持自己的学生，这一点，便让许广平认为这个人值得信任。

《两地书》第一集真实地记录了鲁迅和许广平在女师大风潮中如何互相支持、分析时局、制定战略战术，在遇到困难时互相鼓励、誓死战斗到底的精神，也在文字背后暗示了他们如何在困苦中互相支撑，走出困境的。

总之，《两地书》的出版，其实也是另外意义上的一次战斗，让人们看清鲁迅与许广平在女师大风潮中的立场与决心，表明二人的爱情在战斗中催生，在革命中生长。

因为有了令人紧张的战斗气息和刻不容缓的行动催迫，这些书信中没有多少卿卿我我的记录和谈及生死的山盟海誓，倒是忠实地记录了当时的一些大小事件和牵涉其间的各色人物。

正是因为书信来往中有一些人物与事件的忠实记录，《两地书》亦被治现代史的专家看重，成为研究民国史和革命史的第一手材料。

二、隐语种种

爱情故事的高潮，自然发生于鲁迅和许广平双双南下时期。

第二集收录了1926年9月至1927年1月间，鲁迅与许广平分别在厦门和广州期间的书信共77封，两人在书信中互相倾吐胸中块垒，记录工作生活境况，发表对时局人事的观点，臧否人物，交流思想。

这些书信占了《两地书》篇幅的一多半，而且写于鲁迅个人生活大转折、创作和思想大爆发的时期，自然非常重要，历来受到鲁迅研究者的普遍重视。

1926年北京的“三·一八惨案”发生之后，全国震惊，鲁迅写了著名的《纪念刘和珍君》，也由此遭到当局的嫉恨和攻击。随后他的名字上了通缉名单，加之以胡适、陈源等现代评论派为首的北京学界的造谣和攻击，公开污蔑他通共通匪、挑动风潮、著作抄袭等，而此时，在厦门大学的林语堂盛情邀请鲁迅前往任教，鲁迅动了南下的念头。

南方的革命浪潮日渐高涨，北伐战争节节胜利，鲁迅受到感染和鼓舞。他与许广平的恋爱关系也比较稳定，相携南下，另筑爱巢，创造新的生活，也是鲁迅决心南下的一个重要原因。

1926年8月26日，二人离开北京。鲁迅途经上海，赴厦门任教；许广平则回广州老家，一边觅职，一边与鲁迅保持书信联系。

为了更好地理解这对师生恋的男女角色，不妨对许广平的身世稍作介绍。

1898年2月，许广平出生在广州。其祖父许应骙是慈禧太后的宠臣，一品大员，曾做过闽浙总督，是真正的封疆大吏。而许应骙的两个弟弟许应镕、许应锴都是进士出身，创造了一门三进士的荣光。

辛亥革命后，许家人才辈出。

许广平的堂兄许崇智是黄埔军校创立人之一，曾任粤军总司令；堂兄许崇清则是前广州教育局长；许崇济为粤军第四师师长；许崇灏曾任都督府参谋长、粤汉铁路局总理、国民政府考试院代秘书长，与堂兄许崇智并称为“辛亥双雄”；堂弟许卓则是红军烈士。

可以说，许广平的家族是一个名门望族。

许广平的父亲许炳枟因为是庶出，在这个大家族中地位较低，颇受歧视和怠慢。他虽然有诗才，善于写诗，但一直没有功名，终生未能做官。许炳枟思想开明，没有让许广平缠足，还让她上学读书。

许广平出生第三天，其父在一次宴会上为她“碰杯定亲”，将她许配给一户姓马的乡绅人家。

许广平长大以后，对这桩包办婚事颇为不满，但碍于父亲的面子，此事就一直拖着。待到许广平十九岁，父亲病逝，马家要娶亲，许广平已经受到新思想的影响，坚决反对封建包办婚姻，在兄长的帮助下，与马家解除了婚约。

1917年，许广平北上天津，投奔姑母许漾，进入天津直隶第一女子师范预科学习。在这里，许广平接受了五四新文化运动的洗礼，思想进步很快。

1922年师范毕业后，做了一段时间的小学教员，于1923年进入北京女子师范大学就读。

在这里，许广平选修了鲁迅的“中国小说史”课程，从此走进了鲁迅的生活。

鲁迅到厦门大学任教之后，发现自己上了当。

他原本计划至少在厦大住两年，除了教书和著述之外，出版他先前搜集的《汉画像考》和《古小说钩沉》，潜下心来做点扎实可靠的工作。

但是，学校对他的工作并不重视，也并不真心发展学术，而是借鲁迅之名装点门面。

更为重要的是，厦门大学的许多教员与胡适、陈源颇有渊源，他们非常排斥鲁迅，常常或明或暗地对他进行抵制。

《两地书》中鲁迅写信给许广平说了这里的情况：“在国学院里，朱山根是胡适之的信徒，另外还有两三个，好像是朱推荐的，和他大同小异，而更浅薄。”

这里说的朱山根，是指顾颉刚。他是胡适推荐给厦门大学的。胡适与陈源是现代评论派的代表，鲁迅与陈源在北京打过笔墨官司，闹得不可开交。

顾颉刚到厦门大学任教后受胡适等人影响，自然对鲁迅有所排斥，引起鲁迅的反感。

在9月25日的信中，他告诉许广平说："看厦大的国学院，越看越不行了。朱山根是自称只佩服胡适陈源两个人的，而田千顷，辛家本，白果三人，似皆他所荐引。白果尤善兴风作浪，他曾在女师大做过职员，你该知道的罢，现在是玉堂的襄理，还兼别的事，对于较小的职员，气焰不可当，嘴里都是油滑话。我因为亲闻他密语玉堂，'谁怎样不好'等等，就看不起他了。前天就很给他碰了一个钉子，他昨天借题报复，我便又给他碰了一个大钉子，而自已则辞去国学院兼职。我是不与此辈共事的，否则，何必到厦门。"

在出版《两地书》的时候，因涉及批评一些人物，鲁迅都把真名改为化名，以减少对当事人的负面影响。

除了上述顾颉刚之外，田千顷是指陈万里，辛家本是指潘家洵，白果指黄坚。*

黄坚，原来在北京任女师大教务处和总务处秘书，当时在厦门大学国学院任陈列部干事兼文科主任办公室襄理，经常刁难鲁迅。

---

* 2005年版《鲁迅全集》中，是直接使用这几个人的本名的，作者在此处参阅的是1981年版。为方便读者理解下文，此处不作修改。

最初，鲁迅被安排住在一间陈列室里，上下楼需要走上百级台阶。

但是，就连这样的地方，黄坚也不让鲁迅住了，令他限期搬出，又不给安排新的住处。好不容易安排了一间房子，竟然没有任何器具，空屋子一间。鲁迅向他们要器具，他们又是故意刁难，让鲁迅列出账单，签名去领。鲁迅照办之后，还是碰钉子。

无奈鲁迅发火，他们才给添置。后来他们又捣鬼，拧走了鲁迅房间的一个电灯泡，在一些小事上找茬，几次三番故意使坏，弄得鲁迅很烦。

10月21日的信中鲁迅向许广平抱怨说："北京的学界在都市中挤轧，这里是在小岛上挤轧，地点虽异，挤轧则同。但国学院中的排挤现象，反对者还未知道（他们以为小鬼们是兼士和我的小卒，我是给他们来打地盘的），将来一知道，就要乐不可支。我于这里毫无留恋，……我所以只好一声不响，做我的事，他们想攻倒我，一时也很难，我在这里到年底或明年，看我自己的高兴。"

隔了一天，鲁迅写给许广平的另一封信中又说："我以为北京为污浊，乃至厦门，现在想来，可谓妄想，大沟不干净，小沟就干净么?"

鲁迅到厦门大学只有一个多月的时间，就感受到内部的压迫和排挤，有些后悔当时的决定。

而此时，又闹出了高长虹的"月亮风波"，让鲁迅更感人世的悲凉和生活的荒诞。

高长虹是一位颇有才华的青年作家。鲁迅在北京编辑《莽原》的时候，为他的成长花费了许多心血，甚至在自己咳血的时候，还为高长虹校对《心的探险》。

但是，此人心性高傲，又非常狂妄，取得了一点成绩，就跑到上海开展所谓的狂飙运动，以编辑《狂飙》来树立旗帜。而此时鲁迅已经离开北京，到厦门大学教书去了。

忽然，高长虹公开发表了两封信，其中一封信是《给鲁迅先生》。鲁迅一开始并没有回应他，只是在与许广平的信中说出对高长虹的不满。

高长虹见鲁迅没有反击，越发来劲，又发表了《1925，北京出版界形势指掌图》《时代的命运》《我走出了化石的世界，待我吹送些新鲜的温热进来》等文章。在《1925，北京出版界形势指掌图》中，高长虹大骂鲁迅为“世故老人”“头戴纸糊的权威者的假冠入于身心交病的状态”等，以此继续攻击。无奈，鲁迅才写了《走到出版界的战略》《新的世故》等文章回击高长虹。自此，一场笔仗在师徒之间打了起来，给文坛增添了一些是非和热闹。

《两地书》第二集中有二十几封信讨论这场笔墨官司。

鲁迅在信中一方面感到悲哀，一方面又对高长虹的攻击进行了分析。

而许广平则从另一个角度看到了鲁迅的“傻”。她认为鲁迅在北京的时候那么热衷于青年的事，费心费力地为青年服务，“傻气可掬”。她在信中对鲁迅道出实情：“你在北京，拼命帮人，傻气可掬，连我们也看得吃力，而不敢言。其实这也没有什么，我的父母一生都是这样傻，以致身后萧条，子女窘迫，然而也有暂致其敬爱，仗义相助的，所以我在外读书，也能到了毕业，天壤间也须有傻子交互发傻，社会才立得住。……但长虹的行径，却真是出人意外，你的待他，是尽在人们眼中的，现在仅因小愤，而且并非和你直接发生的小愤，就这么嘲笑骂詈，好像有深仇重怨，这真可说是奇妙不可测的世态人心了。你对付就是，但勿介意为要。”

还是许广平看得清楚。

鲁迅对青年的热心帮助到了让人看不下去的地步。而高长虹的此次反目，给鲁迅的教训也是深刻的。他真的有些伤心，甚至愤怒，难免一竿子打翻一船人。

鲁迅在回信中说：“我现在对于做文章的青年，实在有些失望；我看有希望的青年，恐怕大抵打仗去了，至于弄弄笔墨的，却还未遇着真有几分为社会的，他们多是挂新招牌的利己主义者。而他们竟自以为比我新一二十年，我真觉得他们无自知之明，这也就是他们之所以‘小’的地方。”

其实，鲁迅和许广平两个人都猜错了。

高长虹之所以攻击鲁迅，不是为了别的，而是因为吃醋。高长虹爱慕许广平，许广平则爱慕鲁迅，于是，高长虹便对鲁迅发起攻击。

两个相恋的人，一个在广州，一个在厦门，猜测上海和北京发生的事情，其实隔着帷幕，幽明莫辨，都是瞎猜。

到了1926年11月，鲁迅才从韦素园的来信中知道被高长虹辱骂的真正原因——于是他赶紧去查《狂飙》第十七期，上面有一首高长虹作的诗。鲁迅看了一半，就明白是怎么回事了。诗的名字叫《给——》：

月儿我交给他了，

我交给夜去消受。

……

夜是阴冷黑暗，

他嫉妒那太阳，

太阳丢开他走了，

从此再未相见。

看了高长虹的诗，鲁迅显然有些生气了。

他立刻写信给许广平：

> 那流言，是直到去年十一月，从韦漱园的信里才知道的。他说，由沈钟社里听来，长虹的拼命攻击我是为了一个女性，《狂飙》上有一首诗，太阳是自比，我是夜，月是她。他还问我这事可是真的，要知道一点详细。我这才明白长虹原来在害“单相思病”，以及川流不息的到我这里来的原因，他并不是为《莽原》，却在等月亮。但对我竟毫不表示一些敌对的态度，直待我到了厦门，才从背后骂得我一个莫名其妙，真是卑怯得可以。我是夜，则当然要有月亮的，还要做什么诗，也低能得很。那时就做了一篇小说，和他开了一些小玩笑，寄到未名社去了。

鲁迅的这篇小说就是著名的《奔月》，后来收入《故事新编》。

鲁迅就是这样，以血还血，以牙还牙，毫不退让。高长虹写了一首诗，说鲁迅是黑暗的夜，自己是太阳，鲁迅就以其人之道还治其人之身，写了一篇小说，取材后羿射日的故事：你不是太阳么，我让人把你射下来！

这也是鲁迅的可爱之处。你不是说我是黑夜么，那好，我就要拥有月亮，我就要和许广平在一起。这就是著名的“月亮风波”。

由第二集中的通信我们可知，鲁迅与许广平的结合并非一帆风顺。

鲁迅在厦门的教授生活过得非常艰难，四个月后鲁迅便决定赴广州。中山大学已经伸来橄榄枝，要聘任鲁迅为文科主任。

许广平在广州，那里又是革命策源地。

1927年1月18日，鲁迅毫不犹豫地从厦门登船奔赴广州黄埔港。

当晚，“黑夜”便见到了思渴已久的“月亮”——许广平。

三、人性幽暗

《两地书》第三集收录的是鲁迅和许广平从广州迁居上海第三年，即1929年5月至6月，鲁迅前往北平探望母亲期间和许广平的通信，一共21封。

此时，许广平已经怀孕，行动不便，没能跟随鲁迅一同去北平。

在这些书信中，鲁迅向许广平详细汇报了他在北平的见闻和经历。许广平“身子沉重”，在家静养待产，似乎没有什么特别的地方。

但仔细阅读这些看似平常的信件，我们仍然能发现鲁迅与许广平之间的默契和融洽，也能看到鲁迅彼时的心境以及文化界的变化。

第一，我们能看到鲁迅的家人对他与许广平同居一事的态度。

鲁迅的信中说："关于咱们的事，闻南北统一后，此地忽然盛传，研究者也颇多，但大抵知不确切。我想，这忽然盛传的缘故，大约与小鹿之由沪入京有关的。前日到家，母亲即问我害马为什么不一同回来，我正在付车钱，匆忙中即答以有些不舒服，昨天才告诉她火车震动，不宜于孩子的事，她很高兴，说，我想也应该有了，因为这屋子里早应该有小孩子走来走去了。这种'应该'的理由，虽然和我们的意见很不同，但总之她非常高兴。"

这段话充分说明了鲁老太太对许广平的认可与接纳，但朱安是什么态度尚不得而知。

无论如何，既然鲁迅母亲问起了许广平，得知她有孕的消息很高兴，这是一个好的信号。老夫人接纳的态度给鲁迅带来了意外之喜。

第二，鲁迅到北平的消息在北平文化界引起不小的震动。

一方面，马幼渔、许寿裳等老友欢迎鲁迅，并与之吃饭畅聊，甚至极力邀请鲁迅留在北平任教。

另一方面，钱玄同、顾颉刚等人抵制鲁迅的到来。昔日的五四战友，因观点发生分歧，正渐渐分道扬镳。

鲁迅敏锐地觉察到这一现象，致信给许广平说："我自从到此以后，总计各种感受，知道弥漫于这里的，依然是'敬而远之’和倾陷，甚至于比‘正人君子’时代还要分明——但有些学生和朋友自然除外。再想上去，则我的创作和编著一发表，总有一群攻击或嘲笑的人们，那当然是应该的，如果我的作品真如所说的庸陋。然而一看他们的作品，却比我的还要坏。”鲁迅又说：“南北统一后，‘正人君子’们树倒猢狲散，离开北平，他们的衣钵却没有带走，被先前和他们战斗的有些人拾去了。”

他发现，原来许多五四时代的斗士开始走到了对立面，变成了自己当年极力反对和鄙视的人。按照鲁迅的说法，原先与黑暗战斗的人，开始化为黑暗了。

第三，鲁迅觉得北平的气氛过于保守和沉静，不利于养成进取的态度，倒容易让人变得颓唐。

鲁迅信在中对许广平说：“为安闲计，住北平是不坏的，但因为和南方太不同了，所以几乎有‘世外桃源’之感。我来此虽已十天，却毫不感到什么刺戟，略不小心，确有‘落伍’之惧的。上海虽烦扰，但也别有生气。”

鲁迅的说法是符合实际的。自从北伐成功，国民政府在南京建立，文化重心便从北平转移到广州、武汉、南京、上海等地，北平文化界逐渐变得保守和落伍。鲁迅的到来，让许多在北平谋职的人觉得会被抢饭碗，于是忙不迭地予以抵制。

所以，在《两地书》中谈及做学问时，鲁迅非常感慨：“北京本来还可住，图书馆里的旧书也还多，但因历史关系，有些人必有奉送饭碗之举，而在别一些人即怀来抢饭碗之疑，在瓜田中，可以不纳履，而要使人信为永不纳履是难的，除非你赶紧走远。D.H.,你看，我们到那里去呢？我们还是隐姓埋名，到什么小村里去，一声也不响，大家玩玩罢。”

信中还透露了北平的北大、燕大等学校学生几次组织专人到西三条家中请求鲁迅演讲，并留在北平教书的事情。

这些都说明鲁迅在青年学生心目中具有精神领袖的地位，北平青年界普遍认同鲁迅，热爱鲁迅。

《两地书》毕竟是情书，字里行间夹杂着男女之间的情愫和彼此的牵绊。

鲁迅和许广平的爱情因这本书而蜚声海内外，他们之间的各种绯闻和谣言也皆因此书戛然而止。

《两地书》成了他们爱情生活的纪念碑，这种平淡而绵长的爱情，将永远被镌刻、传颂，被一代代人咀嚼和分享。

不知这是鲁迅夫妇的幸运，还是一种悲哀呢?

历史事实和世道人心决不会因为一本书的记录而消磨掉它的复杂性，堂皇的书本和美妙的故事永远也代替不了生命的幽暗与人性的深邃。

我们这里需要简单介绍鲁迅生命中的另一个女人，她也姓许，叫许羡苏。

在《两地书》第112封信中，鲁迅给许广平开玩笑说：“我托令弟买了几株柳，种在后园，拔去了几株玉蜀黍，母亲很可惜，有些不高兴，而宴太即大放谣诼，说我在纵容学生虐待她。”

这里所说的“令弟”就是许羡苏，因为也姓许，鲁迅戏称为“令弟”。许羡苏是作家许钦文的妹妹，系周建人的学生，曾住在八道湾的周宅。

鲁迅搬出八道湾后，许羡苏又跟随鲁迅住在西三条。鲁迅的亲朋好友多默认此事，认为许羡苏应该成为鲁迅的女朋友，没想到又多出了一个许广平。

鲁迅好友曹聚仁在《鲁迅与我》一文中说："鲁迅生平有五位姓许的知己朋友，三男：许季上、许寿裳和许钦文，二女：许羡苏和许广平。朋友们的心目中，都以为许羡苏小姐定将是鲁迅的爱人，不过男女之间的事难说得很，我在这儿就不多说了。"[2]

这位许羡苏小姐究竟是怎样一个人？她与鲁迅的关系究竟如何？这些都不是很好考察。好在许羡苏本人有一篇《回忆鲁迅先生》的长文，从这篇文章中，我们会发现她与鲁迅的关系绝非一般。

首先，这位许小姐在鲁迅家住的时间之长令人诧异。

许羡苏前后三次住在鲁迅家，共住了五年左右。第一次是1920年暑假住在八道湾；第二次是1925年暑假到1925年底，住在西三条的南屋；第三次是1926年暑假至1931年春天，住在西三条的"老虎尾巴"。

她虽然是浙江绍兴人，但与鲁迅家非亲非故，只是凭她会说绍兴话，获得鲁迅母亲的喜爱这一点，她就能常住鲁宅，这是极其罕见的事情。

其次，许羡苏是个性情极其温和又明白事理的女孩。

她与鲁宅所有人的关系都非常好，不但老夫人，连大太太（朱安）、二太太（羽太信子）、三太太（王蕴如）都喜欢她。她是鲁迅三弟周建人的学生，周作人也教她课程，鲁迅不仅为她转学作保，还为她找工作，给她提供住宿，为她支付学费。

许羡苏记得鲁迅的各种口味，能指挥厨师做出出乎鲁迅预料且非常可口的饭菜；她知道鲁迅的各种生活习惯，包括睡眠时间，喜欢抽什么牌子的烟，喝什么样的酒，喝多少；她知道鲁迅喜欢读哪些书，书在哪个架子上；清楚鲁迅写作时的习惯，知道当鲁迅默不作声在躺椅上闭目养神时是在构思大文章，她便不让任何人打扰他；她还知道鲁迅写作累了不喜欢吃饭，就指挥厨房做松软可口的甜食来给鲁迅加强营养。

总之，鲁迅的饮食作息，举手投足，喜怒痛痒，许小姐都了如指掌。这样的女人，叫鲁迅如何不喜欢呢？

第三，更令人称奇的是鲁迅在厦门、广州、上海时期，都没有停止给许羡苏单独写信。这事，许广平是知道的。

《两地书》中收录的135封，还是鲁迅与许广平二人的通信总和，而离开北平的几年间，鲁迅单独给许羡苏就写了200多封，要是结集成书，那也是很可观的一大本了。

只不过非常可惜，这些书信都没有保留下来。

许羡苏说："1931年当我离开鲁迅先生家往河北第五女师去的前夕，我把鲁迅先生的来信，捆成一包交给朱氏，以备有事要查查。后来不知她怎样处理了。在整理故居的时候，在朱氏的箱内，并没找到。否则可以多一些手稿，而且也可以了解当时许多事情。"[3]

这"许多事情"，也许包含了鲁迅对许羡苏的感情。

鲁迅和许羡苏的关系究竟达到什么程度，如果那200多封信还在，或许能让后人一窥究竟。

四、缓解窘况

关于1933年决定出版这部书信集《两地书》的用意，鲁迅在《序言》中已经写得比较清楚："回想六七年来，环绕我们的风波也可谓不少了，在不断的挣扎中，相助的也有，下石的也有，笑骂诬蔑的也有，但我们紧咬了牙关，却也已经挣扎着生活了六七年。其间，含沙射影者都逐渐自己没入更黑暗的处所去了，而好意的朋友也已有两个不在人间，就是漱园和柔石。我们以这一本书为自己纪念，并以感谢好意的朋友，并且留赠我们的孩子，给将来知道我们所经历的真相，其实大致是如此的。"

为纪念，给好友，留孩子，致将来，出版该书的四个目的或理由很清晰，也非常合理。但为什么是在1933年来做这件事情？鲁迅没有明确交代，也没有什么具体说明。这就需要联系文学史上的具体语境和鲁迅当时的思想以及生活境况，来做一些分析探讨。

首先，是现实的原因。

1932年8月，未名社成员韦漱园（也叫韦素园）病逝于北平同仁医院，为了纪念，大家四处搜集他的文稿和书信。鲁迅也翻箱倒柜地找，竟没有找到一封，原因是鲁迅怕被当局抄家的时候搜去信件，寻到捕杀写信人的证据，为免连累友人，他在1930年和1931年两次集中焚毁过朋友的信札。

如此折腾一番，韦漱园的信一封也没有找到，但是鲁迅自己和许广平来往的书信倒是找出来不少。这些信曾在上海"一·二八事变"中搁放在家中，经过炮火和枪弹的洗礼，却安然无恙。

于是，从1932年夏天开始，鲁迅和许广平利用空闲时间，把这些信件收集起来，按照时间顺序，因地而分三集。

到了年底，鲁迅将编辑好的这部书稿取名《两地书》，写了序言，交给北新书局的老板李小峰，准备出版。

其次，是经济原因。

1931年12月，鲁迅大学院特别撰述员的身份被国民党当局裁撤，每月300元的固定收入也就没有了，一下子失去了一个重要的经济来源。

1932年“一·二八事变”中，鲁迅举家避难，家中遭受枪弹袭击，造成一定损失。

还有就是1932年李小峰的北新书局因为出版《小猪八戒》而引起回民的抗议，一度被当局查封。

而鲁迅的大部分书稿都是在北新书局出版的，平均每月从书局拿到约360元的版税。北新书局遭此一劫，基本断了鲁迅的版税收入，导致他的经济状况入不敷出，难以为继。

1932年11月，鲁迅前往北平探望生病的母亲，前后二十几天，基本花空了积蓄，一度想离开上海回北平。同年6月5日，他给台静农的信中说：“负担亲族生活，实为大苦，我一生亦大半困于此事，以至白头，前年又生一孩子，责任更无了期矣。”[4]

这一年的8月17日，在写给许寿裳的信中，鲁迅谈到他编辑《两地书》的真实想法：“上海近已稍凉，但弟仍一无所作，为啖饭计，拟整理弟与景宋通信，付书坊出版以图版税，昨今一看，虽不肉麻，而亦无大意义，故是否编定，亦未决也。”[5]

“为啖饭计”“以图版税”，可以看出，鲁迅编辑出版《两地书》主要迫于经济压力，而他也颇为踌躇，因为觉得“无大意义”。

待到10月20日，鲁迅在致信李小峰时似乎下定了决心：“通信正在钞录，尚不到三分之一，全部约当有十四五万字，则抄成恐当在年底。成后我当看一遍并作序，也略需时，总之今年恐不能付印了。届时当再奉闻。”[6]

也就是说，在1932年的下半年，鲁迅已经做好了出版《两地书》的准备。年底书稿全部编定完毕，由鲁迅自序，于1933年2月交付李小峰，由北新书局假借青光书局之名印行。

再次，是市场原因。

既然出版书信集是出于经济考量，那么是否有市场，是否赚钱，则是值得探讨的问题。

事实上，在二十世纪三十年代的出版市场上，书信集或情书的出版有成功的先例。比如，茅盾的妻弟孔另境编的《现代作家书简》印行后就卖得很好，书中也收录了鲁迅的书信。

鲁迅和许广平的书信不是普通家书，而是带有浪漫色彩的情书，况且二人的爱情故事在社会上已经传得沸沸扬扬，大家为一探究竟，肯定对这本书有所期待。

因此，无论是鲁迅本人，还是出版方李小峰，对《两地书》的市场前景都抱有信心。

1933年4月，《两地书》一上市，便受到社会各界的普遍关注，成为极为成功的畅销书。到年底，该书共印刷9次，总印数达6500册，这在当时是一个比较可观的销售量。

查《鲁迅日记》，仅在1933年，鲁迅因出版该书获得的版税收入高达1625元，极大地缓解了一家人入不敷出的窘迫的经济状况。

第七章

秘密工作

一、成为“盟主”

从文学史上看，1930年鲁迅领导的“左联”取得了很大成绩：出版刊物，发表文章，团结进步青年，开创文学空间，与国民党右翼势力和他们领导的文人集团进行斗争。整个工作似乎开展得红红火火，颇有声色。

但是，从中共党史和革命史的角度来看，“左联”实际是在错误的“立三路线”和王明领导的冒险主义及关门主义的思想指导下开展工作的。

中国共产党在成长时期存在的一些失误，必然引起“左联”工作的被动，带来某些损失。最惨重的代价是1931年2月，柔石、胡也频等“左联”五烈士的牺牲和许多青年共产党人被捕，一些大有可为的青年、才华出众的作家被轻易断送掉宝贵的生命。之后，大批左翼刊物和出版物被禁，许多“左联”作家纷纷离开上海，被迫转入地下开展工作。

“左联”在取得很大成绩的同时也在遭受巨大损失。或者说，用巨大代价换来了很大的成绩，整个左翼文化战线是在斗争和牺牲中获得进步和成功的。因为那个时候，中国共产党还处于学习探索阶段，在摸索和失败中前行，缺乏斗争和领导经验，包括在文化战线上对敌斗争经验和对文学艺术工作的领导经验。

所谓“立三路线”，就是无视中国实际，照搬苏联模式，把革命斗争放在城市和大城市中进行，致使革命遭受巨大损失。取而代之的“王明路线”，同样坚持城市中心观点，主张工人罢工是革命的最高标志，唯共产国际和苏联人马首是瞻，推行冒险主义和关门主义的路线，几乎把城市党组织全部断送掉。

据《中国共产党历史》记载，此段历史展开之残酷真是触目惊心：

1931年至1934年，设在上海的中共中央总部和相关党组织几乎被国民党一网打尽。

1931年4月，中央政治局候补委员、中央特科负责人顾顺章在武汉被捕叛变；6月，中央政治局主席向忠发在上海被捕叛变，周恩来果断采取措施，将中央机关和主要领导干部转移出上海，王明匆忙赴莫斯科，周恩来远走江西瑞金。

临时中央迁入根据地，上海成立中央局。由于叛徒出卖，1934年3月至1935年2月，上海中央局及地方党组织遭到六次破坏，包括“左联”成员在内的数百地下干部被抓捕或通缉，上海党组织几乎被一网打尽。[1]

在这种恐怖蔓延的情况下，作为非中共党员的鲁迅也三次被迫离家避祸，过着紧张、匆忙而颠簸的生活。

可就在这时候，一些在抓捕风潮中东躲西藏、穷于应对的中共高层领导人纷纷找到鲁迅，或求助，或避难，或借钱，或利用鲁迅的家召开秘密会议，或经由鲁迅牵线通过内山书店周转材料物资。

前文说过，鲁迅在上海的居所位于虹口北四川路附近的“半租界”区域，相对安全。在二十世纪三十年代初的几年中，鲁迅的寓所成了中共领导人暂避风浪的安全港湾，而鲁迅也相对从容地接待众多中共地下工作者。这些人当中，当然也包括许多中共高级领导干部，如瞿秋白、陈赓、陈云和冯雪峰等人。

在与这些中共高级干部的接触中，鲁迅更全面直观地了解了中国共产党。同时，中共高层也通过与鲁迅的交往，更深刻地理解用先进思想武装起来的一代文化人与中国革命的命运联系，改善和促进了党对文化工作的领导，进而为党的统一战线建设、开辟第二条战线积累了经验。

本章选取斗争最复杂、形势最严酷的1933年，分析鲁迅与几个中共高级干部的秘密往来情况，用以观察鲁迅与中共高层先疏离后亲近、既疏离又亲近、疏离中有亲近、与此疏离而与彼亲近的复杂而微妙的关系，进而探究鲁迅思想如何受到他们的影响，他又是如何保持自己独立人格，发出个人的声音，有尊严地展开文化活动，成为暗夜风雨中独立而又严峻的历史雕像。

在叙述之前，我们可简单梳理一下鲁迅与中共之间复杂而又极具戏剧性的关系。

早在1927年，在广州中山大学任教期间，鲁迅便与共产党取得了联系；准确地说，是中共地下党组织有意识地接触鲁迅，了解鲁迅，试图争取鲁迅加入党组织。

徐彬如《回忆鲁迅一九二七年在广州的情况》比较详细地记录了中共广东省委和中山大学支部有计划地接近鲁迅，派党员毕磊公开与鲁迅联系的过程。

毕磊先是请鲁迅为党做一些力所能及的宣传工作，将党刊《做什么》《人民周刊》《少年先锋》等送给鲁迅，并促成鲁迅会见了中共广东区委书记陈延年。[2]

此时，鲁迅通过接触中共青年党员，阅读他们的刊物，对共产党的主张和抱负有了初步认识。无奈情形突变，发生了“四·一五”广州大屠杀，鲁迅亲眼看到包括毕磊在内的优秀青年死在蒋介石的屠刀之下。

1927年4月15日下午，广州大雨。

中山大学三百名学生被捕。鲁迅出于义愤，不顾个人安危，冒雨赶到中山大学召开紧急会议，商议营救被捕学生，要求学校立即协调释放被捕者，并阻止军警搜查教授宿舍。

但是，这些行动几乎没有任何效果。

见营救无效，鲁迅便辞去中山大学的一切职务，以示抗议。[3]

他亲眼看到血腥的场面，思想上受到巨大震动。

后来，鲁迅在《三闲集》的序言中说："我是在二七年被血吓得目瞪口呆，离开广东的。"之后又醒悟道："我一向是相信进化论的，总以为将来必胜于过去，青年必胜于老人，对于青年，我敬重之不暇，往往给我十刀，我只还他一箭。然而后来我明白我倒是错了。这并非唯物史观的理论或革命文艺的作品蛊惑我的，我在广东，就目睹了同是青年，而分成两大阵营，或则投书告密，或则助官捕人的事实！我的思路因此而轰毁……"[4]

血的事实让鲁迅震惊、惶惑而无所适从。

几经挣扎，1927年9月，鲁迅偕许广平一起来到上海。先是住在景云里，闭门不出，专注于著述、翻译和写作，过着半隐居的生活，当然也减少了与共产党人的实际接触。

不料，原本对共产党抱有好感和深刻同情的鲁迅，到了上海不久便遭到以年轻共产党员为主体的创造社、太阳社的攻击，这就是著名的1928年"革命文学"论争。

在广州时期，鲁迅与创造社约好共同恢复《创造周报》，并公开登了启事。到了上海之后，不但联合办刊的事情没了下文，还忽然间遭到成仿吾、郭沫若、冯乃超等人的联合批判和攻击。

几十篇文章不断地从《文化批判》《创造月刊》《太阳月刊》等杂志上刊发出来，批判鲁迅是“封建余孽”“二重反革命”，说鲁迅代表了“死去了的阿Q时代”，是革命文学道路上的绊脚石，并讽刺鲁迅整日喝着绍兴黄酒，醉眼蒙眬，以趣味为中心，闲暇度日，是典型的资产阶级文人等。[5]

关于“革命文学”论争中鲁迅与青年理论家的交锋论战，其优劣得失早已被文学史家认真探究，此处不再申说。本章所要讨论的重点是在这场论争中，鲁迅与中共的关系经历了哪些曲折。

创造社和太阳社的这些青年作家和理论家多数从日本归来，受到日本共产党左翼文艺家福本和夫的影响较大，在理论上有机械阶级论和宗派主义错误倾向。

也就是说，这批年轻共产党员自以为掌握了马克思主义先进文艺理论，便拿着这些理论对中国的文学界进行生搬硬套、削足适履地批评。

他们认为鲁迅是旧时代的人物，《阿Q正传》代表了五四时代的文学，与“革命文学”格格不入，应该予以批判。但实际上，这些青年共产党作家对中国革命的真实情况并不了解。

成仿吾、冯乃超、钱杏邨、李初梨满嘴漂亮的口号，文章全是夹杂着英文和新名词的洋理论。他们认为鲁迅正可以作理论批判的靶子，批判鲁迅，攻击鲁迅，是他们试炼先进理论的最好机会。

鲁迅看透了这些年轻人的轻浮气焰和幼稚弱点，毫不客气地予以反击，在1928年写了大量文章，讽刺和批评这些喝洋墨水却不了解中国国情的年轻人。

整整一大本《三闲集》，基本都是他迎接共产党青年作家挑战的愤激之作。

请看这篇《扁》，只用了300多字，就深刻、形象地揭露了用各种“主义”来骗人和欺世的行为——

中国文艺界上可怕的现象，是在尽先输入名词，而并不绍介这名词的函义。

于是各各以意为之。看见作品上多讲自己，便称之为表现主义；多讲别人，是写实主义；见女郎小腿肚作诗，是浪漫主义；见女郎小腿肚不准作诗，是古典主义；天上掉下一颗头，头上站着一头牛，爱呀，海中央的青霹雳呀……是未来主义……等等。

还要由此生出议论来。这个主义好，那个主义坏……等等。

乡间一向有一个笑谈：两位近视眼要比眼力，无可质证，便约定到关帝庙去看这一天新挂的扁额。他们都先从漆匠探得字句。但因为探来的详略不同，只知道大字的那一个便不服，争执起来了，说看见小字的人是说谎的。又无可质证，只好一同探问一个过路的人。那人望了一望，回答道：“什么也没有。扁还没有挂哩。”

我想，在文艺批评上要比眼力，也总得先有那块扁额挂起来才行。空空洞洞的争，实在只有两面自己心里明白。[6]

上述鲁迅批评的现象，是典型的食洋不化和左倾“幼稚病”，是西方教条主义与中国利己主义相结合的“病症”。这批从日本归来的自诩为无产阶级文化代表所犯的错误，实际上与中共早期的实践错误如出一辙。

三十年代初期，王明领导中共中央的时候，中共的决策权掌握在共产国际和苏联的手中，就连红军的最高指挥权也一度为共产国际派来的军事顾问德国人李德所掌握，而毛泽东等一批土生土长、没有留学经历、口头上没有一套套理论的“土包子”则受到排挤和打击。

据冯雪峰介绍，长征途中，备受排挤的毛泽东经常读鲁迅的著作，尤其喜欢《三闲集》。在读到鲁迅批评创造社和太阳社的文章时，毛泽东备受感动，多次找到从上海来的冯雪峰，专门谈鲁迅和他的作品。毛泽东多次对冯雪峰说，鲁迅的心和我是相通的。[7]

鲁迅的过人之处在于，他在遭到创造社、太阳社等人的集中批判时，并没有因此对冯乃超、钱杏邨等人借为武器的马克思主义文艺理论予以简单摒弃，而是借此机会开始对真正的马克思主义及其文艺理论进行学习和钻研。也就是在这个时候，鲁迅成为真正学习和掌握马克思主义文艺理论的早期理论家。

他说：“我有一件事要感谢创造社的，是他们‘挤’我看了几种科学底文艺论，明白了先前的文学史家们说了一大堆，还是纠缠不清的疑问。并且因此译了一本蒲力汗诺夫的《艺术论》，以救正我——还因我而及于别人——的只信进化论的偏颇。”[8]

除了上述他说的翻译蒲力汗诺夫的《艺术论》之外，他还翻译了日本片上伸的《无产阶级文学的理论与目标》、苏联卢那卡尔斯基的《艺术论》《文艺与批评》、苏联论文集《文艺政策》等专著。

在花了大工夫对这些理论进行精研之后，鲁迅对无产阶级文艺有了深入的认识，思想和理论修养远超那些只会喊口号的时髦派，成为名副其实的无产阶级文艺理论家。

1928年12月，担任中共江苏省委宣传部长的冯雪峰来到上海，以普通文学青年的身份与鲁迅接触。他发现鲁迅的马克思主义理论修养远远超出一般共产党员的水平，而且鲁迅同情革命，向往建设新文化的思想与共产党人的目标一致。于是，冯雪峰开始了与鲁迅不平常的交往，并把他对鲁迅的观察和理解报告给上级党组织，引起中共高层的关注。

中共高层立刻采取措施，对批判鲁迅的错误予以纠正，决计“争取鲁迅”。这才有了前述李富春找阳翰笙谈话的场景。

在中共高层的干预和说服下，上海基层党组织与鲁迅保持了友好的联系，决定请鲁迅领导“左联”工作，依靠他开展文化斗争和文学运动，建立统一战线，扩大中共在文化领域的影响。

同时，冯雪峰也把鲁迅介绍给在上海的中共高层，一些中共领导人如李立三、李富春、瞿秋白、陈云、陈赓等开始与之秘密交往。

从此，鲁迅的价值和意义为中共所重视，中共与鲁迅的关系也日趋密切。

二、交往陈赓

人们都知道鲁迅与瞿秋白的那段著名交谊，也知道鲁迅集联的那句著名的诗句——“人生得一知己足矣，斯世当以同怀视之”，经常借以称颂人间友情。

但很多人却不知道，正是瞿秋白处在政治上失意，被驱逐出中共高层，从而致力于翻译和著述，以消解苦闷的时候，才认识了鲁迅，并与他交往。

而鲁迅在瞿秋白身上看到中国共产党人的风貌，进一步了解了中共致力于革命和解放事业的理念和方向，真心服膺这个政党组织的革命主张及其代表人物的优秀与卓异。

瞿秋白政治前途失意，潜心著述，方才有机会接近鲁迅；而上海中共中央党组织遭到破坏，瞿秋白四处躲避国民党当局的追捕，也在客观上制造了他与鲁迅交往见面的契机。

在此，我们不妨引述中共中央党史研究室著《中国共产党历史》，来看看瞿秋白和鲁迅的交往是在怎样的政治环境和社会背景中进行的。

党史材料表明，瞿秋白是在1927年蒋介石发动反革命政变（清党）后的“八七”会议上进入中共核心层的。他坚定地纠正了陈独秀的右倾投降主义错误，提出土地革命和武装斗争的路线，中共彻底与国民党决裂，走向武装斗争的新方向。

1928年的中共六大上，向忠发被选为主要领导人，瞿秋白落选政治局常委，并留在苏联，成为中共驻共产国际代表。

正如前文提及，1930年，李立三的“立三路线”抬头，提出“会师武汉”“饮马长江”，实施大城市武装暴动，夺取全国胜利等不切实际的冒险激进行动，使得中共在城市中的组织和力量蒙受巨大损失。

共产国际派瞿秋白和周恩来到上海纠正李立三的“左”倾错误，召开了扩大的党的六届三中全会。瞿秋白再次进入中央核心层，批评了“立三路线”的错误。但是中共的话语权仍然掌握在苏联控制的共产国际手中，苏联培养的中共领导人王明很快进入中共高层领导班子。在共产国际远东局负责人米夫的主持和施压之下，1931年1月，召开了中共扩大的六届四中全会，王明占据主导地位，点名批判瞿秋白和周恩来，瞿秋白在这次会议上被迫退出中央政治局，不得不在上海进行“疗养”。

自此之后，中共的领导权落在了共产国际代表米夫支持的王明手中。

瞿秋白在上海疗养期间，前文提到的顾顺章于1931年4月叛变；6月，中共最高领导人向忠发被捕叛变，中共中央机关仓促撤离上海，上海地下党组织几乎被破坏殆尽。“左联”5位作家和其他18位中共领导人在这种情况下被捕被杀，而留守的临时中央局成员博古、张闻天、康生、陈云、卢福坦（后叛变）、李竹声（后叛变）等6人也都蛰伏起来，在极秘密的状态下开展工作。[9]

恰在此时，“左联”党组织在掩护和接纳中共高层干部方面发挥了重要的作用。其中，江苏省委宣传部长冯雪峰便是骨干力量，成为瞿秋白和鲁迅交往的重要联络人。

冯雪峰是五四时期著名的湖畔诗人，是与鲁迅关系密切的朝花社成员柔石的同学，1928年底由柔石介绍与鲁迅交往。他性格质直，办事认真，外语好，文笔优美，深受鲁迅信任。

鲁迅与冯雪峰因为稿件往来和翻译无产阶级文艺理论著作等工作结下了深厚友谊。但当时，鲁迅并不知道冯雪峰是中共党员。“左联”成立后，鲁迅成为“左联”的领导人，冯雪峰才亮明身份。

于是，冯雪峰便把鲁迅的家当作中共高层领导人进出上海重要的联络站和中转站，经常把一些党内重要人物介绍给鲁迅，其中包括瞿秋白。

在叙述鲁迅与瞿秋白的交谊之前，我们不妨插叙一段鲁迅与陈赓将军的秘密交往，来观察鲁迅同中共军事将领打交道的情形。

1932年夏秋之间，陈赓因为在战斗中负伤，来到上海治疗，上海地下党组织派人看望，陈赓便把红军反围剿、勇敢作战的事迹讲给他们听。当时中共中央宣传部的朱镜我把这些精彩故事记录下来，送给了鲁迅。

鲁迅看了这些材料，非常高兴，也很感兴趣，便对冯雪峰讲，能否把陈赓请到家中，当面谈谈。

在当时的情况下，负伤的红军将领秘密到鲁迅家去是一件非常冒险和费力的事情，但上海地下党组织认真考虑之后，认为如果鲁迅能够通过陈赓的讲述，写一些反映苏区红军作战的作品，在政治上起的作用将是无法估量的。

因此，他们研究决定，无论怎样困难，即便冒一点风险也要力争促成这次会面。

于是，经过一番周密布置和地形勘察，在冯雪峰、朱镜我和楼适夷等上海地下工作者精心组织下，陈赓终于在鲁迅家中与鲁迅会面了。

那天，主客相见甚欢，许广平专门为陈赓准备了丰盛的酒菜，边吃边聊，直到深夜陈赓才离开。

这次会谈的主要内容有：

一、陈赓向鲁迅介绍了苏区红军四次反围剿的战斗情景，红军战士怎样勇猛作战，不怕牺牲，克服了哪些困难，以及他们如何用先进的战略战术突破国民党军队的铁桶合围；

二、陈赓向鲁迅介绍了苏区的政治生活、人民群众的精神面貌以及苏区经济和文化建设等情况；

三、鲁迅详细询问了苏区人民的土地改革进程，改革后人民生活好转情况，也问到被分了土地的地主是否有反抗，人民群众如何支援和配合红军作战等。[10]

此次交谈中，陈赓还为鲁迅画了一张鄂豫皖形势图，形象直观地介绍苏区战况。这张草图至今仍保存在北京的鲁迅博物馆里。[11]

当陈赓谈到苏区的房子时，鲁迅详细了解了房子的结构和门窗情况。得知苏区的房子四面都有窗子，鲁迅非常高兴，他说，房子四面都有窗子，说明人民的生活安定了，开始注意卫生条件，空气流通一定非常好，有利于身体健康，这是一种进步。

陈赓对这个细节印象很深，认为鲁迅不愧是著名作家，观察细致。他只知道作家的敏感，不知道鲁迅那时在上海住的房子是不通风的，海婴因此吃了不少苦头，经常得病。

据楼适夷回忆，陈赓曾两次到过鲁迅的家。

他在《鲁迅二次见陈赓》一文中详细叙述他们第二次碰面的经过，更加细致地描述了谈话的内容和过程，以及鲁迅的音容笑貌。

后来出于种种原因，鲁迅没有写成这部描写苏区红军作战的小说。但是，他与中共高级将领秘密交往的事实，他试图更详尽地了解中共及其军队情况的愿望，以及他为此付出的努力和心血是不会被遗忘和湮没的。

从陈赓冒险与鲁迅会面给他讲述苏区战斗生活这件事，我们知道，作家不可能仅凭道听途说进行文学创作，尤其像鲁迅这样严谨而忠实于内心的大作家更是如此。

他没有写成这部反映苏区红军战斗的小说，应该是出于对艺术的忠诚和自己的良知，不愿意随便写一些应景的宣传品。当然，关键原因还是他认为还有更重要的事情要做。

据冯雪峰回忆说："我觉得他不很有意去计划写长篇者，主要的是他埋在现实社会的短兵相接的斗争里，从他的岗位来说，对于现在中国社会，他以为社会批评的工作比长篇巨制的作品更急需。记得他曾说：'我一个人不能样样都做到；在文化的意义上，长篇巨制自然重要的，但还有别人在；我是斩除荆棘的人，我还要杂感杂感下去……'鲁迅先生特别看重社会的，政治的，也是文化的那更首要的迫切的任务，是不消说的。"[12]

由是观之，鲁迅认为对当时的中国社会而言，社会批评的工作比创作长篇作品更为紧要，因而他未能完成这部反映红军生活的小说。

三、视如同怀

再回到鲁迅与瞿秋白的秘密往来。

瞿秋白被王明等人排挤出中央政治局后，并没有什么重要职务，而是以疗养为名，隐居在上海。

据冯雪峰1952年出版的《回忆鲁迅》记载，1931年5月初，冯雪峰到茅盾家送“左联”杂志《前哨》，见茅盾家有一对中年夫妇。茅盾便给他们引见，冯雪峰方才知道是党的领导人瞿秋白和他的夫人杨之华，因为党中央机关被破坏而避难住在茅盾家中。

那天，他们在一起谈了鲁迅主编的《前哨》和鲁迅亲笔撰写的纪念被害作家的文章《中国无产阶级革命文学和前驱的血》，瞿秋白看后赞不绝口。

从此，冯雪峰便与瞿秋白相识。

几天后，冯雪峰再次去茅盾家，瞿秋白仍住在那里。

瞿秋白请冯雪峰帮忙，可否找一个比较安静且安全的地方，他想借休养的机会翻译一点苏联作品，写一写文章。

冯雪峰立刻答应，很快找到一个在钱庄做事的朋友谢澹如。谢家正好在上海南市有一栋两间的小楼房，于是冯雪峰顺利为瞿秋白夫妇租下了谢家的房子，安排他们隐居在上海南市。

瞿秋白便潜居在这里翻译苏联文艺作品，写论文和杂文。冯雪峰定期来取稿子，帮助他们夫妇与外界传递消息。

此时，冯雪峰正在帮助鲁迅编辑“左联”的刊物《前哨》《十字街头》《文学导报》《北斗》等，也协助鲁迅翻译苏联文艺作品，正需要好的作者和优质稿件，瞿秋白的稿子便经常经过鲁迅的编校和介绍得以发表和出版。

鲁迅经常对冯雪峰说：“何苦（瞿秋白的别名）的文章，明白畅晓，是真可佩服的”“至今文艺界还没有第二个人。”瞿秋白也非常佩服鲁迅，多次对冯雪峰说：“鲁迅看问题实在深刻。”[13]

此时，鲁迅与瞿秋白尚未谋面，但已经有很多文字和书信的往来，彼此相知和欣赏。

瞿秋白在给鲁迅谈论翻译问题的信末说："我们是这样亲密的人，没有见面的时候就这样亲密的人。"[14]

鲁迅让冯雪峰拿了《铁流》的序文请瞿秋白翻译，瞿很快便完成任务。卢那察尔斯基的剧本《被解放的堂吉诃德》第一场已经由鲁迅翻译并刊登在《北斗》上了，但鲁迅是从日文版转译来的，他认为还是从原文直接翻译为好，便请瞿秋白根据原文从头翻译。瞿秋白欣然从命，很快译出，让冯雪峰交给鲁迅。鲁迅舍弃自己的译文，开始在《北斗》上登载瞿秋白的译本。

1932年初，鲁迅和许广平带着海婴一起去看望瞿秋白夫妇；夏秋之交，鲁迅再次看望了瞿秋白。

不久，瞿秋白夫妇回访了鲁迅。那时候，鲁迅夫妇和海婴住在北四川路拉摩斯公寓朝北的楼房里。

同年11月份，鲁迅去北平探望生病的母亲。

在此期间，由于相关人员被捕，党组织要求瞿秋白暂时离家，冯雪峰便安排瞿秋白夫妇到鲁迅家避难。

几天后，鲁迅返回上海家中，与瞿秋白朝夕相处，密切交流。

此次避难，瞿秋白在鲁迅家住了一个月左右，直到12月下旬才离开，由时任全国总工会党团书记的陈云去接。

1936年10月，陈云以"史平"为笔名，写了短文《一个深晚》，登载在法国巴黎的《救国时报》上，记录了这段经历：

一九三二年阴历十一月的某一天，大约是深晚十一时许了，我坐着一辆黄包车，把戴在头上的铜盆帽挪低到眉毛以下，把吴淞路买来的一件旧的西装大衣的领头翻起盖满两颊，由曲曲弯弯的小路到了北四川路底一路电车掉头的地方就停下了黄包车。付了车钱，望四边一看，没有人“盯梢”，我就迅速地走进了沿街的一座三层楼住宅房子的大门。这是一座分间出租的住宅，走进大门就是楼梯。大约是在三层楼的右首的那间房间的门口，门上有着一个同志预先告诉我的记号。我轻轻的扣了两下，里面就出来了一位女主人。我问：“周先生在家吗？我是×先生要我来，与×先生会面的。”女主人就很客气的请我进去。

秋白同志一切已经准备好了，他的几篇稿子和几本书放在之华同志的包袱里，另外他还有一个小包袱装着他和之华的几件换洗的衣服。我问他：“还有别的东西吗？”他说：“没有了。”“为什么提箱也没有一只？”我奇怪的问他。他说：“我的一生财产尽在于此了。”他问我：“远不远？”“很远，我去叫三辆黄包车。”我说着，正想下楼去叫车子，旁边那位五十以外庄重而很关心我们的主人就说：“不用你去，我叫别人去叫黄包车。”说着就招呼女主人去叫黄包车去。这时候，秋白同志就指着那位主人问我：“你们会过吗？”我和那位主人同时说：“没有。”秋白同志说：“这是周先生，就是鲁迅先生。”同时又指着我向周先生说：“这是×同志。”“久仰得很！”我诚恳地尊敬地说了一声。的确，我是第一次见鲁迅。他穿着一件旧的灰布的棉袍子，庄重而带着忧愁的脸色表示出非常担心地恐怕秋白、之华和我在路上被侦探巡捕捉了去。他问我："深晚路上方便吗?""正好天已下雨，我们把黄包车的篷子撑起，路上不妨事的。"我用安慰的口气回答他。我是第一次与鲁迅会面，原来不知他哪里人，听他的说话，还多少带着绍兴口音。后来我把秋白、之华送到了他们要去的房子里，问起秋白同志，才知道鲁迅确是绍兴人。

一会儿女主人回头说："车子已经停在门口。"我说"走吧"，就帮助之华提了一个包袱，走到门口。秋白同志向鲁迅说："我要的那两本书，请你以后就交××带给我。"又指着我向鲁迅说："或者再请×同志到你这里来拿一下。"我就顺便插口："隔几天我来拿。"正想开门下楼去，之华还在后间与女主人话别。我们稍微等了一下，鲁迅就向秋白同志说："今晚上你平安的到达那里以后，明天叫××来告诉我一声，免得我担心。"秋白同志答应了。一会儿，我们三人就出了他们的房门下楼去，鲁迅和女主人在门口连连说："好走，不送了。"当我们下半只楼梯的时候，我回头去望望，鲁迅和女主人还在门口目送我们，看他那副庄严而带着忧愁的脸色上，表现出非常担心我们安全的神气。秋白同志也回头望了他们一眼，说："你们进去吧。"他们默不作声地点了点头。当我们走下到了二层楼梯口，才听到三层楼上拍的一声关上了房门。[15]

陈云把奉命去鲁迅家接瞿秋白夫妇的前后经过描述得详尽细致，尤其是对鲁迅当时的神态样貌刻画入微，如在眼前，令人仿佛立刻觉察出当时的紧张气氛，以及鲁迅夫妇对瞿秋白夫妇的担心与挂怀。

这份珍贵史料充分再现了中共高级干部与鲁迅的交谊和情感。但同时我们也可以看出，鲁迅和瞿秋白交往既不是组织决定，也不是工作安排，完全是个人行为，是两个相互欣赏的知识分子在大时代恐怖岁月里的惺惺相惜。

一个被排挤出局，政治上失意，一个前后受敌，倍感孤独。他们在为“左联”刊物翻译苏联文艺作品和艺术理论的过程中通过文字认识，相互欣赏，在逃难和避祸中结成生死友谊。

正如冯雪峰所说：“他们的相互认识和接近，是因为有一个‘左联’，而秋白同志来参加领导‘左联’的工作，并非党所决定，只由于他个人的热情；同时他和‘左联’的关系成为那么密切，是和当时的白色恐怖以及他的不好的身体有关系的。”[16]

1933年2月，瞿秋白夫妇又一次在鲁迅家避难。时值英国作家萧伯纳访问中国，鲁迅和瞿秋白一起搜集报刊文章，分门别类，鲁迅作序，用乐雯署名，编辑出版了《萧伯纳在上海》一书。[17]

3月间，鲁迅和许广平为瞿秋白夫妇在他们居住的北四川路附近的日照里租了一套房子，两家相隔只有一条街。瞿秋白几乎隔天到鲁迅家一次，畅聊文艺、政治和国家前途，几至通宵达旦。[18]

就在这个时候，瞿秋白为鲁迅编选了《鲁迅杂感选集》，并写了万言长序。

鲁迅读了瞿秋白的序言，感慨万端。他从来没想到瞿秋白对他的杂文如此看重，评价独到，认识深邃，立意高远。

因为在那个时候，鲁迅的杂文总是被他的论敌嘲讽而轻视。论敌说他搞不出创作来了，尽弄些不值钱的杂感而已。就连鲁迅自己的朋友和同道也对他的杂感没有多么高的评价，劝他在精力尚且旺盛之际，多搞些创作，少弄些杂感。

而瞿秋白对鲁迅的杂感却是非常珍视而评价极高的。他说，鲁迅杂感是战斗的“阜利通”，不必用老旧眼光看待这些光辉文章——

> 急遽的剧烈的社会斗争，使作家不能够从容的把他的思想和情感镕铸到创作里去，表现在具体的形象和典型里；同时，残酷和强暴的压力，又不容许作家的言论采取通常的形式。作家的幽默才能，就帮助他用艺术的形式来表现他的政治立场，他的深刻的对于社会的观察，他的热烈的对于民众斗争的同情。不但这样，这里反映着“五四”以来中国的思想斗争的历史。杂感这种文体，将要因为鲁迅而变成文艺性的论文（阜利通——Feuilleton）的代名词。[19]

从没有人这样评论过鲁迅的杂文，也没有人从中国二十多年来的历史现状和思想历程中看鲁迅的杂文。只有瞿秋白能够用那么深远的视野来分析他和他的杂文，而且切中要害，让人为之震惊。

瞿秋白并没有完全唱赞歌，他还分析了鲁迅的弱点和前期思想的不足，更加凸显了鲁迅杂文的时代气息和战斗分量。

对此，鲁迅不仅心悦诚服，还深深地体验到一种知己之感。

1933年6月，还是由于安全的原因，瞿秋白再次搬家，离开日照里，搬到冯雪峰的住处。上海中央局让他负责一个通讯社的工作，审查和修改通讯稿件。

7月下旬，冯雪峰所在的江苏省委机关也被特务发现，牵连到冯雪峰的住所。于是，他们又要慌忙搬家。彼时许多秘密地点都已经不安全，冯雪峰只好把瞿秋白夫妇再次安顿到鲁迅的家中。

此时鲁迅已经搬到大陆新村9号，那是一栋三层小楼，鲁迅夫妇住二楼，瞿秋白夫妇住在三楼。

这是瞿秋白第三次在鲁迅家避难了。几天之后，瞿秋白夫妇搬到上海中央局的另一个秘密机关中。

1933年底，中共中央来信，要瞿秋白到江西瑞金的苏区工作。临走前，瞿秋白到鲁迅家辞行，当晚，鲁迅夫妇把床让给瞿秋白夫妇，鲁迅在地板上搭了个睡铺，觉得只有如此，方能稍稍尽一点地主之谊。

鲁迅和瞿秋白都没想到，此时一别，竟成永诀。

第八章

痛批富婿

一、泥腿文坛

关于1933年间鲁迅与邵洵美之间的那场争论，即便对于当事人而言，也是不可思议且近乎荒唐可笑的。从两人的性格和阅历来看，根本不可能在一个平台上对话；从争论的内容和方式来看，皆是小节与巧合，完全可以避免，至少不会闹到不可开交的地步。但是，如果从当时的文学背景和各种社会势力纷争的上海政治环境来看，鲁迅批评“富家女婿”邵洵美又实属必然。

原因很简单，就是因为那时候革命文学勃兴，按照鲁迅的说法，“下等人的泥腿插进了文坛”，穿草鞋和穿皮鞋的在同一个文坛比拼、竞争，甚至发生激烈斗争。

因此在分析鲁、邵之争前，有必要观察一下二人所处的时代背景和文化环境，看看是什么力量和机缘，让两个完全不搭界、不匹配、不是一个重量级的人物站在同一个平台上发生对话，甚至交锋，对我们深入理解其中之味，观察背后玄机，似乎更有助益。

如前面相关章节提及，1932年11月鲁迅因母病去北平探望，其间受到北平高校和青年学生的热烈欢迎，发表了著名的“北平五讲”，其中在北师大风雨操场上的露天演讲反响最大，有两千多人到场聆听。

鲁迅此次演讲的题目是《再论“第三种人”》。演讲中鲁迅用形象的语言说明文学进化和文学斗争。他说：“（五四时期）所谓文艺的园地，被旧的文学家关住了，占领了，西装先生的皮鞋踏进来了，这就是胡适之先生、陈独秀先生的‘文学革命’。于是，那时一些文学家发生了斗争，结果，新文学家胜利了，他们占了当时的文坛。时代的前进，是没有停止的时候，不料想三四年前，下等人的泥腿插进了文坛，此时前者反对后者，即是皮鞋先生反对新兴普罗文学。”[1]

鲁迅用“皮鞋脚”比喻五四时期取得文学革命胜利后占领文坛的作家，当然也包括他批评的“第三种人”；用“草鞋脚”比喻文学革命之后，那些写工农疾苦和普罗大众的来自工厂和乡野、裤脚上沾着泥土的作家。

鲁迅向大家介绍当时文坛的现状是：那些“草鞋脚”已经进入文坛，而有些“皮鞋脚”却要拼命阻拦，试图用自己的皮鞋将“草鞋脚”踢出去。

美国记者伊罗生在邀请鲁迅和茅盾编选一部中国优秀短篇小说集的时候，建议使用这个形象比喻，为小说集取名为《草鞋脚》。鲁迅同意伊罗生的提议，并为之撰写了小引。

鲁迅在小引中说：“（由于）阶级意识觉醒了起来，前进的作家，就都成了革命文学者，而迫害也更加厉害，禁止出版，烧掉书籍，杀戮作家，有许多青年，竟至于在黑暗中，将生命殉了他的工作了。这一本书，便是十五年来的，‘文学革命’以后的短篇小说的选集。”[2]

鲁迅在这里强调“阶级意识觉醒”，便是鲜明地指出文学从五四时期发展到三十年代，已经有了明确的意识形态倾向，文学与政治发生了深刻关联。

据黎辛回忆：“为了介绍中国文学革命的情况和发展，把中国革命作家的作品介绍到西方去，1934年春夏，伊罗生约请鲁迅和茅盾共同编选从1918年到1933年的中国现代短篇小说，最初取的书名是《中国被窒息的声音》。后来，他又从鲁迅的一篇演讲中吸取灵感，将书名改为《草鞋脚》，征得鲁迅同意，鲁迅并为此书用墨笔题写了《草鞋脚》三个中文字。”[3]

从这里我们可以清晰地看到，革命文学的兴起不是中国独有的现象，是国际左翼思潮向各国蔓延和发展的必然趋势。伊罗生只不过是国际左翼文化思潮的践行者之一。除了伊罗生之外，尚有斯诺、史沫特莱、艾格丁尔、普实克、姚白森等，他们都来到中国，为中国左翼文化运动的发展贡献各自的力量。

二十世纪三十年代的上海文坛至少存在三股比较大的文学势力。

一股是以鲁迅为代表的左翼文学力量，主要由中国共产党领导，人数众多，影响力大，是文坛的主流和中坚；一股是标榜“民族主义文学”的右翼文学势力，由国民党政府培植与发展，领导人是国民党上海市党部常务委员、分管宣传部门的潘公展，后者虽然口号和声势一时较大，但旋生旋灭，飘忽不定，文学成绩和影响力比较弱小，最终走向没落。[4]

这两股文学力量由共产党和国民党支持，针锋相对，在上海文学场域中势不两立，斗争也很激烈。但是到了三十年代末，前者日益壮大，声势渐隆，后者难以为继，中途衰落。

除此之外，上海还有一股重要的文学力量，无党无派，文学史上称作“自由主义文学”派，较早的教科书称之为“民主主义文学”。[5]这股文学势力人员结构比较庞杂，根本无法分类。有的标榜自己走中间道路，不左不右，甚至自称“第三种人”，如苏汶、胡秋原等人；有的人扎扎实实搞创作，一心一意营造“象牙塔”，如沈从文等人；另外，像巴金、老舍等人倾向于民主思想，接近左翼文学，但与左翼作家又不是一类人。因此，这部分作家风格比较复杂，有的与左翼人士亲近，有的则与国民党文人有交情，情况不一。

1933年，鲁迅和邵洵美就处在这三股文学势力错综交织、互相联系又互相斗争的氛围之中，各据立场，泾渭分明。

三十年代的上海是中国的经济中心、文化中心和国际情报中心。租界纵横，商铺林立，大商贾云集，外国人很多。工商政学兵各界势力互相渗透，国共双方缠斗不已，美苏势力也在此攻防较量。

上海犹如一个大舞台，各方人士川流不息，串演各类大戏，因此，鲁迅周围人事关系之微妙，人心之复杂，形势之严峻确实是前所未有。

尽管如此，以鲁迅的眼光和修养，他并没有因为上海情势的复杂——按他的说法是“居漫天幕中，幽明莫辨”[6]——而丧失判断力，而是更加坚定自己的左翼立场和文学观念：用各种灵活的方式，尤其是用他的如椽巨笔对一切压迫者和压抑机制进行揭露和抨击。

所谓“左翼立场”，就是始终站在被压迫和被奴役者的角度思考问题，努力从社会现象中发现阶级之间的差异，揭示造成这种差异的经济、社会和政治原因，最终发现其中的隐秘机制。换言之，就是站在受奴役和压迫一方的立场上想问题，写文章，做事情，以揭示社会矛盾，唤醒广大民众，企图改变社会结构，建立新的秩序。

其实，正如一位专治文艺思潮史的学者指出的那样，左翼立场就是一种政治立场。[7]

这里需要分辨的一个重要问题是，鲁迅所持左翼立场并对压迫者和压抑机制的揭露与抨击，往往不是出于主动，多数情况下是被动性的、应变性的，甚至是反抗性和回击性的。

也就是说，鲁迅的那些犀利杂文所批评的人和事，不是有计划而为，而是无准备应战的结果。当然，这并不意味着鲁迅的应战是仓促的、急就的、无力的，相反，鲁迅的批评文章一旦写就，那就是非常有力的回击，往往切中要害。

上面用了不短的篇幅勾勒出一个大致清晰的文学史轮廓，目的是重点分析鲁迅与邵洵美论争这桩公案的真实背景。

下文还想通过梳理鲁迅批评“富家女婿”邵洵美的前因后果，来仔细观察鲁迅的左翼立场和论战策略，分析三十年代上海复杂的人际圈子构成，客观评价这场只在1933年发生并持续一个多月的论战，为何影响中国半个多世纪，甚至至今还回响不已，进而思考其间牵连着的关于文学与商业、文化与政治、命运与人情之间，尤其是意识形态诸多面相之间的复杂纠葛。

二、“皮鞋脚”圈

在上海文坛，邵洵美是一位喜欢文学但属于玩票者性质的公子哥，而鲁迅是一位经历丰富、思想严肃的文学前辈。

从年龄上看，1933年邵洵美仅27岁，鲁迅53岁，相差整整一代人的距离，很难产生对话关系。从文学趣味来看，邵洵美无疑是喜欢时髦的现代派，崇尚英美文学；而鲁迅是现实主义文学的开路人，对苏俄文学和文艺理论感兴趣，并做了大量译介工作。从圈子来看，邵洵美与徐志摩、胡适等绅士名流交好，关系过从甚密；鲁迅则与一群穷作家和贫困文人如柔石、冯雪峰开展左翼文学运动。无论从哪个角度看，鲁迅和邵洵美之间都不应该起冲突。

但是，那是三十年代的上海，人称“是非之地”“东方魔都”，摔个跟头都比别的地方疼好几倍。邵洵美喜欢到处招摇，是个爱出风头的顽主，鲁迅最看不惯有钱人盛气凌人、气贯长虹的样子。

有钱并没什么过错，继承祖业获得荣华富贵也不是恶德，何况邵洵美把钱用在文学事业上，也是风雅之事。关键是他太年轻，人又热情单纯，对政治情势缺乏应有的判断。在当时的情况下，即便鲁迅不敲打他，也会有其他左翼人士在合适的场合教育他。

邵洵美（1906–1968），浙江余姚人，出身官宦世家，外祖父是晚清著名官僚和实业家盛宣怀。他早年留学英国，未完成学业便回国，娶了自己的表妹——盛宣怀的孙女盛佩玉为妻，举行了轰动全上海的盛大婚礼，从盛氏家族中继承了一笔不菲的财产，因此被称为“富家女婿”。

邵洵美喜欢写诗，崇拜古希腊女诗人萨福，在上海开了金屋书店，出版杂志《金屋月刊》《十日谈》等，提倡唯美主义文学，著有诗集《花一般的罪恶》等。

邵洵美的诗歌成就在当时并不为人瞩目，后来被海外学者李欧梵等人发掘，李著《上海摩登》辟专章介绍邵洵美。而最为文学界津津乐道的是他的慷慨大方、摩登时尚和他乐于资助文学创作和文学同道。不用说，他周围肯定有一群人围着。[8]

据盛佩玉著《盛氏家族、邵洵美与我》一书中披露，与邵洵美交好的朋友有几十人。著名的有：徐志摩、张禹九、郁达夫、滕固、章克标、张若谷，还有画家刘海粟、闻一多、张光宇三兄弟及汪亚尘、丁悚等。

1929年，徐志摩主持的新月书店招股，邵洵美入了股，自然参加了新月社，与胡适、林语堂、罗隆基、沈从文、潘光旦、全增嘏、叶公超、梁实秋、梁宗岱、曹聚仁、余上沅、方令孺等人交往。因为在光华大学代课，他也认识了徐迟、徐圩和赵家璧等人。[9]

于是，在邵洵美的周围，团结和围绕着一群上海名士和文人，有些闲人便送他“文坛孟尝君”的雅号。[10]

根据相关文献记载，邵洵美也曾经救济和帮助过上海左翼文坛的穷作家。

1927年，夏衍中断学业从日本回到上海，生活穷困，手里有一部日本作家厨川白村《北美印象记》的翻译稿，便托人介绍给邵洵美，邵洵美看到稿子后当即预付稿酬。夏衍因为洵美的慷慨，生活有了着落。

新中国成立后，任上海市委宣传部长的夏衍曾关照过已经落难的邵洵美一家，恐怕也与此有关。[11]

也有材料说，1931年2月，包括“左联五烈士”柔石、殷夫、胡也频、冯铿、李伟森在内的24位中共地下党员被国民党当局秘密处决之后，胡也频的爱人丁玲带着婴儿回湖南避难，邵洵美通过沈从文赠送了一些钱，让丁玲充当路费。[12]

上述两则材料，尽管基本都是当事人家属或根据当事人家属回忆撰写，缺乏第三方有力的证据支持，但从邵洵美的慷慨个性和爱惜人才的秉性来看，可信度较高。

但这并不能说明邵洵美本身真心愿意帮助左翼人士。

夏衍回国之初，并没有人知道他是共产党员；而邵洵美资助丁玲，完全是因为沈从文的缘故，沈从文与邵洵美都是徐志摩的朋友。

无论如何，邵洵美是看不起左翼作家这类穷文人的，这是他的出身使然，也与他的人生观和文学观相一致。

这一点，也为他与鲁迅的交锋埋下了伏笔。

鲁迅与邵洵美的第一次见面，应该是在1933年初，地点是在英国作家萧伯纳访问上海的见面会上。

这一年的2月17日，鲁迅接到蔡元培派人送来的信，请他到宋庆龄的宅邸参加欢迎萧伯纳的招待会。

当时，鲁迅已经是中国民权保障同盟的会员，宋庆龄和蔡元培是同盟的领导人，鲁迅去参加他们组织的活动是名正言顺的。何况，鲁迅欣赏萧伯纳的作品和为人，于是便搭车赶往宋宅。

下午，招待会转移到“世界学院”的大洋房里，鲁迅一同赶去参加聚会。

这是国际笔会（Pen Club）中国分会组织的另一场欢迎活动。据说是邵洵美出资赞助的。鲁迅到场后，这里早就有人等着。鲁迅放眼一看，里面有“为文艺的文艺家，民族主义文学家，交际明星，伶界大王”等五十余人。

“伶界大王”是指梅兰芳。那次见面会上，梅兰芳与萧伯纳进行了交流。

在《看萧和"看萧的人们"记》一文中，鲁迅详细介绍了邵洵美向萧伯纳献礼的场景："此后是将赠品送给萧的仪式。这是由有着美男子之誉的邵洵美君拿上去的，是泥土做的戏子的脸谱的小模型，收在一个盒子里。还有一种，听说是演戏用的衣裳，但因为是用纸包好了的，所以没有见。萧很高兴的接受了。据张若谷君后来发表出来的文章，则萧还问了几句话，张君也刺了他一下，可惜萧不听见云。但是，我实在也没有听见。"[13]

从这篇文章的笔调和语气上看，鲁迅对这次招待会是不满的。

一个月后，他和瞿秋白一起编辑出版了《萧伯纳在上海》一书。鲁迅认为萧伯纳是一面镜子，照出了中国各种人物的用心和目的。萧伯纳被利用、歪曲和污蔑，正是中国社会的鲜明写照。

在这次聚会中，鲁迅同邵洵美有没有打招呼或寒暄几句不得而知，但彼此在会上照了面是不争的事实。

还有一点是明确的。在那次聚会上，鲁迅和邵洵美彼此之间没有留下什么恶感或不愉快，因为鲁迅在日记和书信中都未提及邵洵美。

倒是后来邵洵美子女的回忆中提及鲁迅与邵洵美有过误会："爸爸第一次见鲁迅，还是宴请萧伯纳那一次，那天正下雨，天很冷，爸爸见鲁迅站在屋檐下，像在等车，脸都冻得发青，爸爸就主动上前邀请他上自己的汽车送他回去。后来爸爸说：'我跟鲁迅先生并没有个人恩怨。'一篇文章中说，爸爸与鲁迅交恶的原因在于'祸从口出'——说是在萧伯纳造访上海那次，徐志摩好奇地问爸爸‘谁是鲁迅?’爸爸脱口而出：‘那个蓄着胡子、满脸烟容的老头子。’说者无意，听者有心，鲁迅恰在附近听得清清楚楚，从此结成死结……但我认为这种说法并不可信，徐志摩早在1931年便去世，怎么可能出现在1933年萧伯纳的招待会上？根本原因还在于作为左派的鲁迅，看不上‘小资’的新月派吧。”[14]

当事人家属的回忆文章也对这种揣测和谣言提出质疑，认为根本原因在于左派和“小资”之间的社会属性之别。那么，究竟是什么具体原因导致鲁迅与邵洵美交恶呢？

三、洵美骂人

恐怕还得从盛宣怀财产的发还谈起。

1933 年4月，国民党政府行政院发文，命令将1928年和1929年间查封的盛宣怀在苏州、常州、杭州、无锡、江阴和常熟的产业全部发还给盛氏家族。

这一决定引起社会的议论，《申报》登载了一篇署名“丁萌”的文章《从盛宣怀说到有理的压迫》，提及盛氏家产两次被没收，又两次被重新发还的事情。

盛宣怀（1844–1916），字杏荪，江苏武进人，是晚晴著名的官僚实业家，亦官亦商，是典型的“红顶商人”。他先后协助李鸿章、左宗棠等人开办轮船招商局、电报局、上海机器织布局和汉冶萍公司，利用手中的特权，集聚了富可敌国的资产，其产业遍布江南江北和重要的口岸码头。据史学家统计，盛宣怀聚敛的财产达2000万两白银。1911年，他被清政府任命为邮传部大臣，因倡议“铁路国有”，造成民间抗议的“保路运动”，被革职。[15]

辛亥革命后，盛宣怀的资产被民国政府没收，后来又被江苏都督程德全下令归还。

国民政府在南京成立后，盛氏家产第二次被查封没收。不知何故，1933年再次清理发还。

不言而喻，上述署名丁萌的文章即鲁迅化名写就，发表在1933年5月10日的《申报·自由谈》上。

这篇文章虽然提到了盛氏家产发还之事，也对没收一发还一再没收一再发还的做法感到不解，但他的重点并非谈盛家的事，而是对政府和资本家压迫工人的可笑说辞予以嘲讽。

国民党操纵的上海市工会于1933年五一劳动节发表《告全市工友书》称，“反抗本国资本家无理的压迫”。鲁迅认为这种说辞实在匪夷所思：无理的压迫可以反抗，那么有理的压迫就不能了么?

工会这样说，掩盖不了他们替资本家着想的意图，他们无非是要工人“克苦耐劳，加紧生产”[16]。

无论是有理的，还是无理的，横竖都是压迫，都应该反抗。只反对无理的压迫，不反对有理的压迫，到头来，所有的压迫都会变成有理的，政府其实就是要求工人都不要反对。鲁迅此文的命意在这里，举盛宣怀的例子，一是因为这是刚刚发生的新闻，二是让人警惕压迫者的反复无常。

没想到，这篇文章触到了邵洵美的敏感神经。

1933年8月，恰逢邵洵美经营的书店出资出版的《十日谈》开张，在第二期，邵洵美发表《文人无行》一文，讽刺起那些没有饭吃的穷文人来了。

他先将文化人划分为五种，继而议论道："除了上述五类外，当然还有许多其他的典型；但其所以为文人之故，总是因为没有饭吃，或是有了饭吃不饱。因为做文人不比做官或是做生意，究竟用不到多少本钱。一枝笔，一些墨，几张稿纸，便是你所要预备的一切。呒本钱生意，人人想做，所以文人便多了。此乃是没有职业才做文人的事实。我们的文坛便是由这种文人组织成的。"

紧接着又写道："因为他们是没有职业才做文人，因此他们的目的仍在职业而不在文人。他们借着文艺宴会的名义极力地拉拢大人物；借文艺杂志或是副刊的地盘，极力地为自己做广告：但求闻达，不顾羞耻。"

邵洵美越说越痛快，最后甚至开始骂人："谁知既为文人矣，便将被目为文人；既被目为文人矣，便再没有职业可得，这般东西便永远在文坛里胡闹。"[17]

绅士风度的邵洵美竟然用"这般东西"来概括这群穷文人，确实很过分。

要知道，文坛不是谁家专属的，有钱人能上文坛，穷人也可以在文坛里讨生活，"皮鞋脚"能踏上文坛，穿草鞋的下等人一样也可以挤进文坛。

鲁迅看了这篇文章之后，立刻写了《各种捐班》，以"洛文"为笔名，发表在8月26日的《申报·自由谈》上。

他从清朝做官可以用钱买，即"捐班"开始说起，话题终于落到了捐"文学家"上——

捐做“文学家”也用不着什么新花样。只要开一只书店，拉几个作家，雇一些帮闲，出一种小报，“今天天气好”是也须会说的，就写了出来，印了上去，交给报贩，不消一年半载，包管成功。但是，古董的花纹和文字的拓片是不能用的了，应该代以电影明星和摩登女子的照片，因为这才是新时代的美术。“爱美”的人物在中国还多得很，而“文学家”或“艺术家”也就这样的起来了。

捐官可以希望刮地皮，但捐学者文人也不会折本。印刷品固然可以卖现钱，古董将来也会有洋鬼子肯出大价的。

这又叫作“名利双收”。不过先要能“投资”，所以平常人做不到，要不然，文人学士也就不大值钱了。[18]

文章始终没有提邵洵美，但明眼人一看便知，这里说的“捐班”，一定指的就是他。“开一只书店，拉几个作家，雇一些帮闲，出一种小报”，更是明白无误地影射邵洵美开办金屋书店和《金屋月刊》，小报则是《十日谈》之类。

鲁迅在这篇文章中暗示邵洵美实际没有多少文学才能，只不过仗着自己有钱，花钱买一个“文学家”的名头，类似清朝考不取功名，只能用钱捐个官做的“捐班”。

写一篇还不过瘾，没过几天，鲁迅又写了一篇叫作《登龙术拾遗》的文章，登载在9月1日的《申报·自由谈》上，署名“苇索”。

这篇文章以邵洵美的好友、《十日谈》的主编章克标写的《文坛登龙术》为由头引入，接过章克标文坛不招女婿的话头，说虽然文坛不至于要招女婿，但女婿是要上文坛的，然后大做文章——

> 术曰：要登文坛，须阔太太，遗产必需，官司莫怕。穷小子想爬上文坛去，有时虽然会侥幸，终究是很费力气的；做些随笔或茶话之类，或者也能够捞几文钱，但究竟随人俯仰。最好是有富岳家，有阔太太，用赔嫁钱，作文学资本，笑骂随他笑骂，恶作我自印之。“作品”一出，头衔自来，赘婿虽能被妇家所轻，但一登文坛，即声价十倍，太太也就高兴，不至于自打麻将，连眼梢也一动不动了，这就是“交相为用”。但其为文人也，又必须是唯美派，试看王尔德遗照，盘花钮扣，镶牙手杖，何等漂亮，人见犹怜，而况令阃。可惜他的太太不行，以至滥交顽童，穷死异国，假如有钱，何至于此。所以倘欲登龙，也要乘龙，“书中自有黄金屋”，早成古话，现在是“金中自有文学家”当令了。[19]

如果说前一篇文章还比较含蓄，用“捐班”来比照邵洵美用钱给自己封一个文学家的头衔，并没有把事情说破，那么，这篇文章则说得更直接，更入木三分，令人难堪：原来邵洵美用来“捐班”的钱还不是自己的，而是仗着老婆的陪嫁作为文学资本，不管别人笑骂，厚着脸皮登上文坛的。

客观来说，邵洵美用谁的钱并不关他人的事，他花自己岳父家的钱开书店，出刊物，发展文学事业，也并没什么可说的，如果没有前面邵洵美批评和挖苦左翼穷文人为“这般东西”

搅扰文坛在先，鲁迅这样说确实有失厚道。

但事情就是这样，邵洵美的《文人无行》惹恼了鲁迅，他不得不出来教训这个无知无畏的文坛公子哥。

如果你一枪我一剑地斗一斗，骂一骂，为文坛增点热闹也就罢了，没想到，邵洵美也不是好惹的，他有一帮哥们，鲁迅的老对头新月派也在背后撑腰，导致论战闹到了当时的首都南京。

国民党机关报《中央日报》于9月4日和6日接连登出两篇文章，即《女婿问题》和《“女婿”的蔓延》，替邵洵美辩护，指责鲁迅吃不到葡萄说葡萄酸，娶不到富妻子，羡慕嫉妒恨，影射《自由谈》编辑黎烈文靠报馆亲戚上位等。

这当然不算太严重，关键是邵洵美或者是他的朋友后来竟然使出了杀招：他们翻译了鲁迅在日本《改造》杂志上刊登的谈论中国监狱的文章，登在自己控制的刊物《人言》上，以期引起当局注意，暗示当局对鲁迅提起“军事裁判”。

事情越闹越大，有点失控了。

四、鲁邵之争

二十世纪三十年代的上海是富人的天下，文学界里有一批“玩文学”的人，多出身官宦和士绅之家，他们的文学观倾向于保守或唯美，邵洵美和梁实秋等人就是如此。

他们认为文学是高雅的事业，只配有钱人或上等人来操作，穷人是不能或不会登上文坛的。换言之，他们瞧不起穷作家，尤其是左翼作家。

邵洵美在《文人无行》中说得很清楚：那些没有职业的人才来做文人，他们“但求闻达，不顾羞耻”，是永远在文坛里胡闹的“这般东西”。

这种侮辱和谩骂式的话出自绅士邵洵美之口，令人诧异，遭到鲁迅的痛批也在情理之中。

鲁迅在《准风月谈》的《后记》中引述了邵洵美的这番话后，讽刺道：“文人的确穷的多，自从迫压言论和创作以来，有些作者也的确更没有饭吃了。而邵洵美先生是所谓‘诗人’，又是有名的巨富‘盛宫保’的孙婿，将污秽泼在‘这般东西’的头上，原也十分平常的。但我以为作文人究竟和‘大出丧’有些不同，即使雇得一大群帮闲，开锣喝道，过后仍是一条空街，还不及‘大出丧’的虽在数十年后，有时还有几个市侩传颂。”

这话说得虽然有些刻薄，却道出了实情。

搞文学实在与有钱无钱没多大关系，有了钱也未必写好文章，就是出钱雇人吹捧，不行终究还是不行。

紧接着，鲁迅说出了一番更加刻薄有力的话，后来几乎成了世代传颂的名言：“穷极，文是不能工的，可是金银又并非文章的根苗……然而富家儿总不免常常误解，以为钱可使鬼，就也可以通文。使鬼，大概是确的，也许还可以通神，但通文却不成，诗人邵洵美先生本身的诗便是证据。我那两篇中的有一段，便是说明官可以捐，文人不可捐，有裙带官儿，却没有裙带文人的。”[20]

客观地说，鲁迅的批评是有力、切中要害的，甚至有些剔肤见骨，入木三分。

两篇文章《各种捐班》《登龙术拾遗》写尽了邵洵美依仗财力进入文坛，骄傲地辱骂穷文人的傲娇神气。“富家儿”“裙带文人”的话头，确实有些尖酸刻薄，从小在蜜罐里长大、习惯了前呼后拥被别人恭维的邵公子，怎能忍受这般羞辱。于是，邵公子和他府上的门客（他不是“文坛孟尝君”么，自然养了一群门客）坐不住了，决定要报复。

上文提到《中央日报》的两篇文章不算厉害，反而被鲁迅奚落得够呛。于是，邵洵美和他的同道好友便使出了阴招：向当局告密。

1934年2月，鲁迅给日本的《改造》杂志写了三篇文章，谈论中国的监狱、日本的王道和伪满洲国的火。其中谈监狱的一篇谈到国民党政府当局在模范监狱中对犯人施以酷刑的问题，算是触犯政府的言论。

没想到，与邵洵美交好的章克标让人（或者就是他本人）从日文中翻译了这篇《谈监狱》，假托“井上”之名，刊登在章克标和邵洵美等人共同编辑的刊物《人言》上，并写了“编者注”，以便引起读者注意。

“编者注”极尽挑唆和诬陷之能事，刻意挑明这是鲁迅所作，政府正查禁他的文章，他却发表在日本杂志上，为的是躲避军事裁判。

文章阴损地写道：“鲁迅先生的文章，最近是在查禁之列。此文译自日文，当可逃避军事裁判。但我们刊登此稿目的，与其说为了文章本身精美或其议论透彻；不如说举一个被本国迫逐而托庇于外人威权之下的论调的例子。鲁迅先生本来文章极好，强辞夺理亦能说得头头是道，但统观此文，则意气多于议论，捏造多于实证，若非译笔错误，则此种态度实为我所不取也。登此一篇，以见文化统制治下之呼声一般。”[21]

很明显，《人言》上登载鲁迅的这篇文章，目的是提醒读者，更是提醒政府，鲁迅在“文化统制”的背景中，竟敢发表攻击政府的文章，应该进行“军事裁判”。

正如鲁迅所说，这“是作者极高的手笔，其中含着甚深的杀机。我见这富家儿的鹰犬，更深知明季的向权门卖身投靠之辈是怎样的阴险了”。[22]

无论如何，作为一个文人，向政府告密，使出这样阴损恶辣的招术致文学论敌于死地，在什么时代都是令人不齿的丑恶行径。

从另一个角度来看，三十年代中国文坛斗争之尖锐，矛盾之复杂，意识形态之间纠葛之深之重，令人深思。

无论标榜怎样追求文学独立性，文学与政治在这个论争中都自动挂上了钩。

这场论争显然溢出了文人之间的意气之争，到后来不得不携带政治斗争的火药味。

如果不是鲁迅把证据完全放在杂文集《准风月谈》的《后记》中，人们很难相信风度翩翩的邵诗人真的会做出这般事情（或许他没有充分估计这样做的严重后果）。

但文章和事实俱在，想抵赖和躲藏已来不及，邵洵美只好对此事默不作声，鲁迅与邵洵美的争论也就停止。

“鲁邵之争”在现代文学史上不算是一件特别瞩目的事情，却深刻体现了三十年代中国文学新出现的版图分割、价值碰撞、文化思潮此起彼落的重要面相。

作为当事人，无论鲁迅还是邵洵美，都不会想到他们的笔墨官司已经被后来的研究者当作重要的案例，几经淘洗，反复研究，聚讼不已，引发长久的争论。

有的站在鲁迅的立场上，批评邵洵美；有的为邵洵美辩护，指责鲁迅。

大体而言，二十世纪八十年代之前，几乎都是扬鲁抑邵，认为鲁迅是正确的，应该对邵洵美的资产阶级思想和作风进行批判。

八十年代之后，随着改革开放的深入，新自由主义的价值观在中国流行，甚至成为学界的主流话语，邵洵美的唯美主义诗歌成就，特别是他对文学出版的贡献，得到了学界的认可。

俯仰之间，可见时代变化和价值颠倒。多少被鲁迅批评的人被重新评价，这是历史的进步还是倒退，都不好说。

但鲁迅的文章尚在，即便再怎么时移世易，因世递变，是非与黑白早有定论，不会因为价值的颠覆和几个人的鼓噪而磨灭了事实。

第九章

反抗殖民

一、两个上海

关于上海和上海文坛，鲁迅有许多论述。

比如，1931年他在著名演讲《上海文艺之一瞥》中，述说了上海文坛三十年来的变迁，并论证说，上海是盛产流氓的地方。晚清废除科举制度之后，堵塞了无数读书人仕进向上的出路。上海的繁华吸引了江南才子，而才子遇到上海的妓女，便产生了才子佳人小说，供人消遣之用，催生了书铺林立、报馆遍地的景象。但是妓女是为钱而非为情，才子便识破其伎俩，与妓女斗智斗勇，于是，小说便多是如何“拆梢”“揩油”“吊膀子”的行为，这就是“鸳鸯蝴蝶派”小说的由来。由此，才子一下子变成了流氓。

鲁迅说，上海的繁华不仅吸引了国内的流氓，也吸引了外国的流氓。而外国的流氓有帝国主义撑腰，统治着国内的流氓，国内的流氓又统治着中国的老百姓，因此中国的老百姓便受到双重流氓的统治。[1]

到了三十年代，鲁迅对上海繁华背后的恶浊看得更清晰了。

1931年2月，给荆有麟的信中说：“我自寓沪以来，久为一班无聊文人造谣之资料，忽而开书店，忽而月收版税万余元，忽而得中央党部文学奖金，忽而收苏俄卢布，忽而往墨斯科，忽而被捕，而我自已，却全不知道有这么一回事。”[2]

1932年6月，写信对台静农说：“沪上实危地，杀机甚多，商业之种类又甚多，人头亦系货色之一，贩此为活者，实繁有徒，幸存者大抵偶然耳。”[3]

1933年7月致信黎烈文时又说："我与中国新文人相周旋者十余年，颇觉得以古怪者为多，而漂聚于上海者，实尤为古怪，造谣生事，害人卖友，几乎视若当然，而最可怕是动辄要你的生命。"[4]

1934年9月致信徐懋庸说："上海的文场，正如商场，也是你枪我刀的世界，倘不是有流氓手段，除受伤以外，并不会落得什么的。"[5]

同年11月，刚从东北来到上海的萧军、萧红求助于鲁迅，鲁迅回信告诫这对涉世未深的青年夫妇："稚气的话，说说并不要紧，稚气能找到真朋友，但也能上人家的当，受害。上海实在不是好地方，固然不必把人们都看成虎狼，但也切不可一下子就推心置腹。"[6]

类似的例子还有若干。

鲁迅还用"上海秽区""恶浊之地""是非蜂起之乡"等带有明显贬义的词语来表达自己对三十年代上海的厌恶，足见上海在鲁迅心中的位置。

1935年底，编完《且介亭杂文》时，鲁迅在《附记》的末尾写道："我们活在这样的地方，我们活在这样的时代。"短短的十八个字，写尽了鲁迅对二十世纪三十年代上海的失望和愤懑之情。

问题在于，鲁迅对三十年代上海的评价是否符合历史事实，他看待上海和上海社会采用的视角以及他的视野是如何展开的？这些都需要认真分析。

在展开鲁迅的"上海观"之前，我们不妨观察一下自二十世纪九十年代至二十一世纪以来中国学界和知识界关于"上海想象”和重构上海迷梦的过程。

2001年，美籍华人学者李欧梵写了一本名为《上海摩登——一种新都市文化在中国 1930-1945》的书，在中国出版，引起很大反响。十几年来，该书不断再版，成为一本畅销的学术书。当然这本书和李欧梵书中的怀旧情调也引来一些争议。[7]

探究这本学术书成功的原因是一件很有趣的事情。

原因是多方面的。除了在叙述风格上实现了商业化与学术化结合，文字中插入许多大幅图片，适应“读图时代”的阅读口味之外，《上海摩登》恰恰契合了近年来中国文化界流行的怀旧情绪和渴望被纳入世界潮流的期许。

自改革开放以来，推动中国的政治、经济、文化走向世界，一直是中国社会的期望。进入WTO、申奥成功等重大事件，更加刺激了中国人进入世界的梦想。与“全球化”话题的不断升温相呼应，伴随着经济领域与世界接轨的急促脚步，中国人也翘首以盼着中国文化的“入世”。

正巧，李欧梵的这部论著指出，中国文化早在1930年代就已经与世界接轨了：在二十世纪三十年代的中国上海，已经存在一种“新的都市文化”，是什么呢？

按照李欧梵的说法，这种都市文化叫作“上海世界主义”（该书第九章的标题）。在这本书里，作者用了亲历者的口吻和巧妙的叙述策略，给二十一世纪的读者介绍了老上海的光、影、色，讲述了几乎被人遗忘但又在近年来被人渐渐发掘的上海繁华：那些极具空间感的外滩建筑、百货大楼、咖啡馆、歌舞厅、跑马场、跑狗场，还有那些时间感颇强的影星画报、月份牌、电影杂志、文学杂志。

由此把读者引入三十年代的“上海文学”：施蛰存、刘呐鸥、穆时英、邵洵美、叶灵凤、张爱玲……一个个光环笼罩的文学神话，最后让读者体味到了一种中国的世界主义的“真实存在”，同时也让读者觉得谁终结了这种世界主义，谁就是文化的破坏者，谁就应当受到历史的谴责。

谁应该为上海的这种“都市文化”的消失负责呢？

在这本书的第九章里，似乎已经表述得很清楚。李欧梵说：“日占时期的上海是早已开始走下坡路了，但一直到1945年抗战结束，因通货膨胀和内战使得上海的经济瘫痪后，上海的都市辉煌才终于如花凋零。而以农村为本的共产党革命的胜利更加使城市变得无足轻重。在新中国接下来的三个十年中，上海一直受制于新首都北京而低了一头。而且上海人口不断增加，但从不被允许去改造她的城市建设：整个城市基本上还是40年代的样子，楼房和街道因疏于修理而无可避免地败坏了。”[8]

作者一厢情愿地认为，“以农村为本的共产党革命的胜利”后就应重建他认为重要的“都市文化”，而不是建立一个更平等的社会，让大多数穷人得到温饱，摆脱压迫。

他认为上海城市建设落后是因为“受制于新首都北京而低了一头”的缘故，而没有想到在战争中起来的中国首先的任务不是搞城市建设、建构五光十色的都市文化，而是有更重要的工作要做。

但是，令作者“感到欢欣鼓舞”的是，现在的“中国已真正再次加入世界，卷入跨国市场资本主义的全球潮流”。

在这本书的最后几页，作者看到了“复兴的上海”，一个有点“时光倒流”的“上海世界主义”在上海重生。

李欧梵欣喜地发现：“自从80年代晚期起，随着香港和其他国家投资商的到来，上海正经历着令人兴奋的都市重建——浦东地区的新的天空线与香港的惊人相似。同时原先占据外滩大楼的有些老牌殖民公司，像怡和、麦迪生公司，又从政府机构那里‘租回’了他们的‘旧居’。新的尖顶饭店和大舞厅正在兴建，据说还听取了香港建筑专家的设计意见。所有这些大型建筑都推动着上海社科院主持下的大型的上海历史和文化研究计划（上海社科院的一些书便利了本书的写作）。而新一代的年轻的上海作家与诗人开始在他们的小说与诗歌中探讨什么是所谓的‘新都市意识’——这个主题对他们而言是空白一片。1993年创办了《上海文化》杂志。在他们写给读者的开场白中，重申了‘上海文化学派深广坚实的基础，及其以开放眼光吸纳外来文化的光辉传统’。”[9]

二十世纪九十年代的上海复兴了三十年代上海旧时的繁荣，许多外国公司重新进入上海，怎能不令西方学者欣喜呢?

但他们忘了，无论怎样，此时的上海已经没有了外国租界和流氓大亨，人民当家做主，实行的是中国特色社会主义制度。

李欧梵和许多读者似乎有意忽略这一点，认为《上海摩登》制造和迎合了中国从经济到文化的“世界主义”冲动。从建筑方面追求与“香港的惊人相似”的肯定，到文化领域中“以开放眼光吸纳外来文化的光辉传统”的倡扬，此书无论从哪个方面都想为中国进入世界的梦想提供想象空间和历史支撑。

《上海摩登》是一本文学研究著作，研究的对象是二十世纪三四十年的现代主义文学思潮。在李欧梵眼里，“现代主义”文学的产生和发展离不开这种叫作“世界主义”的都市文化，而“世界主义”的上海都市文化直接催生了中国的“现代文学”。

许多被称为新感觉派的作品中反复出现的主题，如赞美死亡、崇尚颓废、直写色欲、膜拜肉感等，都是通过翻译这种“文化斡旋”而来的，取自于波德莱尔、穆杭、显尼支勒等西方现代派。这正是“世界主义”的都市文化表现，是“海上繁华梦”的现代性书写。

鲁迅虽然与施蛰存、穆时英、叶灵凤等作家同处于二十世纪三十年代的上海租界，闻见的同样是彼时的社会文化现实，即同一个“都市文化”，但他对这种所谓“都市文化”的认识和观察就极不相同。

鲁迅眼里的上海都市是怎么样的？鲁迅如何描绘他所处的现实环境？鲁迅透过上海的都市文化都看到了什么？在上海，真的存在一个温情脉脉的世界主义吗？

在鲁迅这里，我们不妨尝试发现另一个所谓的“海上繁华梦”，或者说所谓“海上繁华梦”的另一面，以此观察鲁迅笔下的上海社会结构图和殖民文化，增添一种关于旧上海的殖民地苦难的叙述维度，为上海世界主义图景还原其更具复杂性的内容。

我们应该看到，鲁迅之恶感于上海，还不仅仅来自这个城市中的恶浊空气和这个城市的统治者对他个人的迫害和压抑。更重要的是，正如前述，他发现这个城市产生了一种流氓文化，这就是近代商业社会的市侩气：无论什么东西，到了他们那里，都可以成为商业机遇，变成利益，所谓“一路通吃”。

鲁迅观察到，不论正义与邪恶、革命与反革命、别人的痛苦与自己的得意，到了上海，都用作生活的资料，“一路吃下去”。

鲁迅写信给萧军、萧红说：“我看中国有许多智识分子，嘴里用各种学说和道理，来粉饰自己的行为，其实却只顾自己一个的便利和舒服，凡有被他遇见的，都用作生活的材料，一路吃过去，像白蚁一样，而遗留下来的，却只是一条排泄的粪。社会上这样的东西一多，社会是要糟的。”[10]

早在1927年，鲁迅在《老调子已经唱完》的演讲中就敏锐地观察到上海社会的殖民结构，他说——

> 上海是：最有权势的是一群外国人，接近他们的是一圈中国的商人和所谓读书的人，圈子外面是许多中国的苦人，就是下等奴才。将来呢，倘使还要唱着老调子，那么，上海的情状会扩大到全国，苦人会多起来。因为现在是不像元朝清朝时候，我们可以靠着老调子将他们唱完，只好反而唱完自己了。这就因为，现在的外国人，不比蒙古人和满洲人一样，他们的文化并不在我们之下。[11]

鲁迅观察到殖民社会的三层结构，实质上是民族压迫和阶级压迫的混合体，形成了洋场社会金字塔形的权力结构。

居于最上端的是外国殖民者，他们是中国殖民地的主子、统治者、最高权威者；中间一层是中国商人、买办、资产者、官僚士绅及其帮闲者；处于最下层的则是广大劳苦人、奴隶、无产者、劳动者。

帝国主义在华势力和在华利益是依靠这样的社会结构才得以实现和发展的，而处于中间层的中国商人和所谓读书人对外国人的依附和帮闲作用又进一步巩固了这种社会结构，使其更加稳定和牢靠。

许多学者都注意到，鲁迅喜欢看电影，而且喜欢全家一起出动，甚至邀上三弟周建人全家一起去电影院观影，据此，有人说鲁迅喜欢“美国大片”。

如果不是望文生义，稍加观察，便会发现鲁迅看电影与别人不同，他从中发现了殖民社会这种等级分明的关系。

他在《电影的教训》中谈道：“我在上海看电影的时候，却早是成为‘下等华人’的了，看楼上坐着白人和阔人，楼下排着中等和下等的‘华胄’，银幕上现出白色兵们打仗，白色老爷发财，白色小姐结婚，白色英雄探险，令看客佩服，羡慕，恐怖，自己觉得做不到。但当白色英雄探险非洲时，却常有黑色的忠仆来给他开路，服役，拼命，替死，使主子安然的回家；待到他豫备第二次探险时，忠仆不可再得，便又记起了死者，脸色一沉，银幕上就现出一个他记忆上的黑色的面貌。黄脸的看客也大抵在微光中把脸色一沉：他们被感动了。”[12]

美国的“大片”灌输给中国人的不仅是自卑感，还有西方人优胜的价值观，它塑造一个个神话，构成了一种差异文化，令人坚信不疑地相信中国与西方的等级差别。

鲁迅从电影中发现，殖民者不仅在政治上奴役、经济上掠夺殖民地人民，还在精神上、文化上麻醉他们，让他们成为殖民者忠实的奴仆和赚钱的机器。

鲁迅很早就已认清了殖民社会的这种压迫与压迫机制。在另一篇文章《〈现代电影与有产阶级〉译者附记》中，他直接批判了这种奴化的殖民统治："欧美帝国主义者既然用了废枪，使中国战争，纷扰，又用了旧影片使中国人惊异，胡涂。更旧之后，便又运入内地，以扩大其令人胡涂的教化。"[13]

特别应该注意的是，鲁迅能够指出上海洋场社会的三层结构关系，是源自于他对中国历史和现状的长期观察，他担心上海的这种三层社会的"情状"——外国人统治中国富人和穷人，中国富人奴役中国穷人，中国穷人受外国人和中国富人的双重控制——要扩大到全国，也担心整个中国成为外国的殖民地。

鲁迅清楚地看到，现在入侵的外国人，他们的文化并不在我们之下，别指望着用中国文化"同化"，到头来颇有可能是外国的文化吞并和"同化"了中国文化。

在著名演讲《老调子已经唱完》中，鲁迅观察到外国殖民者用尊重中国文化的把戏来增强他们对中国的控制。

他举了西方人用神话哄骗非洲人建造铁路的例子，说明殖民者对中国文化不是真心尊重，只是意在利用，用中国人的自大和崇古、愚昧和自利，来达到掠夺和压榨殖民地的目的。

鲁迅担心这样的灾难马上就要降临，他拿出证据说："以前，外国人所作的书籍，多是嘲骂中国的腐败；到了现在，不大嘲骂了，或者反而称赞中国的文化了。常听到他们说：'我在中国住得很舒服呵！'这就是中国人已经渐渐把自己的幸福送给外国人享受的证据。所以他们愈赞美，我们中国将来的苦痛要愈深的！"[14]

鲁迅痛心地警告我们："中国的文化，都是侍奉主子的文化，是用很多的人的痛苦换来的。"这句话道出了上海社会的三层结构中殖民者及其随从与下层苦人、穷人根本对立的真相。

应当看到，在表达和阐发上述观念的时候，鲁迅还没有接触马克思主义理论，还没有从资本主义制度本质和矛盾的角度来思考上海的殖民社会。他是以自己的敏锐观察和对权势与权力压迫机制的天然的反感，以及对底层民众的天然亲近感，直观地认识到殖民社会的压迫机制。

殖民社会的三层结构论，成为他观察洋场社会各种不义和不公现象的基本视角，从这个视角出发，鲁迅的许多杂文应势而生。

二、透视洋场

在二十世纪三十年代的上海，外国人欺负中国人的事屡见不鲜。令鲁迅感到震惊的是，国人对此种现象竟然置若罔闻，视为当然。

租界的公园里曾竖起“华人与狗不许入内”的标志牌，一度遭到国人的谴责，认为外国人不应该把中国人看作畜类，但是鲁迅却考虑到更深一层。

比如在《倒提》一文中，谈到洋人惩罚倒提鸭子的国人，引起不满，认为洋人对待动物比对待国人的待遇要高，但鲁迅却认为外国人到底看待中国人比动物要高，因为“人能组织，能反抗，能为奴，也能为主，不肯努力，固然可以永沦为舆台，自由解放，便能获得彼此的平等”。[15]

关键是要抗争，要进行“合群的改革”。让处在被压迫地位的人们不要只是哀叹认命，只是呼告“莫作乱离人，宁为太平犬”，还要为这种不平的生活起来奋争。

鲁迅并不笼统地反对外国殖民者，也并不无区别地痛恨诅咒所有的西洋人，他憎恶的是殖民统治给中国人精神带来的麻木，警惕的是在一片反对西方的呼声中忽视了自身建设和文化改进，形成一种自大的排外意识，最终仍逃不出殖民文化的笼罩。

因而，鲁迅在批判外国殖民统治的同时，并未忘记对中国国民性的再度反思。

1933年6月11日，鲁迅署名“丰之余”在《申报·自由谈》发表了杂文《推》，描绘的是上海一些所谓“上等人”在街上行走，如入无人之境，横冲直撞，推踏弱小的现象。

他的描绘生动而深入，完全用白描的手法：“上车，进门，买票，寄信，他推；出门，下车，避祸，逃难，他又推。推得女人孩子都踉踉跄跄，跌倒了，他就从活人上踏过，跌死了，他就从死尸上踏过，走出外面，用舌头舔舔自己的厚嘴唇，什么也不觉得。”[16]

这是一幅人践踏人的“踩踏图”：一方是趾高气扬，肆无忌惮，一方是孤苦无依，伤残无告；推踩者以为理所当然，毫不介怀，被推者犹如蔽履，委弃街头。

紧接着，鲁迅又举一实例：“旧历端午，在一家戏场里，因为一句失火的谣言，就又是推，把十多个力量未足的少年踏死了。死尸摆在空地上，据说去看的又有万余人，人山人海，又是推。推了的结果，是嘻开嘴巴，说道：‘阿唷，好白相来希呀！’”

推踩者，无人指责；被践踏而死的人，倒成了人们看热闹的景观，旧上海的市民觉得“好白相”，好玩得很！

这是怎样的一个社会？这又是怎样的一个时代？

鲁迅只用简短的几笔，就把殖民社会人压迫人、人糟践人、人践踏人的情景勾勒出来。

《推》从一则新闻谈起。

说是一个卖报的报童，要踏上电车的脚踏板取报钱，不小心踩了一个人的长衫，那人大怒，用力一推，孩子被推进了车底。电车此时已经开动，孩子被活活碾死，而推倒孩子的人，早已无踪影。

这个推倒孩子的人，既然穿着长衫，鲁迅推断，即使不是“高等华人”，总该属于“上等的人”。

通过这则新闻，鲁迅联想到在上海马路上行走，经常遇到两种善“推”的人：“一种是不用两手，却只将直直的长脚，如入无人之境似的踏过来，倘不让开，他就会踏在你的肚子或肩膀上。这是洋大人，都是‘高等’的，没有华人那样上下的区别。一种就是弯上他两条臂膊，手掌向外，像蝎子的两个钳一样，一路推过去，不管被推的人是跌在泥塘或火坑里。这就是我们的同胞，然而‘上等’的，他坐电车，要坐二等所改的三等车，他看报，要看专登黑幕的小报，他坐着看得咽唾沫，但一走动，又是推。”

读后方才明白，那些推踏别人的人竟是些洋人和“高等华人”。

鲁迅的观察可谓细腻，描写相当逼真。

你看那洋大人，无须看到他的表情，只从“直直的长脚，如入无人之境似的踏过来”这句话中，分明感受到那个一脸蛮横、趾高气扬的洋大人模样。

在中国的弱小人群中，他们如虎进羊群，所向披靡，何等威风！

再来看鲁迅描写我们的同胞，更是形象生动。

只见他，弯着胳膊，“手掌向外，像蝎子的两个钳一样，一路推过去”。这个比喻不仅恰当，而且入木三分：那种人蛇蝎一样的心肠，横行无忌的丑态全在这一个比喻中暴露出来了。

更有趣的是那人看黑幕小报咽唾沫的细节描写，充分揭示了这种人趣味的低下和心灵的肮脏，与前面的蝎子意象叠加在一起，令人进一步看清了此类高等华人的嘴脸和险恶用心。

既然了解了推者与被推者之间的关系，鲁迅在本篇杂文中所要揭示的社会关系就相当明确。

“推”与“被推”的关系，就是外国殖民者与中国人、上等人与下等人、阔人与穷人的关系。

他说：“住在上海，想不遇到推与踏，是不能的，而且这推与踏也还要廓大开去。要推倒一切下等华人中的幼弱者，要踏倒一切下等华人。这时就只剩了高等华人颂祝着——‘阿唷，真好白相来希呀。为保全文化起见，是虽然牺牲任何物质，也不应该顾惜的——这些物质有什么重要性呢！’”

末尾的这段议论，鲁迅至少表达了三层意思：其一，上海是一个推与踏的社会；其二，被推、踏的一方必然是下等华人；其三，为什么要推和踏呢？因为要“保全文化”。至于是什么文化，鲁迅在这里没有言明，但《老调子已经唱完》中已明确指出，中国文化是侍奉主子的文化，是用许多人的痛苦换来的。只有坚决地推倒、踏倒下等人，别让他们起来，才能更好地保存文化，更好地侍奉主子，不论是中国的主子，还是外国的主子。

三、踢踏生命

在上海，上等人不仅流行“推”，还喜欢“踢”。

《踢》一文发表在1933年8月13日《申报·自由谈》，署名仍是“丰之余”。此文依旧从一则新闻谈起。

新闻上说，中国的三名工人在租界码头乘凉，不知何故，其中两人被白俄巡捕踢入水中，一人被救起，另一人则被活活淹死。

鲁迅的议论中压抑了愤怒，也隐含着悲哀：“‘推’还要抬一抬手，对付下等人是犯不着如此费事的，于是乎有‘踢’。而上海也真有‘踢’的专家，有印度巡捕，有安南巡捕，现在还添了白俄巡捕，他们将沙皇时代对犹太人的手段，到我们这里来施展了。我们也真是善于‘忍辱负重’的人民，只要不‘落浦’，就大抵用一句滑稽化的话道：‘吃了一只外国火腿’，一笑了之。”[17]

外国巡捕无端将中国工人踢落黄浦江中活活淹死，国人只用一句“吃了一只外国火腿”的俏皮话一笑了之，中国人真可谓命贱如草，外国殖民者又是如此飞扬跋扈，不可一世。

这便是鲁迅笔下的上海。

这个被称为“东方巴黎”的摩登世界，其繁华背后掩盖着怎样的罪恶和血泪，歌舞升平的表象后面又隐藏着多少强权和不义。

所有这些内容，在鲁迅对外国人的“踢”的描绘中便渐渐浮现出来。

鲁迅心事浩茫。

他由外国巡捕对中国工人的“踢”，想到了民族压迫和民族斗争，想到了苗民被追赶到山里，还想到“南宋残败之余，就往海边跑，这据说也是我们的先帝成吉思汗赶他的，赶到临了，就是陆秀夫背着小皇帝，跳进海里去”。

在这里，鲁迅其实是在暗示，中国人在上海遭到外国巡捕的脚踢，任其发展，推广开来，中国早晚就像南宋一样被踢到内地，踢到海边，踢到亡国为止。

踢，从小处看，只是外国巡捕与中国工人的关系；从大处看，则是外国殖民者与中国劳动者的关系，是列强与中国的关系。

踢，其实就是侵略、侵犯、侵害的代名词。

上海租界特有的“踢”，让鲁迅不仅看到了残酷的民族压迫和法西斯统治，还看到了不平等的人际关系，看到了占大多数的穷人随时丢掉性命的际遇，看到了各式各样的控制和被控制关系。

鲁迅讽刺道：“有些慷慨家说，世界上只有水和空气给与穷人。此说其实是不确的，穷人在实际上，那里能够得到和大家一样的水和空气。即使在码头上乘乘凉，也会无端被‘踢’，送掉性命的：落浦。要救朋友，或拉住凶手罢，‘也被用手一推’：也落浦。如果大家来相帮，那就有‘反帝’的嫌疑了，‘反帝’原未为中国所禁止的，然而要预防‘反动分子乘机捣乱’，所以结果还是免不了‘踢’和‘推’，也就是终于是落浦。”[18]

面对外国巡捕的踢，若要起来反对，又要遭到中国警察的踢。不管是谁踢，命运都是“落浦”，即处于“水深”之中，在死亡的边缘挣扎。

鲁迅一连用了三个“落浦”，实际指代了在上海生活的下等苦人们的三种遭遇。

第一，假如你是一个老实本分的人，你的命运也是无常的，即使在码头上乘凉，也会无端遭到巡捕的踢踏，“落浦”送命。

第二，你要是来救人，去跟踢人者论理，或者去拉住这个凶手讨说法，你同样也会是“落浦”的命运，因而你得眼睁睁看着同胞死掉才行。若有不平，只能忍着，否则也会遭殃。

第三，如果有一伙人为此事鸣不平，大家将会面对的不仅仅是外国巡捕的镇压，更多的是来自本国统治者的迫害，会被扣上“反动分子趁机捣乱”的帽子，被本国同胞“踢”或“推”，命运也是到深水里去，即鲁迅所讲的第三个“落浦”。

这就是上海底层民众的命运：除了“落浦”，似乎无路可走。

鲁迅从一个动作“踢”，去观察上海社会，发现人与人之间的暴力关系，考察繁华背后的压迫和欺凌，揭示洋场社会不同阶层的不同命运。

1933年10月22日《申报·自由谈》上，鲁迅用笔名“旅隼”发表了另一篇奇文《冲》。

文章叙述了1933年发生在贵州省的一件骇人听闻的惨案：为阻止纪念“九·一八”事变游行活动，贵州教育当局竟然动用汽车向小学生的游行队伍冲击，死二人，伤四十余人。

事件发生的地点虽然不在上海，而是在偏远的贵州，但那对付弱小的残暴行为——“冲”，比上海的“推”和“踢”有过之而无不及。

鲁迅用反讽的笔法，揭示用现代工具“冲”向手无寸铁的群众，是二十世纪压制弱小的特有战法。

他说：“‘冲’是最爽利的战法，一队汽车，横冲直撞，使敌人死伤在车轮下，多么简截；‘冲’也是最威武的行为，机关一扳，风驰电掣，使对手想回避也来不及，多么英雄。各国的兵警，喜欢用水龙冲，俄皇曾用哥萨克马队冲，都是快举。各地租界上我们有时会看见外国兵的坦克车在出巡，这就是倘不恭顺，便要来冲的家伙。”[19]

政府当局对付外国入侵无计可施，畏葸退缩，可当几队小学生为纪念中国东北的陷落，走出来集合游行时，他们的汽车便派上了用场。

鲁迅讽刺道：“一匹疲驴，真上战场是万万不行的，不过在嫩草地上飞跑，骑士坐在上面暗呜叱咤，却还很能胜任愉快，虽然有些人见了，难免觉得滑稽。”

军警用汽车向柔弱稚嫩的小学生冲击，同样暴露了国人欺侮弱小，以逞其强的卑怯心理，这也是鲁迅早就批判过的“见狼显羊相，见羊显狼相”的国民劣根性的再一次呈现。

鲁迅进一步分析说：“‘冲’的时候，倘使对面是能够有些抵抗的人，那就汽车会弄得不爽利，冲者也就不英雄，所以敌人总须选得嫩弱。流氓欺乡下老，洋人打中国人，教育厅长冲小学生，都是善于克敌的豪杰。”[20]

在鲁迅的眼里，冲，尤其是向弱者冲，是中国社会乃至世界的一个普遍的原则。

这体现了人性中流氓性的集中爆发，也表征了弱肉强食的强盗逻辑在人间的横行，更指出了穷苦的国人之所以更加贫弱的根本原因：在一个不义的世界和不平的社会中，人民生存的权利尚无保证，更无安康幸福可言。

四、揭秘治术

从修辞学上看，捕捉住几个典型的动作，对其细加描绘，进而透视这个动作所隐含的社会关系和深层人性，这本来是小说家创作的基本方式。

作为杰出小说家的鲁迅，到了三十年代的上海，把自己特有的描写才能和叙述能力用于直接干预现实的杂文创作中，使杂文这一文体更具有艺术感染力。

其实，鲁迅解析的那些行为和动作，在上海都是十分平常的景象：闹市里的推搡，租界里的踢踏，对弱小人群的冲撞，甚至打杀，早已经为人们司空见惯，视若无睹了。

刘呐鸥、穆时英、叶灵凤等时髦的现代主义作家是看不到这些的。按照朱大可的说法，他们看到的是“对殖民地情欲无限感伤的哀悼”。[21]

但在鲁迅的眼里，这样的“推”与“踢”，甚至远在贵州的“冲”，都不是正常现象，那背后隐藏着压迫，包含着血泪，折射着中国人的命运。

只有对国家民族的前途日夜忧思，对人民大众的疾苦深切挂怀，对人性深处的卑污时时警醒的人，才会对这类人们已经感到麻木的动作和行为予以密切关注，保持着敏感和思索。

还有一种行为在上海比较常见，那就是“抄靶子”。

“抄靶子”是上海人对搜身的代称。

在上海租界，动辄对行人搜身——“抄靶子”——的现象又是如此普遍，以至于人们逐渐习惯了这个戏谑的称谓，并不觉得有何不妥。

就像挨了外国巡捕的脚踢，戏称为“吃了一只外国火腿”一样，遭到无端搜身，戏称“抄靶子”，一笑了之。

鲁迅的杂文《“抄靶子”》以“旅隼”为笔名，发表在1933年6月20日《申报·自由谈》上，对这种习以为常的行为和称谓进行了深入细致的剖析。

文章首先从中国的“文明最古”“素重人道”谈起，这当然是反语。他用反讽的口吻论及中国人重视人道，旨在说明统治者既惯于“凌辱诛戮”，又长于给被“凌辱诛戮”者冠以一个非人的称谓。

他义愤填膺地说：“皇帝所诛者，‘逆’也，官军所剿者，‘匪’也，刽子手所杀者，‘犯’也。满洲人‘入主中夏’，不久也就染上了这样的淳风，雍正皇帝要除掉他的弟兄，就先行御赐改称为‘阿其那’与‘塞思黑’，我不懂满洲语，译不明白，大约是‘猪’和‘狗’罢。”[22]

鲁迅又举了黄巢的例子，说黄巢的军队无粮食吃，要吃人的时候，就硬说吃的不是人，而是“两脚羊”，道出了一个很重要的历史哲理：当权者对人民或异类的凌辱诛戮，总是先给他们“命名”，把他们妖魔化和非人化，这样，在实施杀戮的时候便有了一个堂皇的名目，使自己心安理得，不受良心的谴责。

鲁迅的目光紧接着投射到二十世纪的上海，冷静地写道：“时候是二十世纪，地方是上海，虽然骨子里永是‘素重人道’，但表面上当然会有些不同的。对于中国的有一部分并不是‘人’的生物，洋大人如何赐谥，我不得而知，我仅知道洋大人的下属们所给予的名目。”

上海是洋大人的地盘。二十世纪又是世界文明遍布全球的时代，但在洋大人的治理下有“东方巴黎”之美誉的上海，也不免有一些不是“人”的人，他们大多数是野蛮的“下等人”，不懂规矩，没有教养，有一个很奇怪的名字，叫作“靶子”。

“靶子”从何而来？鲁迅这样观察道：

> 假如你常在租界的路上走，有时总会遇见几个穿制服的同胞和一位异胞（也往往没有这一位），用手枪指住你，搜查全身和所拿的物件。倘是白种，是不会指住的；黄种呢，如果被指的说是日本人，就放下手枪，请他走过去；独有文明最古的黄帝子孙，可就“则不得免焉”了。这在香港，叫作“搜身”，倒也还不算失了体统，然而上海则竟谓之“抄靶子”。

原来，“靶子”就是那些被随便搜身的人。

鲁迅明确地告诉读者，自从“九一八”事变以来，中国人逐渐变成了侵略者和统治者的靶子：“四万万靶子，都排在文明最古的地方，私心在侥幸的只是还没有被打着。洋大人的下属，实在给他的同胞们定了绝好的名称了。”

我们清楚地看到，在1933年的上海，被称为“世界主义”文化发生的地方，被文人学者称为国际大都市的区域，却上演着“抄靶子”的活剧。

同胞们颇为得意，自以为这个名称取得俏皮，殊难想到四省沦陷，九岛被占，无数逃难的中国人拥挤在日益狭窄的中国国土上，被外国侵略者悄悄瞄准，成为他们试练新式枪械的活靶子。而国内的统治者，一方面积极逃跑，避免自己成为外国人的靶子，一方面又掉转枪口，对着自己的同胞，把他们变成靶子。

从搜身现象到“抄靶子”的称谓，鲁迅心痛地看到所谓文明古国在现代社会所遭遇的尴尬：原来把别人当作“靶子”来打、抄的人，很快会变成外国人枪口下的“靶子”。

整个中华民族，整个国家变成了一个打靶场：日本法西斯的枪手已经进来，瞄准四万万中国的靶子；中国的屠夫们也端起枪来，不是对准入侵者，而是对准更加弱小的人们。

民族与民族之间、阶级与阶级之间的利益冲突和尖锐矛盾，一起构成中国的紧张情势。

鲁迅由一个动作，一种称谓，发掘出它所隐含的时代意义，并给人们指出了它背后的中国现状。

鲁迅不仅揭秘了上海的社会结构图和殖民地统治术，还预言了整个中华民族将遭受东洋法西斯的疯狂蹂躏和残暴统治——

那就是四年后，即1937年日本侵略者对中国的全面入侵。

第十章

打壕堑战

一、壕堑策略

意大利马克思主义理论家葛兰西有一个著名的“文化领导权”理论。这一理论解释了西方发达国家几百年的资本主义制度一直比较稳固、似乎坚不可摧的原因，指出推翻资本主义体制的艰巨性和长期性，进而提出夺取资本主义文化领导权的一系列战略战术。[1]

葛兰西的理论给当代社会重要而迫切的启示在于，文化领导权与国家政权之间存在着较大的差异和错位。仅仅掌握了国家政权，拥有强大的国家机器，如果不能在思想、教育、文化、艺术等意识形态领域占据领导地位，或者说，广大民众在心理和精神层面不能接受这个政权，那最终还是要归于失败。

一些短命政权的覆灭，很大程度上不是输在政治机构的强弱与国家机器的暴力程度，而是输在文化领导权和该政权的合法性上。

所谓得民心者得天下，要赢得民心和政权，最重要的就是掌握文化领导权。

资本主义体制经过几百年的实践，资产阶级在统治方式上实现了大的调整：一方面借助国家暴力机构来稳固政权，一方面在市民社会中进行无孔不入的文化与心理渗透。他们在文化制度方面所作的努力同样巨大，甚至更大，在文学、艺术、宗教、哲学甚至大众生活等方面进行了全面的“正当性”控制，而且取得了巨大的成功。

也就是说，资本主义制度之所以稳固几百年，很大程度上是因为他们在文化领域获得了广泛的认同和支持。为此，作为共产党领导人的葛兰西提出，要想推翻资本主义制度，一个至关重要的方向，便是在控制和夺取文化领导权方面做出不懈的努力。

为此，葛兰西设计了打“阵地战”的方式——在市民社会中步步为营、争夺地盘并一个一个地夺取文化阵地，实行各个击破的“阵地战”。[2]

葛兰西的这一设想虽然具有理论魅力，但在实践中却并不那么顺利。

因为各个国家和历史阶段的情况不一样，把单一的战略战术复制给复杂多样的民族国家，其实也是知识分子的一厢情愿。

但是，葛兰西这一思想是伟大的，给人深刻启示。

鲁迅在上海时期的文化实践与葛兰西主张的“文化领导权”和“阵地战”等策略有某种相似之处。

晚年时期，也就是在1930年担任“左联”领导人之后的鲁迅为此做出了种种努力，也取得了丰富的经验。国民党统治的上海文化界，其文化领导权反被共产党领导的左翼文化界逐渐占有，而国民党当局对左翼文人采取的镇压、威吓和枪杀等暴力手段，不但没有让他们夺回文化领导权，反而更多地失去民心，更轻易失去文化的控制权，在思想和精神领域处于劣势，甚至失败地位。

1933年，鲁迅在与国民党法西斯统治和右翼文人集团斗争的过程中，总结出了一种成功取胜的战法，即“壕堑战”。这种战法与葛兰西发明的“阵地战”有异曲同工之妙，只不过鲁迅实践的“壕堑战”更富有中华民族的智慧与特色。

最大区别是，葛兰西的“阵地战”只是在监狱中的理论推演，[3]而鲁迅的“壕堑战”则是真正的文化实践，与上海文化和政治环境日趋严峻有关，是为此而展开的步步为营的搏击与周旋。

1933年是左翼文化运动一个非常艰难的时间节点，生死攸关。

在这一年间，驻上海的中共中央高层组织遭到严重破坏，不得不转入江西苏区和苏联，上海的中共领导力量逐渐萎缩，“左联”领导机构也被国民党特务组织严密监视。

5月14日，“左联”有影响的作家丁玲、领导人潘梓年被捕，应修人在被捕过程中坠楼牺牲。

6月18日，非左派人士但言行被看作“过激”的杨杏佛被蓝衣社特务当街枪杀。

7月，“左联”常委、作家洪灵菲在北平被捕，后惨遭枪杀；12月，作家潘漠华被捕，翌年绝食而牺牲。12月21日午夜，上海各大学中左翼文艺团体100多人被国民党当局拘捕。

上海的许多“左联”干部与成员在1933年遭到不同程度的盯梢和追捕，或被杀，或被投入监狱，或纷纷离沪。“左联”的活动一天天变得紧张而神秘，原来公开和半公开的活动，渐渐转入地下，半秘密的工作完全需要秘密进行。到了后来，只剩下少数几个没有被逮捕的作家和党员在勉力支撑局面。

1933年末，“左联”重要领导人瞿秋白和冯雪峰奉中共中央之命，离开上海，赴中央苏区工作，上海左翼文化运动步入低潮与地下状态。

但是，鲁迅没有逃避，而是采取种种战术与国民党特务周旋，为左翼文化的保存和发展起到了砥柱和导航的作用。甚至可以说，在上海文化界遭受重创的情况下，文坛上还在战斗的差不多只剩下一个鲁迅了。

冯雪峰说："在那时候，只要有鲁迅先生存在，'左联'就存在。只要鲁迅先生不垮，'左联'就不会垮。只要鲁迅先生不退出'左联'，不放弃领导，'左联'的组织和它的活动与斗争就能够坚持。"[4]

可以说，鲁迅以个人之力，顽强作战，支撑起左翼文化运动的半壁江山。

这里需要探讨的是，在如此艰难的文化低潮中，鲁迅如何冲破重重阻力，彰显其文化领袖的独特魅力？在封锁和重压之下，他的思想如何到处传播？

或者说，除了鲁迅自身的魅力和思想的精深之外，他使用了哪些重要的文化战术和思想策略，才能在几乎是孤军奋战和只身陷敌的情况下，不但攻击敌人，拯救战友，传播思想，还为占领文化制高点，掌握文化领导权开创了空间？

鲁迅一生中对论敌的战术可谓多种多样。

当情势有利的时候，他善于迎面痛诋论敌，用"大炮轰"；当对手露出败象，显出劣势，他又善于"将剩勇追穷寇"，主张"痛打落水狗"。

但更多的时候，他主张韧性的战斗，与敌人作长期鏖战，因为文化领域情况复杂，敌情变化莫测，加上政权掌握在对方手里，自己始终处于不利地位，这就更需要耐心和韧性。

到了形势严峻的1933年，鲁迅再次转换了战略战术，多采取打"壕堑战"的方法，顶住了论敌的进攻，还在思想舆论与文化立场上取得主动权。

所谓“壕堑战”，又称战壕战或壕沟战，是一种利用低于地面并能够保护士兵的战壕进行作战的战争形式。其特点就是充分利用有利的地形保护自己，再寻找战机打击敌人。

瞿秋白在1933年写的《〈鲁迅杂感选集〉序言》中，说鲁迅特别善于“韧”的战斗：“打仗就要象个打仗。这不是小孩子赌气，要结实的立定自己的脚跟，躲在壕沟里，沉着的作战，一步步的前进，——这是鲁迅所谓‘壕堑战’的战术。”[5]

1935年，在致萧军的信中，鲁迅谈了文坛中的一些不利的情况，表示：“要战斗下去吗？当然，要战斗下去！无论它对面是什么。”

然后，他提出了自己惯用的“战术”：“德国腓立大帝的‘密集突击’，那时是会打胜仗的，不过用于现在，却不相宜，所以我所采取的战术，是：散兵战，堑壕战，持久战——不过我是步兵，和你炮兵的法子也许不见得一致。”[6]

与“壕堑战”相反的战术是“赤膊上阵”。

鲁迅是从“三一八”惨案中目睹许多学生被军阀屠杀之后，得出不要再作无谓牺牲的教训。

他说：“正规的战法，也必须对手是英雄才适用。汉末总算还是人心很古的时候罢，恕我引一个小说上的典故：许褚赤体上阵，也就很中了好几箭。而金圣叹还笑他道：‘谁叫你赤膊？’”

紧接着，鲁迅谈到了“壕堑战”这种现代战争常用的战术：“至于现在似的发明了许多火器的时代，交兵就都用壕堑战。这并非吝惜生命，乃是不肯虚掷生命，因为战士的生命是宝贵的。在战士不多的地方，这生命就愈宝贵。所谓宝贵者，并非‘珍藏于家’，乃是要以小本钱换得极大的利息，至少，也必须卖买相当。以血的洪流淹死一个敌人，以同胞的尸体填满一个缺陷，已经是陈腐的话了。从最新的战术的眼光看起来，这是多么大的损失。”[7]

“壕堑战”的实质就是先保护好自己，再对敌人实施打击，以最小的代价，获取更多的胜利。

1933年前后，鲁迅用了哪些办法，制造了哪些掩体和壕沟，用怎样的方式出奇制胜？

加入中国人权保障同盟，是鲁迅在实施“壕堑战”时为自己准备的第一道壕沟。

鲁迅的文章和著述风靡全国，备受读者欢迎。但是到了1933年，国民党政府查禁了几乎所有的左翼刊物和书籍，鲁迅作为“左联”领导人的身份已经暴露，他的人身自由受到限制，文学活动也受到影响，发表文章和出书都很困难。

1932年8月，他给台静农的信中说：“（上海）文禁如毛，缇骑遍地，则今昔不异，久而见惯，故旅舍或人家被捕去一少年，已不如捕去一鸡之耸人耳目矣。我亦颇麻木，绝无作品，真所谓食菽而已。”[8]

所谓“文禁如毛”，是指当局对言论自由的控制到了随处可见、比比皆是的程度。而“缇骑遍地”是指遍地都是特务和警察，随时捕人。

宋庆龄在回忆鲁迅参加中国民权保障同盟，述及鲁迅当时的艰难处境时说：“当时白色恐怖很厉害。鲁迅住在上海虹口区，处境困难，因为那里有很多国民党反动派的特务和警察监视他。”[9]

宋庆龄与时任中央研究院院长的蔡元培一起发起旨在反对国民党法西斯统治，积极援救政治犯，争取集会、结社、言论、出版等自由的中国民权保障同盟。

该组织成立于1932年末，1933年初又分别建立了上海和北平两个分会，鲁迅被邀入会。根据当时的情况，他预料到这个组织不会长久。他在2月12日给台静农的信中说："民权保障会大概是不会长寿的，且听下回分解罢。"[10]果不其然，中国民权保障同盟成立只有半年，便因总干事杨杏佛被国民党特务暗杀而解散。

尽管如此，在这半年里，鲁迅还是积极参加同盟组织的活动，为同盟的组织发展竭尽所能。

据《鲁迅日记》记载，鲁迅前后共参加同盟组织的活动18次，平均每月3次，可以说是有求必应。

宋庆龄说："中国民权保障同盟每次开会时，鲁迅和蔡元培二位都按时到会。鲁迅、蔡元培和我们一起热烈讨论如何反对白色恐怖，以及如何营救被关押的政治犯和被捕的革命学生们，并为他们提供法律的辩护及其他帮助。"[11]

在这些鲁迅参加的活动中，不仅包括民权保障同盟的筹备会和成立大会，还有一些以同盟的名义举办的重要社会活动。

鲁迅曾出席在宋庆龄寓所举办的欢迎萧伯纳的茶餐会；积极参与营救廖承志、余文化、罗登贤等人；实施营救北平被判处有期徒刑的马哲民、侯外庐教授；向德国领事馆提交抗议希特勒法西斯暴行活动；为杨杏佛送殓等。

尤其是杨杏佛遭到暗杀后，国民党当局发出要继续暗杀鲁迅、茅盾等52人的"勾命单"，而鲁迅照样出席送别杨杏佛的追悼会，也不带家里的钥匙，随时准备赴死。

鲁迅参加中国民权保障同盟，是出于他对这个组织宗旨的认同。

反对国民党当局的法西斯统治，营救被迫害的知识分子和正义人士，呼吁全社会维护人权，获得出版、结社和言论自由，这是鲁迅与民权保障同盟共同的使命和责任，是鲁迅加入同盟的思想基础。

从鲁迅打"壕堑战"的角度来看，中国民权保障同盟正好构成了一道防线，一个掩体，一处战壕，为鲁迅更好、更有力地作战提供了屏障和掩护，具有某种重要的战略意义。

第一，中国民权保障同盟为鲁迅从事文化活动提供了一个合法的平台，让他得以公开参与社会和文化活动。

自从1930年3月国民党浙江省党部呈请南京政府通缉"堕落文人鲁迅等"之后，鲁迅虽然没有遭到逮捕，但此后的文化活动受到很大限制。

他没有公开的社会身份。既不是大学教授，也不是合法的出版人，换言之，鲁迅没有一份正式的职业。他是纯粹的自由撰稿人，只靠稿费谋生，即便有崇高的威望和文化地位，也依然被很多人看作一位"闲人"(《三闲集》由此得名)。

在国民党政府眼里，鲁迅是异己分子，因为他是共产党领导下的"左联"领导人，是共产党支持和领导的中国自由运动大同盟的发起人之一。

自1931年底，鲁迅被国民政府解聘了"大学院"的特约撰述员之后，便一直没有合法身份。"左联"和自由运动大同盟被政府视为非法，鲁迅自然就是"不法分子"。

而宋庆龄和蔡元培创建中国民权保障同盟，是得到蒋介石和当局许可的。当时，国际上都有类似的组织，主要是为知识分子争取言论自由、出版自由等基本权利，营救被捕的作家与文人，呼吁社会形成尊重人权、保护人权的共识。这些活动从理论上讲，并不妨碍国民政府施政，甚至可以帮助政府树立威信，收拢人心。

但是，由于南京政府在文化建设方面的粗疏和无能，这个组织被他们视为眼中钉，活动半年之后，便因总干事杨杏佛被国民党特务暗杀而解散。

尽管如此，鲁迅参加中国民权保障同盟后，有了一个合法化的身份，能公开出席一些重要的文化活动，也自然可以利用这些机会与顽固分子进行斗争。

第二，鲁迅在中国民权保障同盟的名义下从事文化斗争，有利于扩大视野，延伸战线，提高影响力。

1933年2月17日，鲁迅参加了萧伯纳来华访问的欢迎会，并立刻与瞿秋白把中外文报刊上关于萧伯纳的文章搜罗齐全，进行了翻译、编校工作。至此《萧伯纳在上海》一书基本成型。2月28日，鲁迅为该书写了著名的序言；3月24日，该书经上海野草书屋印行面世，前后只用了20几天的时间。

鲁迅说："萧在上海不到一整天，而故事竟有这么多，倘是别的文人，恐怕不见得会这样的。这不是一件小事情，所以这一本书，也确是重要的文献。"[12]

但它又不是一般的文献资料汇编，不仅收录中文报刊的文章，也有英文、日文、俄文报章的资料，有新闻、访谈，也有社论、述评，还有诗词歌赋、谐语广告、论文传记。它是上海发行的中外报刊的展览台，也是各类文体混杂喧哗的语义场。

或者可以反过来说，如果鲁迅没有参加民权保障同盟，可能就没有机会见到萧伯纳，更不会通过萧伯纳在上海的活动来反观中国的现状，《萧伯纳在上海》一书便不可能问世。相应的，鲁迅对世界的看法和思想便不能通过此书传播出去。

换句话说，这是鲁迅创造性实施的一种斡旋策略——通过进入第三方组织，取得合法身份，在合法组织的掩护下开展文化活动与有节制的斗争，为左翼文学发展开拓更大的活动空间。

另外，参加中国民权保障同盟，使得鲁迅与一些国民党左派成员结成统一战线，有利于扩大阵营，团结更多的左翼人士。

二、巧用传媒

1933年，鲁迅在“左联”刊物被禁、文章不能发表的情况下，发现了一块重要的阵地——《申报》。

正如前面有关章节述及，《申报》是一家有着六十年办报经验和十几万份发行量的老牌商业媒体，而它的招牌文化栏目《自由谈》恰逢革新。鲁迅利用这个时机，以此为“战壕”，闪展腾挪，化名种种，在这家报纸上发表了147篇被称为“短评”或“时评”的杂文。

《申报》作为民国时期办报历史最长、发行量最大、最有名的商业报纸，社会影响力自不待言。鲁迅以前对这份以牟利为目的、由商人和政客共同把持的所谓“中国第一报”自然不屑，但是当他看到《自由谈》栏目时，想着经过改造之后可以作为

"堑壕"，完全为他所用，便产生进入其间的想法。

1932年底，《自由谈》的主编更换为从法国留学归来的新派文人黎烈文。鲁迅了解情况后，觉得黎烈文是一个可靠的人，思想也属于新派，而且此人态度诚恳，有胆识和行动力，可以信任，于是，就开始向《申报·自由谈》投稿。

经过一年多的文化实践，鲁迅等左翼文人对《自由谈》进行了切实的改造，使之易于隐蔽，便于攻守。

鲁迅在《自由谈》上发表文章，不用"鲁迅"之名，而是根据情况，不断变换笔名，让论敌不知真假，也瞒过检察官的眼睛，让一篇篇文章光明正大登载在这份著名的商业报刊上。

1933年上半年，鲁迅经常用的笔名有"何家干""干"或"丁萌"。

前者意在与检察官开玩笑，意思是"这是谁做的文章"，嘲讽国民党当局的书报检查制度；后者取"天明"的谐音，是希望和胜利的象征。

到了5月份，鲁迅在《自由谈》上化名发表文章的事情被"文探"们侦知，主编黎烈文迫于压力，不得不在栏目上登出告示："吁情海内外文豪，多谈些风月，少谈论风云。"鲁迅便更换了更多笔名。这时候用的笔名大概有40余种，著名的有隋洛文、丰之余、孺牛、苇索、旅隼、桃椎、游光、越客等，都有极深的含义。比如，"隋洛文"是反讽国民党浙江省党部呈请通缉"堕落文人鲁迅"，取其谐音；"丰之余"是反讽论敌骂鲁迅"封建余孽"，也是取其谐音；"孺牛"取自他的著名诗句"俯首甘为孺子牛"；"苇索"则是一种草绳，有以正压邪之意；"旅隼"既是"鲁迅"的谐音，又取经常迁居的飞鹰之义，表达愤世嫉俗、不与恶势力同流合污的决心；“桃椎”是辟邪之物；“游光”为月光；“越客”指来自越地的旅客。

鲁迅的这种方法，不仅瞒过检查，使得文章顺利发表，与广大读者见面，也让编者免受当局刁难。但后来，许多读者慢慢知道《自由谈》上的许多杂文是鲁迅化名而作，便每天期待报纸到手，先睹为快。有些文章即便不是鲁迅写的，也被认为是鲁迅化名而作。比如唐弢，他也偶尔在《自由谈》发表文章，因为他的文风与鲁迅接近，便被认为是鲁迅写的，于是在别的报刊上指着唐弢写的文章，点名骂鲁迅。

唐弢第一次与鲁迅见面时，鲁迅笑着说：“你写文章，我替你挨骂。”[13]

读者不仅能识别鲁迅的杂文，还把相类似的文章也归于鲁迅名下，可见鲁迅的杂文在当时的影响之大。

由于不断登载鲁迅的文章，1933年《申报》的订户剧增，老板史量才从生意的角度鼓励《自由谈》继续登载，即便后来更换了主编，新任主编张梓生仍大胆向鲁迅约稿。

1933年是鲁迅作品高产的一年。

除了不断变换笔名，在《自由谈》上发表较短的杂文（鲁迅称之为“短评”）之外，鲁迅还在施蛰存、杜衡主编的《现代》、曹聚仁主编的《涛声》、林语堂主编的《论语》、申报馆主编的《申报月刊》、郑振铎和傅东华主编的《文学》上，或以鲁迅之名，或以惯用笔名如洛文、旅隼发表较长的杂文。比如著名的《为了忘却的记念》《小品文的危机》《世故三昧》《谣言世家》《答杨邨人先生公开信的公开信》等，都是在上述刊物上发表的。

此时的鲁迅，战术灵活，长枪与短炮并用，火力密集，战绩斐然。

应当注意的是，鲁迅打“壕堑战”并非一味地使用暗战，狙击敌人，他还善于排兵布阵，集中优势兵力，主动出击，打一场真正意义的“阵地战”。

1933年7月，鲁迅整理了自己1–5月间在《自由谈》上发表的43篇文章，结集为《伪自由书》，假借青光书局的名义（实际是上海北新书局）出版，署名“鲁迅”，痛痛快快地以真面目示人。

不仅如此，在《伪自由书》中，鲁迅还写了一篇两万言的《后记》，畅快淋漓地揭示了周围活动着的敌人的动向、用心和恶劣勾当：从《大晚报》的低俗报道说起，继而展示这家报纸如何挑唆《自由谈》新旧两派争斗、怎样宣扬左翼文化抬头，提醒当局及时剿灭，以及丁玲等人被捕之后又是如何幸灾乐祸，起哄喧闹。

鲁迅通过长篇后记，抄录了论敌们的报道，完全暴露了由当局控制的《大晚报》的险恶与狡诈。与此同时，鲁迅还痛击了《社会新闻》《微言》等小报造谣生事、挑拨离间的恶劣行径，用“以子之矛攻子之盾”的方法，把国民党特务崔万秋与小报文人曾今可互相攻讦、彼此构陷的手段公布于众，既打击了特务的嚣张气焰，又活画出无良文人的卑劣心态，收到了奇效。

在这篇《后记》中，鲁迅总结了“壕堑战”的战斗方法，他说：“战斗正未有穷期，老谱将不断的袭用，对于别人的攻击，想来也还要用这一类的方法，但自然要改变了所攻击的人名。将来的战斗的青年，倘在类似的境遇中，能偶然看见这记录，我想是必能开颜一笑，更明白所谓敌人者是怎样的东西的。"[14]

这段话的意思是说，战斗的路还很长，一些战斗方法将不断被沿用。当敌人再来进攻的时候，我们还是要如法炮制，常用常新，只是敌人变换了而已。

鲁迅自信地认为，将来仍在战斗的青年，如果遇到类似的情况，看到《伪自由书·后记》中的这些记录，一定是会心一笑，知道敌人使用的伎俩无非如此，他们是怎样的低能，怎样的不堪一击。

"壕堑战"并非只是躲起来，更重要的是要适时出击，杀伤敌人。

如果说鲁迅用笔名发表作品是一种"散点打击"，那么，结集出版杂文集则是一种"火力突击"。前者为的是定点清除，后者则是大片反击。

后来，鲁迅又把6-11月间在《自由谈》上发表的64篇杂文结集为《准风月谈》，出版时也附了一篇长长的《后记》，也收到了奇效。鲁迅的深刻思想就在这样的"作战"中得到广泛传播。

三、批评时政

鲁迅在国民党统治区文化领域之所以能够拥有强大的话语权，是因为他的威信和魅力。

一方面，他像“克里斯玛型”领袖一样，具有一种强大的精神力量，他的形象和言语早在人们心中定格成一种无形的魅力。

在北平的五次演讲，听众如潮，尽管他没有滔滔不绝的口才，但他的思想和精神已经深入人心，尤其是在青年当中享有崇高的文化地位。

另一方面，鲁迅的思想和文章代表了中国人的心声，说出了人们想说又如鲠在喉不吐不快的真实话语。

鲁迅的小说和散文独步文坛，自不必说。他创造的阿Q、孔乙已、祥林嫂等人物形象，在那个时代，已经成为世界级的文学形象。他的《野草》与《朝花夕拾》更是精品，在思想艺术成就上超越同时代作家一大截。

但为什么鲁迅后期很少再写小说和散文，而把更大的精力放在杂文创作上呢？

按瞿秋白的说法，搞小说和散文创作来不及，太慢了。社会斗争急剧变化，不等构思出一个成熟形象，另外的政治风暴又来了；还没有等作家形成足够好的典型，残酷的生活和走马灯似的社会变革就降临到作家的生活中。哪有时间和余裕让他们优游不迫地去创作！

何况像鲁迅这类思想家型的作家，面对匆迫的社会环境，他一刻都不能放松自己的神经，只好拿起笔，不断地回应社会。

于是，那些批判性的论文和杂文便应运而生。鲁迅说，杂文“是感应的神经，是攻守的手足”[15]。这种文体是社会的产物，要求作家时刻对社会现象发出声音。

如前面所说，鲁迅为《自由谈》写杂文是从1933年才开始的，而且一发不可收，越写越多，越写越快。他似乎找到了一条颇为顺手的写作路径，那就是看报纸，看到报道中反映的扭曲的人民的生活，进而对其进行评论、分析、引申，揭示出背后的社会真相。

换句话说，鲁迅进入《申报》这样的大众媒体，便一转以前的写作方式，逐渐形成一种叫作“时政批评”的杂文创作模式。

鲁迅对冯雪峰说：“现在的报纸，不是人民的喉舌，但也是社会的写照，尤其小报。”又说：“要暴露社会，材料其实是俯拾即得的，只要每天看报。”[16]

美国著名学者杰姆逊曾说过：“文化从来就不是哲学性的，文化其实就是讲故事。观念性的东西能取得的效果是很弱的，而文化中的叙事却具有很重要的作用和影响。小说是叙事，电影是叙事，甚至广告也是叙事，也含有小故事。假如文化中没有这样一些构成成分，我们便无法展开分析。”[17]

杰姆逊是西方马克思主义理论家，他关注大众文化意识形态作用，这句话其实是在说文化的实践性与历史能动性问题。

在鲁迅的短评中，到处可见他从报章杂志上抄下来的故事与事件的报道，这本身就是叙事；他又把这种故事重新讲一遍，这是再叙事。

在这种叙事/再叙事的文体结构中，人们便可以感觉到其间蕴藏着巨大的文化内涵；多个叙事按一定的顺序连缀在一起，自然另行勾画出一幅清晰的历史图景。

尽管国民党政府实行严厉的书报检查制度，采取种种文禁措施，努力抑制言论自由，但鲁迅仍以抄报纸的方式，让纪实的文字再行叙述事实，更能见其批判功效。

在鲁迅看来，“从清朝的文字狱以后，文人不敢做野史了，如果有谁能忘了三百年的恐怖，只要撮取报章，存其精英，就是一部不朽的大作。”[18]

所以他一再强调文章要写实，唯其写实，方能揭露假面，还其本来面目。

在给姚克解答一些创作问题时他说：“其实只要写出实情，即于中国有益，是非曲直，昭然具在，揭其障蔽，便是公道耳。”[19]

这就是他多次强调讽刺的生命在于写实，非写实不能成为所谓“讽刺”的原因。

鲁迅的意思是，既然现实处处充满悖谬和荒诞，那么，只要不动声色地把它们叙述出来，便会自显其真，便是伟大的作品。

当然，事情并非如此简单。诚如许多叙事学家所言，任何叙事话语并非一味透明、中性、公正的，权力支配和意识形态功能隐约其间；叙事其实是一种专断，一种语言暴力。

可问题是，鲁迅从未许诺给人们任何公平、正义、真理、毫无偏见的美好言说。恰恰相反，他对那些自称为正义、公允、真理的言论都毫不留情施以揭露。

他承认做文章难免有倾向，没有倾向性的文章是欺人之谈。他在《“文人相轻”》一文中，主张作文应该“有明确的是非，有热烈的好恶”[20]，因为“文人还是人，既然还是人，他心里就仍然有是非，有爱憎；但又因为是文人，他的是非就愈分明，爱憎也愈热烈。从圣贤一直敬到骗子屠夫，从美人香草一直爱到麻风病菌的文人，在这世界上是找不到的，遇见所是和所爱的，他就拥抱，遇见所非和所憎的，他就反拨”。[21]

鲁迅的犀利杂文抒发了多数人的情感，表达了人们的普遍看法，因此其思想备受欢迎。加之大众商业媒体的广泛传播，晚年鲁迅的杂文在社会上产生巨大感染力和深远影响，使得鲁迅代表的左翼文化成为一种主流话语，逐渐掌握国民党统治区的文化领导权。整个三十年代的左翼力量几乎成为国统区的主流文化和占支配地位的新兴文化势力。

五四新文学之所以取得决定性胜利，并在之后三十年中一直掌握优势话语权，除了新文学本身处于现代性前沿，具有披坚执锐的先锋性之外，还在于新文学家们对掌握文化领导权重要性的充分认识，在文化实践中形成一套行之有效的方法与策略。

鲁迅从1933年1月至1934年11月间在《申报·自由谈》上匿名发表文章，又在不久后出版了《伪自由书》《准风月谈》《花边文学》三部杂文集，这是先隐身狙击，后现身出击。

也就是说，鲁迅利用合法文化阵地当作战壕，在保持自身力量的同时，寻找合适的方式开展文化批评。一旦形势有利，便集中力量现身攻击，展示了他打“壕堑战”的灵活战法，为他代表的左翼文学在国统区获得文化领导权奠定了基础，也为中共在文化领域取得胜利开辟了战场，提供了切实的斗争经验。

鲁迅不仅为人们提供了深刻的思想和优秀的文学作品，还用他的文化实践和工作方法、他的韧性战斗精神，以及他打“壕堑战”的战略战术，为掌握文化领导权谋划方略。这些都是中国现代文学史、文化史上格外宝贵的精神遗产，值得认真总结、保护和传承。

第十一章

扶持木刻

一、提倡木刻

1933年下半年，鲁迅与施蛰存有一场著名的关于“《庄子》与《文选》”的争论，一时闹得不可开交，甚至搅动整个文坛，成为文学史上的一桩公案。

在争论中，鲁迅派给施蛰存“洋场恶少”的骂名。施蛰存在还击时，讽刺鲁迅道：“新文学家中，也有玩木刻，考究版本，收罗藏书票，以骈体文为白话书信作序，甚至写字台上陈列了小摆设的……”[1]

施蛰存讽刺鲁迅“玩木刻”，并不算冤枉他。[2]

鲁迅确实收罗许多外国木刻作品，而且自费翻印、出版，甚至提倡新木刻，号召青年艺术家投身于以木刻为主的现代版画运动，并形成了一个版画艺术发展的高潮。

一个叫白危的木刻爱好者当时编了一本小册子《木刻创作法》，请鲁迅写序并设法印行，鲁迅欣然同意。在这篇序言中，他直言介绍木刻、提倡木刻的缘由和目的：“据我个人的私见，第一是因为好玩。说到玩，自然好像有些不正经，但我们钞书写字太久了，谁也不免要息息眼，平常是看一会窗外的天。假如有一幅挂在墙壁上的画，那岂不是更其好？倘有得到名画的力量的人物，自然是无须乎此的，否则，一张什么复制缩小的东西，实在远不如原版的木刻，既不失真，又省耗费。”[3]

这些话，表面上是回应施蛰存嘲讽他“玩木刻”，实际上表明了鲁迅对待木刻艺术的态度，那就是木刻艺术能够让人感到愉快，给人力量，又方便实用，便于青年艺术爱好者迅速掌握，普及到广大群众中去。

事实上，鲁迅“玩木刻”越玩越大。

他不仅自己一个人“玩”，还引导广大美术爱好者一起“玩”；不仅自己收藏、出版、展览，还带领一批艺术家研习、观摩、切磋，进行全国巡展或是介绍到欧洲去参展。

不经意间，鲁迅复活了一门古老的艺术，还把这门艺术引向社会，赋予崭新的时代内容，使之成为“合于现代中国的一种艺术”。正如他所言：“由此发展下去，路是广大得很。题材会丰富起来的，技艺也会精炼起来的，采取新法，加以中国旧日之所长，还有开出一条新的路径来的希望。”[4]

确实，经由鲁迅的倡导和扶持，以木刻为主的现代版画运动在二十世纪三十年代轰轰烈烈地开展起来。

我们需要探讨的是，文学家鲁迅如何越界到美术领域？是什么契机让他对木刻艺术产生兴趣？他是如何扶持新人，团结青年艺术家，帮助艺术社团，怎样在政府当局压制和禁止的高压下，让这一美术运动蓬勃发展起来的？

其实，认为鲁迅作为文学家越界到美术领域，实在是个误会。且不说鲁迅自小对绣像小说痴迷，对书中的插图和插画有特别的兴趣；[5]在日本学医的时候，他对人体解剖图的绘制也是非常用心，画的图比较美观。

在著名的《藤野先生》中，鲁迅透露出他的美术天分。

有一回，教解剖课的藤野先生把鲁迅叫到研究室里去，指着鲁迅讲义上画有下臂的血管图说：“你看，你将这条血管移了一点位置了。——自然，这样一移，的确比较的好看些，然而解剖图不是美术，实物是那么样的，我们没法改换它。现在我给你改好了，以后你要全照着黑板上那样的画。”[6]

藤野先生批评鲁迅把解剖图当成绘画来对待，可以看出鲁迅对医学确实没有多少兴趣，但可以反观鲁迅对美术的喜爱。

从日本留学归国后，因蔡元培先生的举荐，鲁迅到民国初新成立的教育部任职。

蔡元培早年就提出“以美育代宗教”的观点，大力倡导艺术教育，认为艺术不仅给人美感和愉悦，还能够使人情操高尚、志趣提升，做到意志坚强，精神饱满。[7]但是这种教育方针在民国初立的时候，真正理解的人寥寥无几，更遑论实践和执行了。在知音难觅的情况下，蔡元培发现鲁迅深知自己的主张和苦心，对这方面颇有研究和心得，且有执行力。

按照许寿裳的说法，蔡元培请鲁迅担任社会教育司第一科科长，主管图书馆、博物馆、美术馆等事宜，等同于现在公共服务司的职能。

许寿裳说：“鲁迅在民元教育部暑期演讲会，曾演讲美术，深入浅出，要言不烦，恰到好处，这是他演讲的特色。他并且写出一篇简短的文言文，登载在教育部民元出版的一种汇报。”[8]

原来，在教育部任职时期的鲁迅就曾主管美术教育和公共艺术，并为实现中华民国首任教育总长蔡元培先生“以美育代宗教”的主张竭尽全力进行演讲和宣传，还草拟了关于传播美术和实施美术教育的具体意见。

1913年，《教育部编纂处月刊》第一卷第一册上登载了署名“周树人”的《儗播布美术意见书》，诠释了美术的概念，并对其类别功能、目的要求和方法步骤进行阐述，思路清晰，内容详备。

在这篇意见书中，鲁迅认为，美术既能“发扬真美，以娱人情”，又能“辅翼道德，救援经济”，美育的关键是要传播和推广（即“播布”）。

他说：“播布云者，谓不更幽秘，而传诸人间，使与国人耳目接，以发美术之真谛，起国人之美感，更以冀美术家之出世也。”[9]

鲁迅在方案中还对美术事业的三项功能（即建设、保存和研究）作了较为科学详细的规划，至今仍有借鉴意义。

可见，在教育部任职的时候，鲁迅已经是一位见解独到的美术专家和精通业务的艺术管理者了。只不过当时北洋政府官场腐败，许多人蝇营狗苟，拉关系，找靠山，没有多少人真心干事业。

鲁迅身在其中，当然看不惯同僚龌龊卑劣的勾当，尤其是蔡元培离开教育部之后，鲁迅更是感到失望透顶，于是他开始抄古碑和校古籍，以排解胸中郁闷。与此同时，他开始了对中国古代美术——准确说，是对汉画像和六朝石刻——的研究。这方面，好友许寿裳颇能理解他的长远眼光。

许寿裳说：“（鲁迅）搜集并研究汉魏六朝石刻，不但注意其文字，而且研究画像和图案，是旧时代的考据家、赏鉴家所未曾着手的。他曾经告诉我：汉画像的图案，美妙无伦，为日本艺术家所采取。即使是一鳞一爪，已被西洋名家交口称赞，说日本的图案如何了不得，了不得，而不知其渊源固出于我国的汉画呢。”[10]

1926年，在民国政府教育部任职、专心抄古碑十年之久而“大隐隐于朝”的超级“隐士”周树人先生，终于因为支持女师大风潮，与现代评论派陈西滢教授论战，被陈教授在《闲话》中挑明“鲁迅即教育部佥事周树人”，揭破其身份。接着他便遭到北洋政府的解职和通缉，不得不南下厦门大学避祸。

颠沛流离一年后，鲁迅最终到达上海。他没有闲暇和余裕继续抄古碑和收罗汉画像，美术研究活动一度中断。

但是，迫于生计问题，鲁迅在这个时候做了很多期刊编辑、图书出版和外文翻译工作。不仅如此，鲁迅还亲自设计了许多书刊封面和装帧，甚至一人承担了编辑、校对、找纸、跑印刷所、装订和运输工作。

1928年前后，鲁迅亲自设计了文学期刊《奔流》《萌芽月刊》《文艺研究》《前哨》的封面和内文装帧。其著作和译作《朝花夕拾》《唐宋传奇集》《小约翰》《壁下译丛》《而已集》的封面和文章排版，也都由他自己设计。这些封面的设计简洁、生动、美观而又富有个性，体现了鲁迅独特前卫的美学眼光。

此时，在鲁迅的美术研究工作中，一部重要的译著《近代美术史潮论》问世了。对鲁迅来说，这不只是一部译稿，重要的是经由这部译著，他的艺术视野和美学观念发生了重大改变。

我们甚至可以断言，日本学者板垣鹰穗这部艺术史著作的译介、发表与出版，对鲁迅的艺术思想产生了深刻影响。

板垣鹰穗编著的《近代美术史潮论》是一部系统研究欧洲十八世纪末到二十世纪初一百年美术发展史的专著。虽然篇幅不大，叙述分析尚笼统，但由于作者有独特的角度即“艺术意欲”（也可翻译成艺术意志），把百年欧洲美术史划分成古典主义、浪漫主义、历史主义、印象派、写实派、形式派等类别，整部作品结构清晰，逻辑严密，可谓一家之言，是艺术史写作的典范。

鲁迅从1927年12月开始着手翻译，于1928年2月完成。上海《北新》半月刊从1928年1月到10月连载，1929年北新书局印行单行本，原作中140幅插图依照原样重新制版付印。[11]

这部书的翻译一方面让鲁迅更深入地认识到欧洲美术发展的清晰脉络，使他了解到艺术发展规律、最新的艺术家和作品信息；另一方面，该书提供了一些重要的视角，以便鲁迅观察中国美术界和艺术发展动向，反思如何发展本民族的艺术事业，如何让艺术与时代接轨，成为中国社会发展的动力之源。

他在此书的介绍中说："在现在的中国，文学和艺术，也还是一种所谓文艺家的食宿的窠。这也是出于不得已的。我一向并不想如顽皮的孩子一般，拿了一枝细竹竿，在老树上的崇高的窠边搅扰。"[12]

鲁迅向来重视书籍的插图。

在出版翻译本时，鲁迅对这本书的140幅插图作了单独的目次，以便喜欢看图的读者可以绕开文字，直接按照目次读图。

但是，鲁迅对中国的制版和印刷非常不满意，在《致〈近代美术史潮论〉的读者诸君》中说："例如图画罢，将中国版和日本版，日本版和英德诸国版一比较，便立刻知道一国不如一国。三色版，中国总算能做了，也只两三家。这些独步的印刷局所制的色彩图，只看一张，是的确好看的，但倘将同一的图画看过几十张，便可以发见同一的色彩，浓淡却每张有些不同。从印画上，本来已经难于知道原画，只能仿佛的了，但在这样的印画上，又岂能得到'仿佛'。书籍既少，印刷又拙，在这样的环境里，要领略艺术的美妙，我觉得是万难做到的。

力能历览欧陆画廊的幸福者，不必说了，倘只能在中国而偏要留心国外艺术的人，我以为必须看看外国印刷的图画，那么，所领会者，必较拘泥于‘国货’的时候为更多。”[13]

中国美术出版连张图都印不清楚，如何让读者领略艺术的美妙呢？

因为不足，才致力革新；因为欠缺，才竭力弥补。

于是，木刻这种便于学习，适合独创，也有利于印刷业发展的艺术形式进入了鲁迅的视野。

在这样的背景下，鲁迅开始提倡新兴木刻艺术，并为此种艺术的发扬光大付出心血和努力。

二、策划展览

鲁迅提倡木刻艺术最早起于1929年1月他指导朝花社编印美术丛刊《艺苑朝华》。

《艺苑朝华》共出版五辑：《近代木刻选集》(1)、《蕗谷虹儿画选》、《近代木刻选集》(2)、《比亚兹莱画选》和《新俄画选》，收集木刻作品61幅，介绍了著名木刻家30余人，如德国版画家丢勒，英国的荷尔拜因、毕维克，苏联的法沃尔斯基、古泼略诺夫、克鲁格里科娃等。他还为当时著名的日本画家蕗谷虹儿和英国颓废派画家比亚兹莱专门印行了独家作品选集。

在每一辑木刻选集中，鲁迅都写有介绍性的“小引”，以分析创作背景，简述木刻家经历，引荐画作，尽量让读者清楚了解这些作品及其创作的相关情况。

除此之外，鲁迅还对木刻的渊源、类别、创作方法、最新动态进行系统研究，用极简约的文字介绍给读者。

据鲁迅考证，木刻是在1320年前后从中国传入欧洲的。在中国本土，木刻主要是为了印一种游戏用的纸牌，就是至今在农村中还在使用的赌博用具。该技术传入欧洲后，欧洲人便将木刻技术用在了印刷上，使之成为一种文明的利器。

后来，木刻技术逐渐发展成一种木版画，成为艺术的一个类别。

鲁迅为创作木刻下了一个定义："所谓创作底木刻者，不模仿，不复刻，作者捏刀向木，直刻下去——记得宋人，大约是苏东坡罢，有请人画梅诗，有句云：'我有一匹好东绢，请君放笔为直干！'这放刀直干，便是创作底版画首先所必须，和绘画的不同，就在以刀代笔，以木代纸或布。中国的刻图，虽是所谓'绣梓'，也早已望尘莫及，那精神，惟以铁笔刻石章者，仿佛近之。"[14]

鲁迅对木刻艺术的定义非常清楚，而且引诗为证，举例说明，做到法以例出。

鲁迅认为，木刻就是在木板上用刀具进行图像刻画的艺术创作，与印刷厂刻工的复制木刻不一样，它有独特的风韵，有自己的技巧，变幻莫测，富有个性，是一门独特的艺术。

介绍了木刻艺术的基本特征和独特个性之后，鲁迅对木刻的种类和基本方法做了详细介绍。他在《近代木刻选集》的"小引"中，介绍了"木口雕刻"和"木面雕刻"的区别："西洋木版的材料，固然有种种，而用于刻精图者大概是柘木。同是柘木，因锯法两样，而所得的板片，也就不同。顺木纹直锯，如箱板或桌面板的是一种，将木纹横断，如砧板的又是一种。前一种较柔，雕刻之际，可以挥凿自如，但不宜于细密，倘细，是很容易碎裂的。后一种是木丝之端，攒聚起来的板片，所以坚，宜于刻细，这便是‘木口雕刻’。这种雕刻，有时便不称Wood－cut，而别称为Wood－engraving了。中国先前刻木一细，便曰‘绣梓’，是可以作这译语的。和这相对，在箱板式的板片上所刻的，则谓之‘木面雕刻’。”[15]

鲁迅介绍了两种雕刻所使用的不同方法和各自适应的作品类型：木口雕刻用的是木头的横截面，因为横截面硬度大，适合作线条细腻和画面繁复的作品；木面雕刻用木头的竖截面，因为竖截面较软，易碎，适合线条粗犷的作品。

但不管哪种刻画方式，都是用刀直刻，不用画稿，因此这样的作品有一种“力的美”，给人直接而热烈的冲击。

鲁迅不仅从理论上阐释木刻艺术的本质和特点，在创作方法和技巧上，也是不厌其烦地加以介绍。

至于为何如此竭力推广木刻和版画艺术，鲁迅在《新俄画选》的“小引”中，透露出他的用意：“多取版画，也另有一些原因：中国制版之术，至今未精，与其变相，不如且缓，一也；当革命时，版画之用最广，虽极匆忙，顷刻能办，二也。”[16]

鲁迅认为，中国的制版技术非常差，要想改进还不如直接用木刻。而且，在革命到来之际，木刻简练，拿来就刻，快速见效，能有力地支援战斗。

可以说，鲁迅之所以倡导木刻与版画艺术，主要还是考虑到现实斗争的需要。

在革命时代，那些工序繁复和需要花费更多时日的艺术形式都不如版画来得快，在进行装饰、宣传、普及和教化等工作时，用木刻和版画的形式更简便高效。

这种艺术形式还有一个长处，它的题材与乡间、民夫、工厂、码头有关，聚焦劳动者的痛苦和生命的呐喊，与劳动大众贴近，与现实生活息息相关，与火热的斗争方向最为契合。因此，搞木刻和版画的人大都是左翼青年，喜欢创作木刻画的人大都是那些向往民主、胸怀远大、试图用手中的刀具和木板来改变个人和国家命运的艺术工作者。

于是，鲁迅在朝花社印行的五辑木刻画集，受到众多青年艺术学生的喜欢和追捧。很快，他的周围慢慢聚拢了一批木刻艺术家和版画爱好者。

鲁迅不是木刻家，他本人不会进行木刻创作，但是他极深的艺术修养，对木刻艺术的独特理解，以及他极大的社会声望和扶持青年人的热忱，都注定了他将成为二十世纪三十年代中国新兴木刻运动的带头人。他用他特有的人格魅力和艺术热情，吸引了一大批年轻艺术家。

在他的带领下，木刻这一门新兴的艺术形式引来众多青年艺术家勇敢地向艺术纵深领域进军，而现代中国的版画运动也从无到有，从小到大，逐步走向社会与艺术前沿。全社会逐渐掀起的这股木刻热和版画热，在中国现代艺术史上留下了浓墨重彩的一笔。

三、扶持新人

谈到鲁迅扶持新兴木刻，就不得不提到一个著名的艺术社团——“一八艺社”。

“一八艺社”是国立杭州艺术专科学校的一个学生社团，成立于1929年，因为这一年是民国十八年，故名“一八艺社”。

二十世纪二十年代末，上海盛行的左翼文艺思潮传播到了杭州文艺界，受到进步青年的热情响应，“一八艺社”便是由这样的青年艺术群体组成。

他们竞相购买和传播马克思主义著作，谈论“普罗”艺术问题，通报左翼团体的活动情况，暗中举办左翼艺术作品展览活动，发泄对社会黑暗现实的不满情绪，引起了当局的注意。

浙江是蒋介石的老家，国民党浙江省党部抓“赤化问题”很有一套。面对“一八艺社”学生的“赤化活动”，当局毫不手软。他们动用雷霆手段，立刻开除或逼迫一批学生退学。其中就有后来成为著名版画家的江丰和陈铁耕。

1930年，被开除的“一八艺社”的学生从杭州来到上海。没有工作，没有积蓄，没有固定住所，一日三餐都发愁，但他们是有志向、有抱负、胸怀天下的精神贵族，物质的贫乏难不倒他们。

很快他们在江湾路租到了两间房，一间作画室，一间作宿舍，成立了“上海一八艺社研究所”。

他们的艺术思想与当时传统的、正统的艺术观念不同，他们不屑于画少女、裸女、静物、西湖美景之类的作品，而是喜欢以城市贫民区、失业工人、行乞老人、捡破烂的儿童这些底层人民为题材。他们认为，真正的艺术必须与现实生活紧密结合，反映阶级状况和人民疾苦。这一种全新的文艺观，正是左翼文艺思潮在艺术上的反映。

恰在这时，鲁迅自费出版的《梅斐尔德木刻士敏土之图》令他们深受震撼，在艺术上也深受启发。

梅斐尔德用大块的黑白对比和豪放的刀法刻画了工人形象和为争取自由进行斗争的场景，让“一八艺社”的学生们觉得终于找到了一直苦苦追求的艺术形式和创作灵感，于是纷纷放弃油画创作，毅然决然地转向对木刻艺术的探索。

那时候，上海的“一八艺社”已经成为共产党领导的中国左翼美术家联盟（简称“美联”）下属的一个公开美术组织。

巧的是，冯雪峰是“美联”的领导人。

通过冯雪峰，“一八艺社”的成员知道鲁迅收藏了大量的外国木刻作品，并且对木刻艺术有自己独到的见解。

冯雪峰向鲁迅介绍了“一八艺社”的情况，鲁迅自然非常乐意帮助这一批年轻的木刻爱好者，不仅给他们送书、在生活上资助他们，还从艺术方面指导他们如何进行木刻创作，提出了很多有价值的意见。[17]

在鲁迅的帮助和指导下，1931年6月，“一八艺社习作展”在上海成功举办，鲁迅为这个展览写了一篇非常重要的文章《一八艺社习作展览会小引》。

文章说：“中国近来其实也没有什么艺术家。号称‘艺术家’者，他们的得名，与其说在艺术，倒是在他们的履历和作品的题目——故意题得香艳，漂渺，古怪，雄深。连骗带吓，令人觉得似乎了不得。然而时代是在不息地进行，现在新的，年青的，没有名的作家的作品站在这里了，以清醒的意识和坚强的努力，在榛莽中露出了日见生长的健壮的新芽。”[18]

鲁迅以冷峻的眼光揭示了所谓“艺术家”的虚伪与矫饰，而满怀深情地对年轻的木刻艺术学者寄予厚望。

与此同时，鲁迅也指出这些年轻的木刻艺术学者在技术上自然有些幼稚，他们的创作也都是在自学和摸索中进行的，木刻技法和专业技能亟待提高。

在与“一八艺社”学员接触的过程中，鲁迅及时给学员们指出毛病，比如他们刻法的草率、构图的欠缺、用刀的不正确等。

1931年8月，内山书店老板内山完造的弟弟、日本美术家内山嘉吉来上海游历，鲁迅便与其商量，请他作为主讲老师，为上海的木刻青年学生举办一个培训班——木刻讲习会。

为了不使国民党暗探侦知这次活动，鲁迅严格筛选了参加培训的学员：“一八艺社”社员6人，上海美专、上海艺专各2人，白鹅画会的学生3人，共计13人。

培训的地点也是鲁迅精心选择的：位于租界北四川路底一栋三层小楼顶楼的一间日语学校，主办人是郑伯奇，系“左联”常务理事，自然可靠。此处距离内山书店较近，也便于内山嘉吉来往。

培训班自8月17日至22日，共6天，内山嘉吉主讲，鲁迅亲自担任翻译，并辅以讲解。[19]

内山嘉吉是一名经验丰富的美术教师，对木刻也有系统的研究。在几天的培训中，他一面示范，一面向学员系统地讲述了各种刻印方法，传授起稿、刀法、刻法、拓印、套版等基本知识。

讲解之余，鲁迅还利用那间教室，举办了三次小型展览，便于学员观摩。

一次是鲁迅把自己收藏的日本浮世绘和现代版画拿出来，给现场的学员观赏，解释版画的精髓，学员大开眼界。

另一次是英国木刻，主要是比亚兹莱的木刻展示。在比亚兹莱的木刻作品前，鲁迅给大家展示如何才能刻出精细如发的线条，所谓“木口木刻”用的材料是什么，刀工和刻工如何均匀使用等，学员们边听边参观，无不叹为观止。

最后一次是展示鲁迅刚托人从德国购入的著名版画家珂勒惠支的七幅铜版画《农民战争》。鲁迅同样一一给大家讲解，对其艺术特点也进行了细致的分析。[20]

这种培训加展览的形式，起到了良好的效果。

学员们在学习知识的同时，也开阔了视野，增长了见识，为下一步的创作打下了很好的基础。

值得注意的是，在这次讲习会上参加培训的学员，日后大都成了中国木刻和版画运动发展的中坚力量和领导人。

从这个意义上讲，鲁迅实际上是中国新兴木刻的缔造者。

但是，鲁迅领导版画运动和木刻艺术的进展其实并不顺利。

最大的阻碍并不是师资欠缺、资金不足和其他物质条件的匮乏，而是来自政治气候和国民党当局的压迫。在国民党政府眼里，凡是“玩木刻”的，基本都是共产党。[21]所以，木刻艺术的发展实际是在地下进行的。

“一八艺社”被迫解散后，成员到处躲避。尽管他们又成立了“春地画会”“野风画会”等组织，但仍然被破坏。

1932年7月的一个夜晚，“春地画会”的成员11人突然被抓走，法院以木刻当作罪证，除了一名混入其中当卧底的暗探之外，其余10人均以“危害民国罪”被判刑，其中有艾青、于海、江丰、李岫石、力扬、黄山定等人。

在狱中，江丰和艾青给鲁迅写信，告知他们在狱中的生活，讲述他们虽然被捕，仍然不忘学习、看书和作画，请鲁迅放心。

鲁迅在给木刻家李桦的信中说：“说起‘木刻’，有时即等于‘革命”或‘反动’，立刻招人疑忌。”[22]

事实上，除了上面提到的“一八艺社”“春地画会”“野风画会”等木刻组织遭到查封和破坏之外，在上海的另外几个木刻社团，如M. K. 木刻研究会、野穗木刻研究社等，都先后流散。其成员或被捕，或逃亡，有幸没有被逮捕的，也都转入地下工作。

1933年，形势发生了一些变化。

国民政府与苏联复交，苏联作品明面上不再成为禁忌，也由于鲁迅的坚持和他正确的领导方式，以他的社会声望，最大限度地保护了木刻会员，新兴木刻运动得以蓬勃发展。

在1933年这一年中，值得提及的有几件大事。

一是鲁迅收藏德国和俄国40幅木刻作品的展览会在上海顺利举行。

二是鲁迅介绍、收集的中国木刻家55幅原创作品预备来年在法国和苏联展览。

三是鲁迅精心编选自己收藏的苏联木刻画59幅，取名《引玉集》，以三闲书屋的名义，自费印行，引发艺术圈的争相购读和热烈讨论。

四是鲁迅开始编选反映当前中国木刻发展水平的期刊《木刻纪程》。

五是鲁迅周围开始活跃一批木刻家，如黄新波、陈铁耕、李桦、罗清桢、何白涛、吴渤、陈烟桥等。他们的作品日渐成熟，社会影响日益扩大，形成中国新兴木刻与版画运动的一个高潮。

以上五事，下面分别述之。

四、走向世界

一项文艺运动要想取得成功，需有重要的艺术成果呈现、广泛的群众参与性和大量人才在较短时间内的不断涌现。还有一点，上述这些成绩一定是在该领域的领军人物的示范和引领下取得，而且这个领军人物要有鲜明的艺术思想、独特的人格魅力和深厚的艺术影响力。

在这方面，鲁迅做到了，而且相当成功。

自1929年鲁迅倡导木刻艺术以来，上海、杭州、广州等地涌现出一批青年木刻学员，他们通过结社的形式联系起来。

中共领导的“美联”及时且秘密地把这些社团和散落在社会上的木刻学员组织起来，团结在鲁迅周围。[23]

鲁迅通过开办讲习班、展览会、座谈会以及书信往来等形式，向他们传播木刻知识和艺术思想。尽管这些艺术组织不断被特务和警察破坏，但是到了1933年，学员们已经经过实际锻炼和考验，积累了较多的斗争经验，开始变得日渐成熟。

此时，鲁迅与他们建立起稳定而又相对安全的联络线，作为观摩与学习最佳途径的展览会便接二连三地出现在艺术界。

10月14日、15日，鲁迅借北四川路千爱里40号一所住房，举办了“德俄木刻展览会”，展出德国、苏联版画共40幅。

鲁迅在给郑振铎的书信中说：“我所藏外国木刻，只四十张，已在十四五开会展览一次，于正月再展览，似可笑。但中国青年新作品，可以收罗一二十张。”[24]

此次展览的展品比较丰富，观众川流不息，鲁迅喜不自禁，每天都亲赴展览会场，为木刻青年讲解。

这次展览获得成功令鲁迅始料不及，也比较兴奋。他几次在信中提及这次展览。

11月15日写给姚克的信中说：“看报，知天津已下雪，北平想必已很冷，上海还好，但夜间略冷而已。我们都好，但我总是终日闲居，做不出什么事来。上月开了一个德俄木刻展览会，下月还要开一个，是法国的书籍插画。”[25]

这里说的“下月还要开一个”，是指1933年12月2日、3日举办的“俄法书籍插画展览会”。

这次展览是在内山完造协助下完成的，租借了位于老靶子路的日本基督教青年会作为展览地点。原本想全部展出苏联版画，但是为了安全起见，鲁迅机智地用障眼法瞒过侦探和特务，把这些版画掺杂在法国书籍插图里顺利展出。

鲁迅在给姚克的另一封信中提到“观者中国青年有二百余”。[26]

之所以人数较少，一是因为场地较小，二是不敢宣传，怕被当局知道，惹麻烦。

即便这样，在展览会过后不久的12月21日，上海的暨南、大夏、光华、复旦等九所高校共一百多人仍被国民党军警和蓝衣社特务抓去。白色恐怖越来越令人窒息，气氛相当紧张。

鲁迅在《〈引玉集〉后记》中写道："目前的中国，真是荆天棘地，所见的只是狐虎的跋扈和雉兔的偷生，在文艺上，仅存的是冷淡和破坏。而且，丑角也在荒凉中趁势登场，对于木刻的绍介，已有富家赘婿和他的帮闲们的讥笑了。但历史的巨轮，是决不因帮闲们的不满而停运的；我已经确切的相信：将来的光明，必将证明我们不但是文艺上的遗产的保存者，而且也是开拓者和建设者。"[27]

环境虽然恶劣，前路铺满了荆棘，但是有广大木刻爱好者的支持，有木刻艺术家的积极探索，鲁迅坚信，木刻肯定有一个光明的未来。

事实也是如此。

1933年底，中国的木刻艺术引起了国际艺术机构的注意，有国际友人向鲁迅征集木刻作品，在法国巴黎和苏联的莫斯科进行展出。

中国的新兴木刻开始走向世界。

12月4日，鲁迅致信陈铁耕："有一位外国女士，她要收集中国左翼作家的绘画，先往巴黎展览，次至苏联，要我通知上海的作者。但我于绘画界不熟悉，所以转托先生设法，最好将各作家的作品于十五日以前，送内山书店转交我，再由我转交她。"[28]

鲁迅所说的外国女士，是宋庆龄的朋友、法国《观察》杂志记者绮达·谭丽德。她是法国共产党《人道报》的主编、法国革命文艺家协会秘书长古久列的夫人。宋庆龄与他们夫妇相熟，当得知他们对中国的新兴木刻艺术感兴趣时，便把绮达·谭丽德介绍给鲁迅认识。

谭丽德与鲁迅见了面，向鲁迅提出到法国和苏联举办中国左翼画展的相关事宜。鲁迅欣然接受，便把征集作品的任务交给木刻青年陈烟桥和陈铁耕。

陈烟桥为此积极奔走，在短短10天内，便将征集到的一批作品交给鲁迅。

陈铁耕、姚克等人协助鲁迅办理收集画作、翻译目录等工作。

在较短的时间内，鲁迅征集到19位木刻家的55幅作品。

根据鲁迅的书信记录：钟步清2幅、李雾城4幅、何白涛5幅、佩之1幅、洪野1幅、代洛1幅、野夫6幅（包括石刻一幅）、罗清桢6幅、陈耀唐创作17幅（包括丁玲小说《法网》插画12幅）、没铭1幅、金逢孙1幅、张抨2幅、陈葆真1幅、周金海2幅、梁宜庆1幅、古云章1幅、陈荣生1幅、陈汝山1幅、F.S.1幅。[29]

1934年3月，名为“革命的中国之新艺术展览会”的版画展分别在巴黎和莫斯科展出，受到当地艺术界及民众的好评。

消息传回国内，鲁迅于同年6月20日夜写信告诉陈烟桥：“一个美国人告诉我，他从一个德国人听来，我们的绘画及木刻，在巴黎展览，很成功；又从一苏联人听来，这些作品，又在莫斯科展览，评论很好云云。”[30]

鲁迅选送展出的这些木刻作品，不仅展示了中国木刻艺术所达到的水平和高度，而且集中体现了中国人民，尤其是底层人民的生活、挣扎和斗争的境况，向世界人民传达出中国人怎样在艰苦环境下不屈不挠地奋进。

这次国际展，虽然只是在巴黎和莫斯科展出，但这两个城市却是当时的艺术交流和展示中心，因此中国木刻艺术得以宣传到海外艺术界。

对鲁迅来说，1933年是他倡导木刻艺术成就卓著的一个年头，成果最为丰硕。

除了上述所说的在上海开办的两次外国木刻展览会和在欧洲举办的中国木刻家的展览之外，还有两件重要的事值得记录。

一是鲁迅收藏的苏联版画结集为《引玉集》出版，二是由鲁迅主编的旨在指导与展示中国木刻艺术现状的专业期刊《木刻纪程》出版。

《引玉集》是鲁迅的私藏版画集，借用“抛砖引玉”的典故，意图以此引导中国木刻艺术的发展。这本画集由鲁迅自费印刷，印量偏少，面世后很快便被艺术圈的人争相观摩和传观，后来又有重印。

其中有几则轶事不得不撮要叙述。因为从这些轶事里可以了解到鲁迅对中国版画事业发展的良苦用心及其过人眼光。

首先鲁迅收藏版画的过程耐人寻味。

1931年，鲁迅正在校印苏联小说《铁流》，偶然看到苏联杂志《版画》登载有《铁流》的版画插图，于是便委托在苏联留学的曹靖华代为收集。

曹靖华说这些版画价格不菲，但鲁迅认为可以用中国纸与苏联版画家交换。曹靖华在征得对方同意后，告知鲁迅。鲁迅便购入中国的宣纸和日本纸寄到苏联，经曹靖华转送给苏联版画家，交换他们手中的版画。

那时候的交通不发达，每次交换的过程都极为复杂，物品在中国与苏联之间来往就需要两三个月的时日。从1931年到1933年底，鲁迅共向苏联寄纸六次，曹靖华先后为鲁迅寄来版画和其他作品七批，共计118幅。

这无疑是一笔巨大的艺术财富。

但鲁迅不会像守财奴一样把这些画秘藏起来，束之高阁，或者像某些收藏家那样，秘而不宣，待价而沽，而是多次将之拿出来，供木刻艺术爱好者观摩。

如上文所述，他在1933年前后两次在千爱里和老靶子路举办展览会，把这些木刻收藏品展示给大家，让中国的木刻艺术家们和青年人领略到苏联、德国、英国等先进版画艺术的真谛，汲取他们的经验，发展本土的木刻艺术。

亦如上述，由于场地受限、白色恐怖和社会动荡，只有少数人能够看到鲁迅的这些收藏。于是鲁迅开始规划精选一批，出版画集。

故事至此发生突变。

待鲁迅把这些珍藏作品收集起来，辛勤制版并交给印刷所后，印刷所在1932年的“一·二八”事变中被炸，制成的锌板也付之一炬。

幸运的是，制版一完成，木刻的原版便被鲁迅及时从印刷所拿回家里，没有遗失和损毁。鲁迅说：“后来我自己是逃出战线了，书籍和木刻画却都留在交叉火线下，但我也仅有极少的闲情来想到他们。又一意外的事是待到重回旧寓，检点图书时，竟丝毫也未遭损失；不过我也心神未定，一时不再想到复制了。”[31]

到了1933年的年末，形势一变，木刻运动风起云涌，普罗大众和许多艺术家都喜欢版画这种新的艺术形式，木刻成为一时风潮。

此刻鲁迅非常兴奋，也非常急切，开始着手苏联木刻版画集的编辑和印行工作。

他对翻印画册做了充分的准备工作。

在给吴渤的信中，鲁迅把印画册的各种要求都考虑到了。关于用纸、用版、印刷成本、各种行情，甚至代卖店的选择、如何付款、代销方式等都做了充分的调查研究。[32]

鲁迅就是这样，做一件事情，一旦考察清楚，他就下定决心办成。

他在好几封信中都表达了自己要马上印画集的急切心情。

11月25日，致信曹靖华说：“至于得到的木刻，我日日在想翻印，现在要踌躇一下的，只是经济问题，但即使此后窘迫，则少印几张就是，总之是一定要绍介。”[33]

12月19日，在给姚克的信中说：“历来所集木刻，颇有不易得者，开年拟选印五十种，当较开会展览为有益。”[34]

由是观之，鲁迅在印书这件事上，用“日日在想”“一定要绍介”“开年拟选印”等这样急切的话，说明他非常看重且迫切。为什么这样着急呢?

鲁迅在《引玉集·后记》中说得很清楚：“这一种原版的木刻画，至有一百余幅之多，在中国恐怕只有我一个了，而但秘之箧中，岂不辜负了作者的好意？况且一部分已经散亡，一部分几遭兵火，而现在的人生，又无定到不及薤上露，万一相偕湮灭，在我，是觉得比失了生命还可惜的。流光真快，徘徊间已过新年，我便决计选出六十幅来，复制成书，以传给青年艺术学徒和版画的爱好者。”[35]

这段话饱含人事沧桑，说得实在，浩然坦荡。也是告诫青年人生如薤上露，流光易逝，要抓紧时间做事情。

1934年3月，鲁迅委托内山完造在日本东京洪洋社印刷装帧苏联版画集《引玉集》。

画册分精装和平装两种形式。精装为纪念本，仅印制50部，非卖品；平装为流通本，印制250部，很快被抢购一空。

五、奖掖后进

中国新兴木刻运动之所以成功，并在艺术史上产生极大影响，与鲁迅对这项事业的热爱和无私奉献分不开，也与他对青年艺术家的帮助、提携和毫不留情的批评有关，还与他及时发现人才，利用自己的威望大力举荐作品，及时总结经验，出版艺术期刊《木刻纪程》有关。

一个人之所以能够成为某个行业的领军人物，除了他自身具备的非凡才能与卓越思想之外，热情、无私、执着和行动力这些非智力性因素，也是必不可少的。

如果鲁迅仅仅局限于他自己的喜好，收藏一点外国版画，办个展览，印几本画册，这并不能影响到多少人，也不会带动一场艺术潮流。

鲁迅的杰出之处在于：他不只是顾着“自己玩”，还引领一批志同道合的同志，带领大家“一起玩”。

诚如是，鲁迅倡导的木刻艺术才从无到有，由小到大，从不入流到成为主流，由附庸蔚成事业。

从白莽、柔石到萧军、萧红，从冯雪峰、郑振铎到胡风、丁玲，由鲁迅关照和提携走向成功的青年作家有上百位。经鲁迅之手走上艺术道路的木刻家和版画家也非常多，上述鲁迅推荐参加巴黎和莫斯科木刻展的艺术家就有19位。我们不妨以黄新波和刘岘为例，来观察鲁迅如何奖掖后进，扶持新人。

黄新波是广东的一名穷学生，因为思想左倾，被学校开除后，辗转来到上海寻找出路。受到上海进步思潮的影响，他决定放弃原本喜欢的文学，改学木刻。

当时学木刻的大都是思想激进的青年，因此，同样学习木刻的青年刘岘很快与黄新波相熟，二人许多观点一致，艺术追求相同，经常在一起切磋木刻艺术。

他们都崇拜鲁迅，鲁迅编辑的木刻选本《近代木刻选》《梅斐尔德木刻士敏土之图》《一个人的受难》等画集都是他们经常翻阅临摹的书籍。

鲁迅组织的展览活动他们也都参加，并多次在展览会上见过鲁迅。黄新波甚至在内山书店就木刻的技术和观念问题同鲁迅谈过一次。

1933年秋，黄新波和刘岘创作了不少木刻作品。他们想得到鲁迅的亲自指导，便陆续把一些拓印的图寄给鲁迅，鲁迅给他们回信，指出作品的优长和不足。[36]其中黄新波的一幅习作《推》收入鲁迅编印的《木刻纪程》中。

此时，正值鲁迅编辑印刷苏联木刻选《引玉集》出版，定价三元，穷学生黄新波肯定买不起，但他又渴望得到这本书。考虑了几天，他决定给鲁迅写信，委婉提出希望得到一本《引玉集》，可否请鲁迅为他代买一本，至于书钱，容后再还上。鲁迅很快给黄新波回信说，书已经售罄，但是他可以赠送一本。

鲁迅在信中叮嘱黄新波，过几天可持信到内山书店去取书。黄新波依照鲁迅的嘱咐，持信而往，忐忑地问店员，鲁迅先生是否留下一本书。店员接过黄新波手里的鲁迅亲笔信，递给他一本《引玉集》。书已经用牛皮纸包好，四角整齐，散发着墨香。黄新波展开书一看，在《后记》的年月日下面有用毛笔写的“鲁迅”二字。

此本《引玉集》有几处页码印错了，鲁迅也用红笔更正过来了。

这些细节不只是说明鲁迅做事认真，还饱含了一个前辈对青年艺术学人的关怀、爱护和提携之情。

后来，黄新波和刘岘打算把他们两人的木刻作品集结在一起，印刷成一个小册子，算是对自己木刻创作的纪念。

他们都是一文不名的穷学生，吃住尚且成问题，哪有钱来出版印刷自己的作品集呢？但年轻人敢想敢干，不管印刷费的事，先把稿子集合起来。

于是二人挑选了几十幅自己尚且满意的作品，打出拓样，定名为《无名木刻集》。他们把拓样稿寄给鲁迅，并附上一张十二开的打字纸，请求鲁迅为木刻集写序，可直接写在寄去的打字纸上，他们好按照鲁迅的手书，制作成木刻。

鲁迅回了信，并按照他们的要求，写了序文，内容如下：

用几柄雕刀，一块木版，制成许多艺术品，传布于大众中者，是现代的木刻。

木刻是中国所固有的，而久被埋没在地下了。现在要复兴，但是充满着新的生命。

新的木刻是刚健，分明，是新的青年的艺术，是好的大众的艺术。

这些作品，当然只不过一点萌芽，然而要有茂林嘉卉，却非先有这萌芽不可。

这是极值得记念的。

一九三四年三月十四日，鲁迅。[37]

序言虽然不长，但写得铿锵有力，也很实在，没有溢美，没有人为地拔高，充满了鲁迅的鼓励和希冀。

有了鲁迅的序言，便要紧接着考虑另一个问题：钱从何来?

黄新波和刘岘知道鲁迅平日里要接济青年、印画册、办展览，捐助各种陷入困境的组织，支出很多，也不想再麻烦他。但他们想到各种方法筹钱，最终都归于失败。无计可施之下，只好再次向鲁迅求援。

那时候，黄新波已经是共青团员，怕连累鲁迅，便让刘岘出面写信求助，说明他们印木刻集的想法，只是囊中羞涩，请鲁迅先生“借”钱给他们。

不出所料，鲁迅及时回了信，信中附了一张纸条，要刘岘拿着这张纸条到内山书店取钱。纸条上写着：老板，请见字付给刘岘大洋五十元。

刘岘立刻拿着纸条去书店取来了五十元现洋，买了打字纸和油墨，开始印刷和装订。

《无名木刻集》共印了50册，送给鲁迅5册，他们留下几册，其余都放在内山书店外售。[38]

那时候，几乎所有的进步青年都犯有“左倾幼稚病”，认为越革命越好，越刺激越革命，于是黄新波和刘岘的画册以一张马克思的头像作为封面，此举遭到鲁迅的严厉批评。

鲁迅说：“木刻还未大发展，所以我的意见，现在首先是在引起一般读书界的注意，看重，于是得到赏鉴，采用，就是将那条路开拓起来……如果一下子即将它拉到地底下去，只有几个人来称赞阅看，这实在是自杀政策。”

鲁迅还说：“更不好的是内容并不怎么有力，却只是一个可怕的外表，先将普通的读者吓退。例如这回无名木刻社的画集，封面上是一张马克思像，有些人就不敢买了。”[39]

确实，《无名木刻集》的失败就在于它的封面。

人家一看马克思像，就想到共产党，想到危险，想到杀头，谁还敢买画册！

从黄新波和刘岘印刷《无名木刻集》这件事，可以看出鲁迅的坦荡胸怀和真诚为人，帮助青年但决不袒护，青年有了错误，他会毫不留情地指出来，不让错误继续下去，不仅有利于青年的成长，也赢得了尊重和敬仰。

查鲁迅的书信集，1933年到1935年间，鲁迅与三十多位木刻家有通信来往，其中通信往来较为频繁的有白危、吴渤、罗清桢、陈铁耕、何白涛、郑野夫、陈烟桥、张慧、李桦、唐诃、段干青、赖少麒、张影、金肇野、萧剑青、唐英伟、曹白、姚克、黄新波、刘岘等。

他们把自己的木刻作品寄给鲁迅，鲁迅不厌其烦地对每一个人的作品进行评论，好处说好，坏处说坏，以赞赏的眼光指出其进步的价值，以商量和探讨的口吻指出其症结，让人心悦诚服。

鲁迅与这些重要的青年木刻家交往几年，目睹了他们的进步与成长后，决定出一种期刊，刊登其中最优秀的作品，以供大家研习和切磋。

于是1934年6月编印了《木刻纪程》。

鲁迅在“小引”中说：“仗着作者历来的努力和作品的日见其优良，现在不但已得中国读者的同情，并且也渐渐的到了跨出世界上去的第一步。虽然还未坚实，但总之，是要跨出去了。不过，同时也到了停顿的危机。因为倘没有鼓励和切磋，恐怕也很容易陷于自足。本集即愿做一个木刻的路程碑，将自去年以来，认为应该流布的作品，陆续辑印，以为读者的综观，作者的借镜之助。”

《木刻纪程》记录的只是一个阶段的艺术成果，是一块里程碑，更重要的是要着眼于将来的发展，继续前进，向中国社会提供更加优秀的木刻作品。

鲁迅在这份新的艺术期刊即将问世时，提出殷切期望：“采用外国的良规，加以发挥，使我们的作品更加丰满是一条路；择取中国的遗产，融合新机，使将来的作品别开生面也是一条路。如果作者都不断的奋发，使本集能一程一程的向前走，那就会知道上文所说，实在不仅是一种奢望的了。”[40]

作为艺术领军者的鲁迅，在这里指明了木刻艺术发展的可靠路径：或采纳外国良规，或融合民族新机，都是为了使木刻艺术在我国的发展道路更加稳健，富有生机。照着这样的方向，一步一步地往前走，定能有一个光明的前景。

但是，正当鲁迅想要信心满怀、意气风发地指挥和带领这支艺术队伍向着既定的目标勇猛前进的时候，他却离开了人世。

鲁迅为中国艺术史留下一大笔丰赡的精神文化遗产后，匆匆撒手人寰。

第十二章

鲁施论争

一、政治幽灵

施蛰存是一位出色的现代作家，被当代著名学者严家炎先生列为“新感觉派”的佼佼者，说他“有意识地用精神分析学来创作小说”[1]。代表作《将军底头》《梅雨之夕》颇有心理分析小说的特点。

小说史家杨义先生对施蛰存的评价更趋深入客观：“施蛰存的中国古典文学修养较深，他从江南带书香味的城镇走出来，站在现代大都会的边缘，窥探着分裂的人格，怪诞中不失安详，在中外文化的结合点上找到了相对的平衡。”[2]

其实，在三十年代的上海文学圈，施蛰存本就颇负盛名。

他的特点是不左不右，不激进也不保守，既不与左翼作家过分疏离，也不与现代评论派、新月派的人交往过密，而是一心一意主编《现代》杂志，翻译当时比较前卫的外国作品，文章的产出数量也比较稳定，可以说不温不火，态度和做派有点像巴金，也有沈从文的影子，代表了当时一批自由知识分子的立场和作风，在上海文人圈子里颇有人缘，也比较有成就。

但是，从性格与为人上来讲，施蛰存没有巴金的谦和与勤勉，也没有沈从文的内向与孤寂。他生于1905年，是江苏松江人（当时松江县属于江苏省，位置大约在上海郊区），家境殷实，家里有地产，有商铺。他又是大学生，受过高等教育，与同辈一些重要作家相比，在学问和学历方面条件优越。

更主要的，他从教员改行做了编辑，在上海出版界和新闻报刊界混迹多年，最后做到《现代》杂志主编，可算是相当有成就的文人作家，上海的作家大都买他的账。彼时的上海人大多崇尚地缘与人缘，施蛰存的个人发展得天独厚，占尽天时地利人和。年轻有为，加之形象也风流体面，才不过二十几岁的年纪，施蛰存就成为上海文化界的宠儿，自然也是多方势力拉拢的对象。

这些优点或优势，对于一个作家来说，应该是好事。不过，少年成名自然颇多自负，施蛰存也难免滋生一些骄矜、意气与浮躁。

通观鲁迅的文章可以看出，施蛰存并不是鲁迅批评过的“第三种人”，鲁迅当初对施蛰存并无恶感。甚至一段时间之内，他与施蛰存往还颇多，当然主要还是编辑和作者的关系。

1933年10月，施蛰存卷入一场与鲁迅长达两个多月的论争之中，被鲁迅斥为“洋场恶少”，自此之后很长一段时间都难以摆脱这一恶名。客观来说，那场论争对施蛰存自己造成的负面影响实在太大了，以至于之后几十年都没有走出这个阴影。也就是经过这次论争，施蛰存保持的良好的自由平静的写作状态终结了，他和“富家女婿”邵洵美一样，背负着“洋场恶少”的名声，成了鲁迅的论敌。

直到改革开放之后，严家炎和杨义等重量级学者给施蛰存的文学创作作出公正的评价，其现代主义创作特色才获得学界的普遍认可。

这场文学公案被许多学者反复论说，得出的结论不一而足。九十年后的今天，我们重新讨论这场著名的论争，仍然有重要的学术价值和文化意义。

论争开始的那年，施蛰存只有28岁，鲁迅已经52岁，完全是两代人。

施蛰存非常尊重鲁迅，鲁迅也把他看作有为青年，颇为倚重。从思想和立场上看，施蛰存与鲁迅之间也没有不可调和的矛盾，施蛰存虽然不左倾，但也不反对左翼人士，鲁迅虽然是“左联”的领导人，但也并不排斥那些有民主思想和自由观念的年轻人，甚至在“左联”成立大会上呼吁大家要团结非左翼人士，扩大队伍。[3]

事实上，鲁迅周围团结了一大批不革命、不激进、不战斗的“非左人士”，比如郁达夫、黎烈文、赵家璧、巴金等人。这是一份很长的名单，这份名单里应该也有施蛰存的名字。

鲁迅对待青年作家，并不十分关注其政治立场，甚至警惕吃“政治饭”的人。他有一篇《吃教》，讲的就是那些拿革命当饭吃的人。[4]

当年萧军和萧红写信请求加入“左联”，鲁迅回信说，还是不进来为好，一些身在“左联”的人未必革命，在组织之外，也许更好。[5]

由此可知，鲁迅与施蛰存的论争也不涉及意识形态和政治立场问题。

那么究竟是什么原因造成这一老一少声势浩大地打了那么长时间的笔墨官司？

这需要从二人的交往和论争的社会背景说起。

他们二人确实都有些意气用事，这是性格的原因；但也得探究“鲁施之争”背后隐藏的历史因由，以及某些社会学与文学史的原因，尤其在上海那样一个五方杂处、国共中外各方势力犬牙交错的场域，任何人都不可能置身事外。政治这个幽灵时时刻刻都在作用和反作用于每一个文化人。

或许从这个角度，我们可以真正探寻到“施鲁之争”背后的某些更为深层的原因。

二、两封来信

查鲁迅日记和书信，仅仅日记中就有10余处专门提及施蛰存。在1933年两人打笔仗之前的5月1日和7月18日，鲁迅曾回复过施蛰存两封信，虽然都不算长，但内容丰富，值得解读。

第一封信是这样的——

蛰存先生：

来信早到。近因搬屋及大家生病，久不执笔，《现代》第三卷第二期上，恐怕不及寄稿了。以后倘有工夫坐下作文，我想，第三期上，或者可以投稿。此复，即请

著安。

鲁迅 启上 五月一日[6]

这是一封说明约稿无法如期完成并略带致歉的信。

由此看来，之前施蛰存曾向鲁迅约稿并拟安排在《现代》第三卷第二期上发表，鲁迅已经应下了，但是因为搬家和生病，有所耽搁，不能如期完稿，便写了这封信。

他在信中答应说，如果时间允许，会写一篇，将在第三期上发表，以偿还第二期拖欠的稿债。

从称谓上看，鲁迅与施蛰存的关系属于正常交往，并不十分亲近。

如果是长辈，鲁迅一定会按照传统的称谓，比如，给母亲写信，必然是称“母亲大人膝下，敬禀者”；给乡贤、前辈和有着知遇之恩的蔡元培写信，每次都是中规中矩地写上：“孑民先生左右”或“鹤卿先生几下，谨启者”。

但鲁迅毕竟是现代作家，他在信中的称呼包含着更丰富的内容。一般来讲，如果称“某某兄”，则不在于年长年幼，都是关系比较亲近的人；尤其是称呼比自己年龄小的晚辈为“某某兄”，则视为同道或好友，比如久为人称道的“广平兄”，则是典型的一例。

当然，也有一些开玩笑的称谓，如给萧军、萧红二位写信，称“萧、吟两兄”或“刘军、悄吟兄”。刘军是萧军的本名，悄吟是萧红的笔名，鲁迅将二人并列，造成一种戏剧效果，透着对二位作家的喜爱。有时候还写上“刘军兄悄吟太太尊前”的称谓。“尊前”这个称谓是非常正式且传统的，所以鲁迅在“尊前”后面加一括号，内写：“这两个字很少用，但因为有太太在内，所以特别客气。”这一解释，就消解了“尊前”的严肃性，透着一种幽默和亲近感。

鲁迅的书信中，使用最多的是“先生”。这个称谓用于一般交往和熟人，比如称呼郑振铎为“西谛先生”，称呼林语堂为“玉堂先生”，称呼陈烟桥为“雾城先生”等。

如果与通信人不是太亲近，或第一次通信，鲁迅会用全称加先生，后缀一个“足下”或“阁下”，这就是极客气的。

由上我们可知，鲁迅称施蛰存为“蛰存先生”，意味着他与施蛰存较为熟知但不可能是知心好友，决不会在称谓上开玩笑以显示喜爱与亲密。

这封信透露出的第二个信息——“近因搬屋及大家生病，久不执笔”——尤为重要。将自己搬家和生病这样比较私密的事情告知施蛰存，说明对他还是比较信任的。

信中所说的“大家生病”也是实情：那段时间，许广平咳嗽，海婴生疹子，鲁迅自己胸痛的毛病复发。如果鲁迅有意以生病推脱写稿，只说自己患疾则可，没必要讲“大家生病”。这再次说明鲁迅对施蛰存没有设防，以实相告，以友待之。

第二封信是7月18日晚上写的——

蛰存先生：

十日惠函，今日始收到。

近日大热，所住又多蚊，几乎不能安坐一刻，笔债又积欠不少，因此本月内恐不能投稿，下月稍凉，当呈教也。

此复并请

著安。

迅　启上　七月十八夜[7]

鲁迅当时是中国最知名和最具影响力的作家之一，获得鲁迅的稿子，是无数报刊编辑的愿望。施蛰存虽然已经声名鹊起，但他知道获得鲁迅的稿件，对《现代》杂志和作为主编的他来说都意义非凡。

因此，从这封信我们可以推断，5月1日鲁迅答应给《现代》写稿，并用在第三期，施蛰存便写了7月10日这封信再次落实稿子的下落，看能否获得鲁迅的文稿。

于是，鲁迅写了这封回信。

七月大热是事实，鲁迅刚搬入大陆新村，海婴出疹子，胃虚弱，鲁迅和许广平几乎天天冒着酷暑跑福民医院看医生，时间确实很紧。但是，鲁迅并非一点时间没有，也不是“不能安坐”。

查《鲁迅日记》可以发现，就在六、七月间，鲁迅至少写有26篇文章，著名的有《又论“第三种人”》《二丑艺术》《驳“文人无行”》《晨凉漫记》等，其中在《申报·自由谈》上发表22篇。

暑热难当，家中事忙，鲁迅还是如此高产，可见他的写作并没有停下来。

那么，鲁迅为什么不给施蛰存稿子呢？难道二人之间真的有什么芥蒂么？

三、事发突然

目前看到的资料无法证明施蛰存与鲁迅在论战之前有什么个人恩怨。

从当时的语境来判断，鲁迅之所以没有及时给施蛰存主编的《现代》杂志投送稿件，很大原因是他觉得没有合适的稿子，或者说，鲁迅起意要专门为《现代》杂志写稿。

1933年，鲁迅在《申报·自由谈》发表大量的时事短评，颇受读者欢迎，也遭到国民党当局及其领导或资助的报刊的围攻，更激发了鲁迅的写作热情。

他以每月8-10篇的节奏为《自由谈》供稿，逐步占领了这份民国最具影响力的报纸副刊，搅动了整个文坛，占据上海舆论的文化制高点，进而在无形之中慢慢掌握文化领导权。

这是鲁迅的一大历史功绩，也是中共领导文化运动，进而获得国统区广大知识分子的同情，在国难当头之际争取人心和更多同盟者、生力军的重要手段。

掌握文化领导权就是争取人心，鲁迅是这方面的行家里手，他有一整套策略与战术。其中，占领《申报·自由谈》这个阵地，尽可能多地影响民众，是极为有效的一种文化谋略。

《现代》杂志则不一样。

这是一家小众期刊。1932年由现代书局创办，施蛰存被老板张静庐从水沫书店挖过来任该杂志主编。

施蛰存喜好外国文学，对西方现代派小说感兴趣，把《现代》杂志定位成介绍并刊发现代派小说的重镇，以区别于其他文学期刊。

在施蛰存的周围，团结了戴望舒、穆时英、刘呐鸥、杜衡（苏汶）等新兴现代派作家。他们崇尚文学实验，喜欢探索新的创作方法，显得有些另类。

当然，施蛰存也依靠老作家的支持，经常为《现代》杂志写稿的作家有鲁迅、茅盾、郭沫若、冯雪峰、张天翼、周起应（周扬）、沙汀、楼适夷、魏金枝、郁达夫、巴金、老舍等人。

施蛰存在1929年便开始与鲁迅交往。

他在水沫书店当编辑时，与冯雪峰私交不错。当时马克思主义文艺学说盛行，叫作“新兴文艺理论”。施蛰存与冯雪峰商量，是否翻译一套这样的丛书，介绍给中国文学界。冯雪峰同意后，施蛰存提议让鲁迅主持这套丛书。

冯雪峰在日本就对马克思主义文艺学说感兴趣，他到上海后与鲁迅交往密切，便把施蛰存的这个想法告知鲁迅。鲁迅那时刚刚与创造社论战，被逼无奈，读过几本日文版的介绍苏联文艺理论的书，对普列汉诺夫、卢那察尔斯基等人的著作颇有心得，便答应着手翻译并组织出版这套丛书。

一来二往，鲁迅便与施蛰存相熟。

后来，鲁迅翻译了《艺术论》和《文艺与批评》两本书，加上冯雪峰、苏汶等人的几部书，这套被鲁迅定名为“科学的艺术论丛书”的苏联文艺论丛，在施蛰存的推动与操作下顺利出版，之后不断再版，在文学界影响很大。

施蛰存在具体的出版过程中起到重要的助推作用。鲁迅对施蛰存的才干和眼光颇为欣赏，施蛰存对鲁迅亦十分敬重，于是和冯雪峰一样，二人很快熟识。

施蛰存到《现代》杂志任主编，每次向鲁迅约稿，鲁迅都慷慨应允，尽心尽力为之撰稿。

在施蛰存给鲁迅写约稿函之前，鲁迅就已经在《现代》上发表过几篇重要的文章，如《论“第三种人”》《为了忘却的记念》《看萧和“看萧的人们”记》等。

尤其是《为了忘却的记念》一文，文笔犀利，直戳国民党当局的心脏，要刊发这样的文章确实需要勇气。鲁迅是在两家杂志退稿的情况下，亲自把稿件送到《现代》编辑部的。当时施蛰存不在办公室，二人并未碰面，待施蛰存拿到稿子，既高兴，又惶恐。

1980年，施蛰存在《关于鲁迅的一些回忆》中写到当时的情景，十分生动和详细——

鲁迅给《现代》的文章，通常是由冯雪峰直接或间接转来的，也有托内山书店送货员送来的。但这篇文章却不是从这两个渠道来的。那一天早晨，我到现代书局楼上的编辑室，看见有一个写了我的名字的大信封在我的桌上。拆开一看，才知道是鲁迅的来稿。问编辑室的一个校对员，他说是门市部一个营业员送上楼的。再去问那个营业员，他说是刚才有人送来的，他不认识那个人。这件事情很是异常，所以我至今还记得。

后来才听说，这篇文章曾在两个杂志的编辑室里搁了好几天，编辑先生不敢用，才转给我。可知鲁迅最初并没有打算把这篇文章交给《现代》发表。

我看了这篇文章之后，也有点踌躇。要不要用？能不能用？自己委决不下。给书局老板张静庐看了，他也沉吟不决。考虑了两三天，才决定发表，理由是：（一）舍不得鲁迅这篇异乎寻常的杰作被扼杀，或被别的刊物取得发表的荣誉。（二）经仔细研究，这篇文章没有直接犯禁的语句，在租界里发表，顶不上什么大罪名。

于是，我把这篇文章编在《现代》第二卷第六期的第一篇，同时写下了我的《社中日记》。

为了配合这篇文章，我编了一页《文艺画报》，这是《现代》每期都有的图版资料。我向鲁迅要来了一张柔石的照片，一张柔石的手迹（柔石的诗稿《秋风从西方来了》一页）。版面还不够，又配上了一幅珂勒惠支的木刻画《牺牲》。这是鲁迅在文章中提到并曾在《北斗》创刊号上

> 刊印过的。但此次重印，是用我自己所有的《珂勒惠支木刻选集》制版的，并非出于鲁迅的意志。这三幅图版还不够排满一页，于是我又加上一张鲁迅的照片，题曰："最近之鲁迅"。[8]

危难之中见真情。

施蛰存冒着风险为鲁迅刊发这篇惊世骇俗的不朽名文，这是一种莫大的信任和支持，鲁迅肯定对施蛰存抱有深深的感念。所以，当施蛰存发来约稿函时，他没有理由拒绝。

但是写些什么，却是颇费踌躇的。

《现代》不比《申报·自由谈》。《现代》是一份专业性的杂志，而《申报》是一家商业报纸。二者趣味不同，受众不同，稿件的要求自然不同。

鲁迅是个认真的人，他对自己的文字极为负责，也对读者编者负责，只要写，就一定要写好，决不应付了事。于是他一再延宕交稿日期，直到暑热稍稍消退，才开始欣然命笔，一个月之内，为《现代》杂志写下了两篇名文：《关于翻译》和《小品文的危机》。

查看《鲁迅日记》，自从7月18日复信施蛰存后，鲁迅并没有拖延，于8月3日委托三弟周建人给施蛰存寄去一封信，并附上一篇稿子，即《关于翻译》。[9]

8月28日，又给《现代》编辑杜衡一封信和一篇稿子，即《小品文的危机》。[10]

9月11日，鲁迅又寄给《现代》杂志一篇译稿，即《海纳与革命》。[11]

收到三篇稿子之后，施蛰存便立刻安排编发，连续发表在《现代》杂志的第三卷五期（1933年9月1日）、第三卷六期（1933年10月1日）和第四卷第一期（1933年11月1日）上。

值得一提的是，《小品文的危机》一文的发表，极具现实意味。此文是鲁迅为数不多的长文之一，是研究中国新文学史和散文史的重要文献。其中许多判断和思想至今还在闪闪发光。比如这一段："在风沙扑面，狼虎成群的时候，谁还有这许多闲工夫，来赏玩琥珀扇坠，翡翠戒指呢。他们即使要悦目，所要的也是耸立于风沙中的大建筑，要坚固而伟大，不必怎样精；即使要满意，所要的也是匕首和投枪，要锋利而切实，用不着什么雅。"

这些精妙的论述，实际谈的是美学与美感问题。

再比如，他在文末说："麻醉性的作品，是将与麻醉者和被麻醉者同归于尽的。生存的小品文，必须是匕首，是投枪，能和读者一同杀出一条生存的血路的东西；但自然，它也能给人愉快和休息，然而这并不是'小摆设'，更不是抚慰和麻痹，它给人的愉快和休息是休养，是劳作和战斗之前的准备。"[12]

这些带有激情的论述，已经成为铿锵名句，镌刻在几代中国人的文化记忆中，让人牢记文学决不只是赏心悦目的东西，真正伟大的文学是有力度的，带给人们生存与前进的希望。

可见，鲁迅拖延施蛰存的约稿，是为了写出重要而有影响的作品。他重视《现代》杂志，也不想辜负施蛰存的嘱托，在复信不久之后，便连续寄给《现代》杂志三篇稿子，被连续刊载。

但出乎意料的是，不久之后，即1933年10月初，鲁迅便与施蛰存发生了关于《庄子》和《文选》的论争。

二人你来我往，各不相让，一时间闹得纷纷扬扬，不可开交，让站在局外的人错愕不已。随后便是各方势力介入，推波助澜，局面开始失控。

这究竟是怎么回事呢？

为了弄清原委，还需重新梳理论争的来龙去脉，客观呈现当时的语境和情景。

四、错位之争

争论最初起源于鲁迅用笔名“丰之余”发表在10月6日《申报·自由谈》上一篇杂文《感旧》。

鲁迅写文章从没有无病呻吟、吟花弄月地感伤情调，这篇《感旧》从光绪末年主张洋务的“老新党”们苦读洋书，图强变法说起。说他们虽然行为怪诞，但精神可嘉，目的纯粹，那就是“图富强”，可二十年过去，一些人却热衷“古雅”，拼命装出一副复古的派头。鲁迅批评的是一种社会风气，一种伪名士气，反对装模作样的假国学。

在《感旧》中，鲁迅讽刺说：“有些新青年，境遇正和‘老新党’相反，八股毒是丝毫没有染过的，出身又是学校，也并非国学的专家，但是，学起篆字来了，填起词来了，劝人看《庄子》《文选》了，信封也有自刻的印板了，新诗也写成方块了，除掉做新诗的嗜好之外，简直就如光绪初年的雅人一样，所不同者，缺少辫子和有时穿穿洋服而已。”

鲁迅的意思是说，如果你偶尔玩玩古典，搞搞雅趣，也无妨，问题是那些所谓“雅人”对国学并无研究，也并非真正迷恋，而是一种求生之道，一种寻饭碗的门路。说白了，就是视国学为“敲门砖”，一种“新的企图”。

他写道：“排满久已成功，五四早经过去，于是篆字，词，《庄子》，《文选》，古式信封，方块新诗，现在是我们又有了新的企图，要以‘古雅’立足于天地之间了。假使真能立足，那倒是给‘生存竞争’添一条新例的。”[13]

文章揭露了一批赏玩古雅之人的真实意图：别闹了，也别骗人了，你表面上风雅无限，古趣盎然，实际上却是为了谋出路，找饭辙。

正因为这篇文章杀伤力太强，施蛰存才不顾情面出来反驳。为什么呢？

鲁迅在文章中批评这种现象时，两次提到《庄子》《文选》。原来，在《大晚报》征求给青年的推荐书单时，施蛰存曾推荐了两种书，正好是《庄子》和《文选》。

施蛰存便认为鲁迅的批评是针对他的。

上海的文学圈子就这么大，施蛰存是鲁迅的熟人，又做着杂志主编的工作，鲁迅在《自由谈》上发表文章，笔名“丰之余”并非第一次使用，施蛰存自然知道这篇文章是鲁迅写的。

如果施蛰存谦逊一些，或者不那么气盛要强，私下里与鲁迅交换一下意见，事情也许就不会这么闹下去，也不会造成不可收拾的局面。历史往往没有假设，当事人明知道此事有解，但处于当时的情境，沿着历史“剧情主线”的发展，即便让他们再次选择，恐怕也会选择同样的方式。

话说回来，如果文人都那么理智，文坛就不会有这么多热闹和是非，也就没有书生意气、文人相轻的古训了。故事既然发生，锣鼓点已然敲将起来，幕布徐徐拉开，观众就要将这台戏看下去。

下一幕是施蛰存回击鲁迅，题目叫《〈庄子〉与〈文选〉》。在论战与辩驳中，青年文学家施蛰存也是伶牙俐齿，毫不相让。

他先是解释了自己为什么向青年推荐《庄子》《文选》："近数年来，我的生活，从国文教师转到编杂志，与青年人的文章接触的机会实在太多了。我总感觉到这些青年人的文章太拙直，字汇太少，所以在《大晚报》编辑寄来的狭狭的行格里推荐了这两部书。我以为从这两部书中可以参悟一点做文章的方法，同时也可以扩大一点字汇（虽然其中有许多字是已死了的）。但是我当然并不希望青年人都去做《庄子》，《文选》一类的'古文'。"[14]

接着，施蛰存开始了他的反击。

方法之一，以鲁迅为例，论证鲁迅言论的不周全。这也暴露了施蛰存已经知道"丰之余"就是鲁迅。他说，如果《大晚报》给的推荐表做得再大一点，他就会推荐鲁迅先生的几部书。

施蛰存反驳说："像鲁迅先生那样的新文学家，似乎可以算是十足的新瓶了。但是他的酒呢？纯粹的白兰地吗？我就不能相信。没有经过古文学的修养，鲁迅先生的新文章决不会写到现在那样好。所以，我敢说：在鲁迅先生那样的瓶子里，也免不了有许多五加皮或绍兴老酒的成分。"

说鲁迅是个新瓶子，确实有些不恭敬。如果施蛰存没有吃准“丰之余”就是鲁迅，也不会说出如此放肆之言。

方法之二，以子之矛攻子之盾。你批评人家写篆字、填词、自印信封不对，那你自己“玩木刻”就对吗?

施蛰存反唇相讥道：“新文学家中，也有玩木刻，考究版本，收罗藏书票，以骈体文为白话书信作序，甚至写字台上陈列了小摆设的，照丰先生的意见说来，难道他们是‘要以今雅立足于天地之间’吗？我想他们也未必有此企图。”

鲁迅“玩木刻”并非有意作古雅，而是意在发展现代美术，推动美术运动向民间和底层人民渗透，为的是把这门已经濒死的艺术重新复活，让它为现代人服务。

由于当时形势异常严峻，鲁迅搞木刻展，发展版画运动，大多是在地下悄悄进行，施蛰存虽然有所耳闻，但其实是不知道真实情况的。

尽管如此，施蛰存在文章中反驳鲁迅“玩木刻”，搞“北平笺谱”，又指摘别人玩风雅，是自相矛盾。这个反击在外人看来是击中了鲁迅的要害。

这也是让鲁迅大为恼火的地方。

于是鲁迅连夜写了《“感旧”以后（上）》与《“感旧”以后（下）》。论战开始升级。

鲁迅的文笔泼辣，机智锋利，而施蛰存年轻气盛，虽然头脑聪明，但决不是鲁迅的对手。

况且，鲁迅写作《感旧》时并非完全针对施蛰存，只是捎带着举了推荐《庄子》《文选》的例子，无意“剐蹭”了施蛰存，施蛰存自己对号入座，迎面还击，在文章中还大不敬地放胆直言鲁迅是“新瓶子”，装满了五加皮和绍兴老酒。

本来可以私下解决的事情，却成为文坛公案；二人还是熟识，却因此事挥拳相向，关系变得剑拔弩张。

相对施蛰存而言，鲁迅尽管非常生气，但还是有风度的。他在两篇《“感旧”以后》中反复说，他写《感旧》并非针对施蛰存本人，而是针对一种现象。

鲁迅坦然地解释道：“倘使专对个人而发的话，照现在的摩登文例，应该调查了对手的籍贯，出身，相貌，甚而至于他家乡有什么出产，他老子开过什么铺子，影射他几句才算合式。我的那一篇里可是毫没有这些的。内中所指，是一大队遗少群的风气，并不指定着谁和谁；但也因为所指的是一群，所以被触着的当然也不会少，即使不是整个，也是那里的一肢一节，即使并不永远属于那一队，但有时是属于那一队的。现在施先生自说了劝过青年去读《庄子》与《文选》，‘为文学修养之助’，就自然和我所指摘的有点相关，但以为这文为他而作，却诚然是‘神经过敏’，我实在并没有这意思。”[15]

鲁迅的意思是说，施蛰存先生，我真不是针对你，我是针对一群人，如果你是这一群人中的一员，你当然会感到不舒服，那你可以把自己摘出来嘛，何必神经过敏呢？

鲁迅毕竟是鲁迅，他解释清楚之后，不会计较个人恩怨得失，而是向着他思考的深处更进一步。

他说，五四时期，新文学家也会用写古文的词汇，但那都是“从旧垒中来，积习太深，一时不能摆脱，因此带着古文气息的作者，也不能说是没有的”。但是，五四运动过去已经十多年，白话文已经成为文坛主流，真的不能再开历史的倒车了。

在《“感旧”以后（下）》中，鲁迅批评了北大教授刘半农卖弄学问，嘲笑青年而自己出丑卖乖之后，痛心地说：“当时的白话运动是胜利了，有些战士，还因此爬了上去，但也因为爬了上去，就不但不再为白话战斗，并且将它踏在脚下，拿出古字来嘲笑后进的青年了。因为还正在用古书古字来笑人，有些青年便又以看古书为必不可省的工夫，以常用文言的作者为应该模仿的格式，不再从新的道路上去企图发展，打出新的局面来了。”[16]

应该说，这才是鲁迅写《感旧》的核心题旨。

他认为五四时代的人物占据了要津后，隐隐地有了倒退和反动的倾向。

“要升官，杀人放火受招安。”五四运动中的那些反封建战士，如今成了民国要人，却反过来要如今的青年学习那套封建的东西，要学古人，要学古文，让人变成听话的工具。鲁迅看到了这种麻醉人的伎俩，所以写了《感旧》，让青年警惕复古和崇古背后的阴谋。

施蛰存看不到鲁迅浩茫的心事和深远的忧思，一味地就个别词句与鲁迅争短长，闹意气。这就是一种历史认知不对称的关系。

这在当时没有多少人看得出来，大多数人认为两人只是意气之争，或者指责鲁迅以大欺小，或者批评施蛰存恃才而骄，这种各打五十大板的看法不符合事实，也不能分析出其间的历史教训。

被笼罩在历史迷雾下的当事人也不可能看得这么清楚，笔墨官司还要继续打下去。

五、文化魅影

假如鲁迅与施蛰存的论战到鲁迅写完《“感旧”以后》就平息，民国文坛就不会如此热闹，也就没有那么多是非与争论。可是就当时的社会历史环境而言，就算是鲁迅和施蛰存本人想停下来也不可能了，因为他们背后有人在暗暗地推动这场论战，乐见这把火越烧越旺。

其中，最为可疑的就是《大晚报》副刊《火炬》的编辑崔万秋。

崔万秋何许人也？他的背后是《大晚报》，《大晚报》的背后是国民党的新政学系。

据赖光临的《中国新闻传播史》介绍，《大晚报》创刊于1932年第一次淞沪会战爆发之际，是《申报》经理张竹平创办的“政治化与企业化报纸合流”的报团组织“四社”（其他三社是早报《时事新报》、英文报《大陆报》、申时电讯社）之一，曾虚白担任总经理兼总主笔，编辑方针以言论与新闻并重。

事实上，该报起初接受国民党新政学系的资助，1935年又为国民党财阀孔祥熙收买，1949年5月26日停刊。

《大晚报》的副刊《火炬》编辑崔万秋是留日学生，在当时的上海文化界比较活跃，交际面深广，但是他有一个不为人所知的身份，那就是国民党复兴社会员，即中统背景的复兴社特务。[17]

崔万秋与鲁迅也认识，但鲁迅是国民党当局要围剿的对象，崔万秋作为文化特务，自然要对鲁迅下手。

1933年6月19日，崔万秋写信给鲁迅，信中附有一张《大晚报》，报上有一篇杨邨人化名柳丝写的《新儒林外史》，肆意攻击鲁迅。

崔万秋寄信的目的是让鲁迅写文章反驳杨邨人，鲁迅识破了崔的伎俩，未加理睬。

在7月8日给黎烈文的信中，鲁迅说到崔万秋时，感慨地说："我与中国新文人相周旋者十余年，颇觉得以古怪者为多，而漂聚于上海者，实尤为古怪，造谣生事，害人卖友，几乎视若当然，而最可怕的是动辄要你生命。但倘遇此辈，第一切戒愤怒，不必与之针锋相对，只须付之一笑，徐徐扑之。"[18]

可见鲁迅非常憎恶崔万秋之流，对这种人也有一套办法。

在《伪自由书》的《后记》中，他列举了曾今可告密崔万秋，崔万秋用流氓手段致使曾今可远远逃遁的几则启事，已经活画出这类人的面貌。但是施蛰存毕竟年轻，识人乏术，中了离间之计，还高高兴兴地往崔万秋的口袋里钻。

施蛰存同鲁迅几个回合的论战获得崔万秋的激赏。为给施蛰存加油助威，崔万秋鼓动他再次写文章论战。

《大晚报》的《火炬》专门拿出版面，优先刊载了施蛰存的书信体文章《推荐者的立场——〈庄子〉与〈文选〉之论争》，继续向鲁迅进攻。

在文章中，施蛰存先说自己受到"丰之余"的训诲，继而说被称为"遗少中的一肢一节"，非常冤枉，要把推荐青年的《庄子》与《文选》改为鲁迅先生的《华盖集》正续编及《伪自由书》。

施蛰存表示不想做弧光灯下的拳击手，给无理智的看客扮演滑稽戏。

最后施蛰存说，“舌头是扁的，说话是圆的”，别指望读者的讨论中真的会产生是非曲直。

以寄给崔万秋书信的名义，发表在《大晚报》上的这篇《推荐者的立场》，表面上是施蛰存在诉委屈，喊冤枉，并单方面宣布退出论战，实际上是以退为进，偷偷向鲁迅挥了几记拳头。

鲁迅自然看出了施蛰存的此种战法，以《扑空》为题，予以还击。这次还击老辣而精准，找准对方说理的几个漏洞，连续出击，可以说处处击中施蛰存的要害。

鲁迅说：“这是‘从国文教师转到编杂志’，劝青年去看《庄子》与《文选》，《论语》，《孟子》，《颜氏家训》的施蛰存先生，看了我的《感旧以后》（上）一文后，‘不想再写什么’而终于写出来了的文章，辞退做‘拳击手’，而先行拳击别人的拳法。但他竟毫不提主张看《庄子》与《文选》的较坚实的理由，毫不指出我那《感旧》与《感旧以后》（上）两篇中间的错误，他只有无端的诬赖，自己的猜测，撒娇，装傻。几部古书的名目一撕下，‘遗少’的肢节也就跟着渺渺茫茫，到底是现出本相：明明白白的变了‘洋场恶少’了。”[19]

从文章中可以看出，鲁迅派给施蛰存“洋场恶少”的称谓，是这样来的：

第一，你劝青年读《庄子》《文选》却说不出什么理由，人家指出来，你却说是因为没有推荐批评你的人的著作，这是诬赖。

第二，宣布退出拳击比赛，却暗中挥出拳头，打出几拳之后，悄然引退，让人家想回敬你也找不到人，这是装傻。

第三，你本来对旧学和古文没有多少心得，别人说你是“遗少”，其实是抬举了你，而你却觉得受伤，这是撒娇。

第四，你没有多大学问，也没有什么承担，一味地抵赖，挥拳，这不是十足的“恶少”行径么？你生在上海十里洋场，家里有商铺，手里有期刊，年轻又横行，不是“洋场恶少”又是什么呢？

可能鲁迅的《扑空》实在太有力，太厉害了，施蛰存马上在《自由谈》发表《致黎烈文先生书——兼示丰之余先生》，鲁迅第二天回敬《答“兼示”》；施蛰存又写了一篇《突围》，予以招架，但已经无济于事，施蛰存“洋场恶少”的“美名”已经响彻文坛。

后来，崔万秋在《大晚报》上刊登过几篇文章，企图为施蛰存挽回一些颜面，但都被鲁迅在不经意间驳了回去。

经过两个多月你来我往的文字较量，“鲁施之争”告一段落。这是一场没有输赢和胜败的论争。

后来，鲁迅多次在给友人的信中提到这次争论没有多少意思。

比如在给姚克的信中说：“我和施蛰存的笔墨官司，真是无聊的很，这种辩论，五四运动时候早已闹过的了，而现在又来这一套，非倒退而何。我看施君也未必真研究过《文选》，不过以此取悦当道，假使真有研究，决不会劝青年到那里面去寻新字汇的。此君盖出自商家，偶见古书，遂视为奇宝，正如暴发户之偏喜摆士人架子一样，试看他的文章，何尝有一些‘《庄子》与《文选》气’。”[20]

对于施蛰存来说，他是受了崔万秋的怂恿和引诱，加上年轻气盛，不服输，与多年的熟人较劲斗力，最后并没有什么收获，反而得了个“洋场恶少”的名声。

其实，崔万秋把自己主编的《大晚报》副刊《火炬》作为阵地，一开始就是有目的地利用和拉拢施蛰存，投其所好，向非左翼人士示好。

比如，在征求给青年阅读书目时有意牵扯施蛰存，而年轻的施蛰存不知其政治背景和险恶用心，遂推荐了《庄子》和《文选》。

鲁迅很早就注意到国民党当局使用的这种手段。

1933年下半年，鲁迅在与周扬、胡风的一次会面中专门谈及这个问题。据胡风回忆，在谈到文艺领域的斗争状况时，“他谈到上海文坛的复杂性，国民党除了正面压迫之外，还通过各种文坛人事关系来破坏左翼”。[21]

所谓“文坛人事关系”其实就是指崔万秋这样的文化特务利用手中掌握的报刊加紧拉拢中间势力，打压左翼作家。

从文学史的角度来看，鲁迅与施蛰存的这场争论完全暴露了二十世纪三十年代文坛的急剧分流：在国民党当局加紧文化统治的背景下，左翼人士或被杀被捕，或纷纷离开文坛，转入实际的革命斗争之中。

国民党当局借此机会加紧文化统治，发展所谓民族主义文学，企图在自由派文学阵营中拉拢分化一批人，而施蛰存就是他们争取的对象之一。

在这种情势下，施蛰存和鲁迅开展论争，给了国民党宣传部门一些机会，他们便浑水摸鱼，一方面依靠逮捕、暗杀和围剿等手段打压左翼文学势力，另一方面想扩大自己的营垒，收编左翼文学的对立面。

同时，一些立场偏左或追求自由民主的作家选择进入时代激流，写出伟大的作品，如茅盾写了《子夜》，巴金写了脍炙人口的《家》；也有一些作家宣布进入艺术之宫，像沈从文专心构建自己的“象牙塔”，写出名篇《边城》。

而另一些自由知识分子开始转向和变化，施蛰存、林语堂、周作人等人开始逃离现实，复古倾向成为他们的一种“减压方式”。小品文成为一时之盛，提倡青年读《庄子》《文选》也是一种必然的选择。

因此我们发现，施蛰存和鲁迅的论争其实只是彼时文学流变的一个表征。

待到这场论争结束，时间也就到了1933年的年末，中国文坛进入了一个更加紧张而日渐分化的严峻时代。

注 释

第一章

[1]鲁迅：《310426致李小峰》，《鲁迅全集》第十二卷，北京：人民文学出版社，2005年，第262页。按：本书征引文献中，凡来自《鲁迅全集》的注释，均引自此版本，不另注出。

[2]鲁迅：《321212致曹靖华》，《鲁迅全集》第十二卷，第351页。

[3]鲁迅：《321107② 致山本初枝》，《鲁迅全集》编年版第六卷，北京：人民文学出版社，2013年，第903页。

[4] 1933年6月，鲁迅给曹聚仁写信说，社会动荡，环境窘迫，关门著述几成妄念。鲁迅：《330618致曹聚仁》，《鲁迅全集》第十二卷，第404页。

[5] 1934年12月，鲁迅给杨霁云写信谈政治条件不利于做学问，说到清华大学文学院院长冯友兰被捕的事情。鲁迅：《341218致杨霁云》，《鲁迅全集》第十三卷，第301页。

[6]早在1926年，鲁迅被陈西滢、徐志摩等人代表的现代评论派排挤出北京，后来现代评论派和周作人、刘半农等人联合起来，一起对抗鲁迅。参见鲁迅《290731 致李霁野》，《鲁迅全集》第十二卷，第198页。

[7]鲁迅：《300222致章廷谦》，《鲁迅全集》第十二卷，第223页。

[8]鲁迅：《300327致章廷谦》，《鲁迅全集》第十二卷，第226页。

[9]鲁迅：《350423致萧军、萧红》，《鲁迅全集》第十三卷，第445页。

[10]鲁迅：《360525致时玳》，《鲁迅全集》第十四卷，第104页。

[11]这里所说的“工头”，实际指的就是周扬。时任左翼作家联盟党团书记，中共上海中央局文化工作委员会书记兼文化总同盟书记。参见鲁迅《350912致胡风》，《鲁迅全集》第十三卷，第543页。

[12]在1932年11月9日的日记中，鲁迅写道："夜三弟来，交北平来电，云母病速归。"《鲁迅全集》第十六卷，第333页。

[13]鲁迅在1932年11月6日的日记中记录："得母亲信，十月三十日发。"11月8日的日记写道："上午寄母亲信。"《鲁迅全集》第十六卷，第333页。另，也许是原信遗失的缘故，日记中提到的这两封信在《鲁迅书信集》中均未收入。

[14]鲁迅：《321113① 致许广平》，《鲁迅全集》第十二卷，第337页。

[15]鲁迅：《321113② 致许广平》，《鲁迅全集》第十二卷，第338页。

[16] 鲁迅参与的1928年和1929年关于革命文学的论争文章，大都收入杂文集《三闲集》中，他在《序言》中谈到这场论争的背景和他的态度。他在同这些青年共产党人的文字交战中，看到了这批"左"派青年的可怕一面："我一向是相信进化论的，总以为将来必胜于过去，青年必胜于老人，对于青年，我敬重之不暇，往往给我十刀，我只还他一箭。然而后来我明白我倒是错了。这并非唯物史观的理论或革命文艺的作品蛊惑我的，我在广东，就目睹了同是青年，而分成两大阵营，或则投书告密，或则助官捕人的事实！我的思路因此轰毁，后来便时常用了怀疑的眼光去看青年，不再无条件的敬畏了。"从此看来，面对来自革命阵营里青年朋友的攻击，鲁迅确实很伤心，很气愤，但他决不会屈服，更不会逃避，而是在斗争中探究真理。所以他说："我有一件事要感谢创造社的，是他们'挤'我看了几种科学底文艺论，明白了先前的文学史家们说了一大堆，还是纠缠不清的疑问。并且因此译了一本蒲力汗诺夫的《艺术论》，以救正我——还因我而及于别人——的只信进化论的偏颇。"鲁迅：《三闲集·序言》，《鲁迅全集》第四卷，第5页、第6页。

[17]关于争取鲁迅参加"左联"，是不是中共中央的指示，阳翰笙不敢确定，但他明确地说："这次争论（创造社与鲁迅争论）为什么突然停止了，是什么道理？道理就是因为有了党的指示。另外还有的同志问：是否李立三作过指示？不是的，不是李立三，李立三当时在中央宣传部，不是省委宣传部，作指示的是省委宣传部的李富春同志。还有的同志问：是不是和周恩来同志有关？我觉得有这个可能，不过，我还没有具体事

实来说明。”参阅阳韩笙《中国左翼作家联盟成立的经过》，中国社会科学院文学研究所编：《左联回忆录》，北京：知识产权出版社，2010年。

[18]冯雪峰：《在北京鲁迅博物馆的谈话》，载《鲁迅研究资料》第1辑，北京：文物出版社，1976年。关于鲁迅当面回绝李立三的指令，还有胡愈之的文章作为佐证。胡愈之的回忆文章在描绘这段轶事时似乎更有戏剧性。他说，李立三要发给鲁迅一支枪。鲁迅曾告诉胡愈之，李立三见到鲁迅便说党要在上海搞一次大规模示威游行，搞武装斗争。李立三说：“你是有名的人，请你带队，所以发你一支枪。”鲁迅幽默地谢绝了李立三说：“我没有打过枪，要我打枪打不倒敌人，肯定会打了自己人。”胡愈之：《谈有关鲁迅的一些事情》，载《鲁迅研究资料》第1辑。

[19]鲁迅：《321115 致许广平》，《鲁迅全集》第十二卷，第339页。

[20]鲁迅：《321120① 致许广平》，《鲁迅全集》第十二卷，第341页。

[21]鲁迅在11月15日的信中告诉许广平说：“天气仍暖和，但静极，与上海较，真如两个世界，明年春天大家来玩个把月罢。”说完天气，鲁迅便说家事：“某太太于我们颇示好感，闻当初二太太曾来鼓动，劝其想得开些，多用些钱，但为老太太纠正。后又谣传H.M.肚子又大了，二太太曾愤愤然来报告，我辈将生孩子而她不平，可笑也。”鲁迅：《321115致许广平》，《鲁迅全集》第十二卷，第340页。

[22]《鲁迅全集》第十六卷，第335页。

[23]参阅郑鹏飞《鲁迅1932年拒赴清华大学演讲的深层原因辨析》，载《当代小说（下半月）》2009年第5期。

[24]关于范文澜和鲁迅关系考证，可参阅朱正《鲁迅回忆录正误（增订本）》，北京：人民文学出版社，2006年，第123–125页。

[25] 对于这次秘密谈话，回忆文章较多，比较详细的主要参阅陆万美《追记鲁迅先生“北平五讲”前后》，《鲁迅回忆录》二集，上海：上海文艺出版社，1979年，第43–53页。

[26]王志之：《鲁迅印象记》，《鲁迅回忆录：专著》（上册），北京：北京出版社，1997年，第12–13页。

[27]这是11月22日在北京大学第二院的演讲，记录稿发表在1932年

12月17日的天津《电影与文艺》上，收入《集外集拾遗》时，鲁迅做了修改。此文收入《鲁迅全集》第七卷，第404–406页。

[28] 这是11月22日在北平辅仁大学的演讲，记录稿发表在1932年11月30日的北京《世界日报·教育》栏，发表前鲁迅做了修订，后收入《集外集拾遗》。在鲁迅生前，这个集子没有出版。此文收入《鲁迅全集》第七卷，第407–410页。

[29] 于伶：《鲁迅“北平五讲”及其他》，《鲁迅回忆录》一集，上海：上海文艺出版社，1978年。

[30] 同上。

[31] 同上。第四次演讲《再论“第三种人”》没有收入鲁迅的文集，但当时的《世界日报》对演讲情况有报道和记录。《回忆鲁迅在师大的演讲》，载《世界日报》1932年11月28日，转引自薛绥之主编《鲁迅生平史料汇编》（第三辑），天津：天津人民出版社，1983年，第541页。

[32] 鲁迅：《321212致曹靖华》，《鲁迅全集》第十二卷，第351页。

[33] 鲁迅：《300327致章廷谦》，《鲁迅全集》第十二卷，第227页。

[34] 鲁迅：《300524致章廷谦》，《鲁迅全集》第十二卷，第235页。

[35] 鲁迅：《360402致颜黎民》，《鲁迅全集》第十四卷，第66页。

[36] 鲁迅：《360415致颜黎民》，《鲁迅全集》第十四卷，第77页。

[37] 鲁迅：《341226致萧军、萧红》，《鲁迅全集》第十三卷，第315–316页。

[38] 鲁迅：《350104致萧军、萧红》，《鲁迅全集》第十三卷，第329页。

[39] 鲁迅：《350901致萧军》，《鲁迅全集》第十三卷，第532页。

[40] 鲁迅：《小品文的危机》，《鲁迅全集》第四卷，第591页。

第二章

[1] 鲁迅与蔡元培的友谊是深厚的，很多人认为蔡元培是鲁迅的“命中贵人”。当然，鲁迅在书信中曾对蔡元培颇有微词，比如说“我和此

公，气味不相投者也”等，但多是一些意气之词。参阅陈明远《鲁迅为什么要责骂蔡元培?》,《鲁迅时代何以为生》，西安：陕西人民出版社，2011。

[2] 据蒋锡金转述许广平的回忆，蒋介石曾派“教育部来人”与鲁迅接触，说如果鲁迅愿意，可以解除对他的“通缉”，恢复他的教育部职位，甚至亲自会见鲁迅。蒋介石还安排国民党军官李秉中致信鲁迅，以国民政府的名义请鲁迅到日本疗养，也被鲁迅拒绝了。参阅锡金《鲁迅为什么不去日本疗养》，载《新文学史料》1978年第1期。

[3] 参阅第一章《北上探母》第二节中的相关论述。

[4] 鲁迅与中国共产党的关系越来越紧密，是在他生命的最后十年，尤其是他参加并领导“左联”之后。冯雪峰认为：“鲁迅先生毫无保留地承认我们党是唯一能够领导中国人民革命到胜利的党；这信念，鲁迅先生不曾有一分钟动摇过，即使在革命遇到挫折，我们党遇到十分困难的时候……鲁迅先生也就是非常信任地接受我们党对他的领导，承认我们党是他应该和愿意服从的唯一的领导者……由于鲁迅先生自己为人类真理和中国人民革命的斗争的坚决，以及他对我们党的高度的诚恳态度，在他最后这十年，他就成为我们党在文化战线上的一面伟大的旗帜了。”冯雪峰：《党给鲁迅以力量——片段回忆》,《鲁迅回忆录：散篇》(中册)，北京：北京出版社，1997年，第790页。

[5] 鲁迅加入中国民权保障同盟，是由杨杏佛介绍，与宋庆龄和蔡元培一起被选为同盟的执行委员，经常在一起开会。宋庆龄在回忆文章中说：“当时白色恐怖很厉害。鲁迅住在上海虹口区，处境困难，因为那里有很多国民党反动派的特务和警察监视他。”宋庆龄清楚记得鲁迅每次都按时到会的情景：“中国民权保障同盟每次开会时，鲁迅和蔡元培二位都按时到会。鲁迅、蔡元培和我们一起热烈讨论如何反对白色恐怖，以及如何营救被关押的政治犯和被捕的革命学生们，并为他们提供法律的辩护及其他援助。”宋庆龄：《追忆鲁迅先生》，载《人民日报》1977年10月19日。

[6] 鲁迅：《320911①致曹靖华》,《鲁迅全集》第十二卷，第327页。

[7]鲁迅：《花边文学·序言》，《鲁迅全集》第五卷，第439页。

[8]鲁迅写给台静农的信中概括当时上海的恶劣政治环境："上海曾大热，近已稍凉，而文禁如毛，缇骑遍地，则今昔不异，久见而惯，故旅舍或人家被捕去一少年，已不如捕去一鸡之耸人耳目矣。我亦颇麻木，绝无作品，真所谓食菽而已。"鲁迅：《320815[①]致台静农》，《鲁迅全集》第十二卷，322页。

[9]在给《申报·自由谈》写稿的前五个月，鲁迅以"平均每月八九篇"的节奏见报。鲁迅：《伪自由书·前记》，《鲁迅全集》第五卷，第5页。

[10]鲁迅：《伪自由书·前记》，《鲁迅全集》第五卷，第4页。

[11]这是鲁迅在将这些发表的短文结集出版的时候所做的说明。鲁迅：《准风月谈·前记》，《鲁迅全集》第五卷，第200页。

[12]鲁迅：《花边文学·序言》，《鲁迅全集》第五卷，第437页。

[13]茅盾：《我走过的道路》(中)，北京：人民文学出版社，1984年，第178页。

[14]史量才被特务暗杀情形，可参阅冯亚雄《〈申报〉与史量才》，《文史资料选辑》第17辑，北京：中华书局，1961年，第158页。亦参阅郑逸梅《史量才被刺及其他》，《书报话旧》，上海：学林出版社，1983年，第199–200页。

[15]参阅戈公振《中国报学史》，台北：台湾学生书局，1982年，第106–113页。

[16]参阅郑逸梅《两位老报人谈〈申报〉》，《书报旧话》，第183–189页。

[17]参阅冯亚雄《〈申报〉与史量才》，《文史资料选辑》第17辑，第156–158页。

[18][美]小科布尔：《上海资本家与国民政府(1927—1937)》，杨希孟译，北京：中国社会科学出版社，1988年，第53页。

[19]参阅宋军《申报的兴衰》，上海：上海社会科学出版社，1996年，第131–157页。

[20]参阅康咏秋《黎烈文评传》，长沙：湖南人民出版社，1985年，第108-110页。

[21]鲁迅：《伪自由书·前记》，《鲁迅全集》第五卷，第3-4页。

[22]参阅曹聚仁《黎烈文与自由谈》，《我与我的世界》，北京：人民文学出版社，1983年，第367页。

[23]唐弢：《影印本〈申报·自由谈〉序》，《唐弢文集》第九卷，北京：社科文献出版社，1995年，第252页。

[24]参阅茅盾《我走过的道路》（中），北京：人民文学出版社，1984年，第180页。

[25]参阅康咏秋《黎烈文评传》，长沙：湖南人民出版社，1985年，第92页。

[26]当时国民党特务机关确实有一份包括鲁迅在内的、对文化界重要的左翼或"左"倾的暗杀名单，被称作"勾名单"。名单中共计53人，其中包括同为中国民权保障同盟执行委员的王造时。"王造时找到《大美晚报》的总编辑张似旭。几天后，暗杀名单及消息作为头条新闻登在《大美晚报》的英文版上。又隔了几天，中文版也刊登了，只是内容简单，并未引起人们的广泛注意。于是，王造时又与《中国论坛》杂志联系，于1933年7月14日第3卷第8版以'勾命单'为题，在中英文版刊出。名单一经刊出，中外舆论哗然，国民党当局更是狼狈不堪，急派上海市市长吴铁城发表'谈话'说暗杀计划'不存在'，其暗杀计划不得不暂时停止实施。"黄薇：《王造时曝光"勾命单"》，载《人民政协报》2015年5月28日。

[27]鲁迅：《逃的辩护》，《鲁迅全集》第五卷，第11页。

[28]鲁迅：《崇实》，《鲁迅全集》第五卷，第14页。

[29]毛泽东：《新民主主义论》，《毛泽东选集》第二卷，北京：人民出版社，1991年，第698页。

[30]鲁迅：《战略关系》，《鲁迅全集》第五卷，第31-32页。

[31]此篇投寄申报馆后，未能在《自由谈》上刊出，后收入《伪自由书》，《鲁迅全集》第五卷，第150页。

[32]鲁迅：《我要骗人》，《鲁迅全集》第六卷，第504页。

第三章

[1]江都清赋风潮，其性质是一场因清查土地而引起的群体性事件。主要原因是政府公信力的丧失，加之以县长为首的清查领导小组在查田过程中处置失当，而国民党县党部与县政府的矛盾演变成双方在清赋问题上的严重对立，导致反对政府清赋的群众挟党自重。但群众是无辜的，他们是这场风潮的牺牲品。参阅钟树杰：《民国时期群体事件的发生及其处置——江都“清赋风潮”研究》，载《南昌师范学院学报（社会科学）》2015年第2期。

[2]何家干：《不通两种》，载《申报·自由谈》1933年2月11日。

[3]王平陵：《“最通的”文艺》，载《武汉日报》1933年2月20日。

[4]近些年来，学界对民族主义文学研究比较深入，改变了单一的政治视角，对其文学成就作了客观研究与评价。参阅倪伟《“民族”想象与国家统制：1928–1948年南京政府的文艺政策及文学运动》，上海：上海教育出版社，2003年。

[5]世界华文文学研究专家古远清在《王平陵：在清贫中辞世的文艺斗士》一文中对王平陵的一生评价较高，对他抱有深深的理解之同情，但也还是认为他是国民党政府的“御用文人”无疑。他说：“王平陵在现代文学史上虽是以‘御用文人’身份称著，但他还有作为抗日爱国作家及清贫文士的一面。”参阅古远清著《几度飘零：大陆赴台文人沉浮录》，桂林：广西师范大学出版社，2010年。

[6]鲁迅：《官话而已》，署名“家干”。注：此文没有在报纸上发表，而是鲁迅在编辑《伪自由书》的时候，为驳斥王平陵的《“最通的”文艺》，随手写就，作为《不通两种》的附录，附在书中。参阅《鲁迅全集》第五卷，第26页。

[7]据古远清研究，“王平陵到台湾后，生活极不安定：先是在基隆落脚，后迁往中坜，一时找不到固定的工作，以卖文为生。为了将文卖

出去，他向刘心皇等人炫耀‘鲁迅曾骂过我’，意即自己是文坛老资格。在50年代渡海来台的文人中，也只有王平陵外加胡秋原等少数人与鲁迅交过手，故他颇得意。这一宣传也的确见效。从1950年5月19日起，他在程大城创办的《半月文艺》任专稿撰述委员。”古远清：《为右翼文运鞠躬尽瘁的王平陵——从南京到重庆的文艺斗士》，载《涪陵师范学院学报》2002年第4期。

[8] 何家干：《“以夷制夷”》，载《申报·自由谈》1933年4月21日。后收入《伪自由书》，《鲁迅全集》第五卷，第115–117页。

[9] 何家干：《“以夷制夷”·案语》，《鲁迅全集》第五卷，第121页。

[10] 白羽遐：《内山书店小坐记》，载《文艺座谈》1933年第1期。

[11] 新皖：《内山书店与左联》，载《社会新闻》第四卷第二期。

[12] 鲁迅：《伪自由书·后记》，《鲁迅全集》第五卷，第179页。

[13] 道：《左翼作家纷纷离沪》，载《社会新闻》第四卷第一期。

[14] 鲁迅：《伪自由书·后记》，《鲁迅全集》第五卷，第172页。

[15] 鲁迅：《伪自由书·后记》，《鲁迅全集》第五卷，第191页。

[16] 曾今可：《启事》，载《申报·自由谈》1933年7月4日。

[17] 鲁迅：《序的解放》，署名“桃椎”，载《申报·自由谈》1933年7月7日。

[18]《崔万秋加入国家主义派》，载《中外书报新闻》第五号，1933年7月5日。

[19] 曾今可：《曾今可启事》，《鲁迅全集》第五卷，第185–186页。

[20] 鲁迅：《伪自由书·前记》，《鲁迅全集》第五卷，第5页。

第四章

[1] 这封信其实透露出他们对文学史分期的不同见解。鲁迅赞赏胡适对五十年来中国文学发展解释的历史眼光，但不同意他关于白话文学的分期。鲁迅主张以《新青年》提倡白话文为分水岭，认为这是“大关键”。

鲁迅：《220821 致胡适》，《鲁迅全集》第十一卷，第431页。

[2] 鲁迅：《忆刘半农君》，《鲁迅全集》第六卷，第73–75页。

[3] 鲁迅：《210103 致胡适》，《鲁迅全集》第十一卷，第387页。

[4] 中国社会科学院近代史研究所中华民国史研究室编：《胡适的日记》（下册），北京：中华书局，1985年，第364页。

[5] 参阅《邵飘萍致胡适》（1925年1月19日）和《胡适致邵飘萍》（原稿无署日期），见《胡适来往书信选》（上册），北京：社会科学文献出版社，2013年，第221页。

[6] 董秋芳：《致胡适之先生的一封信》（1925年1月15日），《胡适来往书信选》（上册），第219页。

[7] 1929年胡适与罗隆基、梁实秋等人写的关于争取人权的文章合集《人权论集》出版，颇受关注。胡适因在《人权与约法》《知难，行亦不易》等文章中大谈人权问题，批评时政，受到国民党政府教育部的“警戒”，《人权论集》和部分《新月》杂志遭到查禁，胡适也因此获得“人权卫士”的名声。

[8] 胡适：《我们要走那条路》《答梁漱溟先生》，原载《新月》第2卷第10号、第3卷第1号，见欧阳哲生编《胡适文集》第5卷，第353页、第374页。

[9]《张学良致胡适》（1932年8月11日），《胡适来往书信选》（中册），第492页。

[10]《胡适致汪精卫（稿）》（1933年4月8日），《胡适来往书信选》（中册），第548页。

[11] 胡颂平编：《胡适之先生年谱长编初稿》（三），台北：联经出版事业公司，1984年，第1111–1112页。

[12]《胡适致〈燕京新闻〉编辑部（副本译文）》（1933年2月5日），《胡适来往书信选》（中册），第530页。

[13]《蔡元培、林语堂致胡适》（1933年2月13日），《胡适来往书信选》（中册），第533页。

[14] 参阅《关仰羽致胡适》（1933年2月）及其附录《黑暗惨酷之宪兵

司令部》，《胡适来往书信选》(中册)，第538页。

[15]《〈字林西报〉记者关于胡适为政治犯问题发表谈话的报道》，原载1933年2月22日上海《字林西报》。此文亦收入《中国民权保障同盟致胡适（电）》后的附录中。见《胡适来往书信选》(中册)，第535页。

[16]《宋庆龄、蔡元培致胡适（电）》(1933年2月28日)，《胡适来往书信选》(中册)，第537页。

[17]干：《王道诗话》，载《申报·自由谈》1933年3月6日。

[18]《王卓然致胡适》(1933年2月13日)，《胡适来往书信选》(中册)，第533页。

[19]何家干：《“光明所到……”》，载《申报·自由谈》1933年3月22日。

[20]何家干：《出卖灵魂的秘诀》，载《申报·自由谈》1933年3月26日。

[21]胡适：《日本人应该醒醒了》，载《独立评论》第42号，1933年3月。参阅胡颂平编《胡适之先生年谱长编初稿》(四)，台北：联经出版事业公司，1984年，第1133-1135页；亦可参阅1933年3月22日《申报》之《北平通信·太平洋会议讨论中日问题·胡适之谈话》，《申报》上海书店1984年影印本，第302册，第636页。

[22]胡适：《全国震惊以后》，载《独立评论》第41号，1933年3月。

[23]胡适：《我们可以等候五十年》，载《独立评论》第44号，1933年3月。

[24]胡适：《我的意见也不过如此》，载《独立评论》第46号，1933年4月。

[25]胡适：《世界新形势里的中国外交方针》，载《独立评论》第78号,1933年11月。

[26]1933年6月15日，汪精卫致信胡适：“适之先生：兹奉上密码一纸，……用时电首冠以Yone，以为符号，弟见此符号，即知为先生来电矣。”《汪精卫致胡适》，《胡适来往书信选》(中册)，第554页。

[27]公汗：《中国人失掉自信力了吗》，载《太白》半月刊第一卷第

三期，1934年10月20日。

[28]1914年胡适在美国留学期间曾在日记里把中国比喻为“睡美人”，并作《睡美人歌》，作者诗前有一段说明：“拿破仑大帝尝以睡狮譬中国，谓睡狮醒时，世界应为震悚。百年以来，世人争道斯语，至今未衰。余以为以睡狮喻吾国，不如以睡美人比之之切也。……矧东方文明古国，他日有所贡献于世界，当在文物风教，而不在武力，吾故曰睡狮之喻不如睡美人之切也。作《睡美人歌》以祝吾祖国之前途。”

诗的正文：“东方绝代姿，百年久浓睡。一朝西风起，穿帷侵玉臂。碧海扬洪波，红楼醒佳丽。昔年时世装，长袖高螺髻。可怜梦回日，一一与世戾。画眉异深浅，出门受讪刺。殷勤遣群侍，买珠入城市；东市易宫衣，西市问新制。归来奉佳人，百倍旧姝媚。装成齐起舞，‘主君寿百岁’!”《胡适》，北京：人民文学出版社，1993年，第40页。

第五章

[1][英]迈克·克朗著，杨淑华、宋慧敏译：《文化地理学》，南京：南京大学出版社，2003年，第72页。

[2]租界向外扩展的越界筑路，侵犯了中国的主权，但是在客观上对上海城市发展有一定刺激作用。甚至有论者认为，“是上海城市近代开埠后发展的初期，除了对外贸易使城市开始因商而兴起外，其方式对城市城建结构产生了重大的影响”。张伟：《简论上海租界的越界筑路》，载《学术月刊》2000年第8期。

[3]据文献资料介绍，鲁迅大陆新村九号故居位于现在的虹口区山阴路132弄9号，大陆新村为大陆银行所建，红砖红瓦砖木结构的三层里弄房，外形具有绍兴民间住宅的风格。1933年4月鲁迅租下第一排的9号为居所，同月11日携夫人许广平和儿子海婴迁入此。当年的大陆新村，除了中国居民外，还住有许多外国侨民。参阅马承源主编《上海文物博物馆志》，上海：上海社会科学院出版社，1997年。

[4]萧红：《回忆鲁迅先生》，《萧红文集》，北京：北京燕山出版社，

1998年，第387–388页。

[5]鲁迅：《330416致许寿裳》，《鲁迅全集》第十二卷，第388页。

[6]鲁迅：《330510[①]致许寿裳》，《鲁迅全集》第十二卷，第396页。

[7]鲁迅：《330711[②]致母亲》，《鲁迅全集》第十二卷，第418页。

[8]鲁迅：《331112[②]致母亲》，《鲁迅全集》第十二卷，第490页。

[9]鲁迅：《日记廿一[一九三二]》，《鲁迅全集》第十六卷，第327–328页。

[10]鲁迅：《日记廿一[一九三二]》，《鲁迅全集》第十六卷，第329页。

[11]鲁迅：《日记廿一[一九三三]》，《鲁迅全集》第十六卷，第367页。

[12]参阅徐心芹《内山书店主人内山完造》，《上海鲁迅研究》第13辑，2002年。亦可参阅许广平著《鲁迅回忆录》第八章《内山完造先生》，《鲁迅回忆录：专著》（下册），第1152–1163页。

[13]参阅佐藤明久《老板·上海的伯父·内山完造》（瞿斌译），王锡荣主编：《内山完造纪念集》，上海：上海文化出版社，2009年。

[14]参阅内山完造《鲁迅先生》（雨田译），载《译文》月刊新第2卷第3期，1936年11月。

[15]王宝良述，荣生记：《鲁迅先生与内山书店》，载《文艺杂志》1956年第9期。

[16]参阅《内山完造〈花甲录〉中有关鲁迅的资料》，载《鲁迅研究资料》第3辑。

[17]许广平：《鲁迅回忆录》，北京：北京联合出版有限公司，2021年，第89–90页。

[18]参阅许广平《景云深处是吾家》，载上海《文汇报》1962年11月21日。

[19]参阅胡风《鲁迅先生》，载《新文学史料》1993年第1期。

[20]参阅杨之华《秋白和鲁迅》，载《新华月报》1949年第5期。

[21]参阅张佳邻《陈赓将军和鲁迅先生的一次会见》，载《新观察》

1956年第20期；楼适夷：《鲁迅二次见陈赓》，载《鲁迅研究年刊》，1979年。

[22]王宝良：《鲁迅先生与内山书店》，载《文艺杂志》1956年第9期。

[23]参阅鹿地亘《鲁迅与我》，载《作家》月刊第2卷第2期，1936年11月。

[24]参阅增田涉《略述认识鲁迅及受教经过》，增田涉著，钟敬文译：《鲁迅的印象》，长沙：湖南人民出版社，1980年。

[25]长尾景和：《在上海"花园庄"我认识了鲁迅》，载《文艺报》1956年第19号。

[26]儿岛亨：《未被了解的鲁迅》，《鲁迅研究资料》(3)，北京：北京出版社，1997年，第1573页。下文鲁迅关于中国墨子兼爱和互利思想、反对日本接管中国、中国人比日本人更富创造性等观点的叙述均引自此文，不再另注。

第六章

[1]《两地书·第一集 北京 三》，《鲁迅全集》第十一卷，第17页。本章中凡引《两地书》的文字均同此出处，不再注出。

[2]曹聚仁：《鲁迅与我》，《我与我的世界》，北京：人民文学出版社，1983年。

[3]许羡苏：《回忆鲁迅先生》，载《鲁迅研究资料》第3辑。

[4]鲁迅：《320605②致台静农》，《鲁迅全集》第十二卷，第308页。

[5]鲁迅：《320817③致许寿裳》，《鲁迅全集》第十二卷，第326页。

[6]鲁迅：《321020 致李小峰》，《鲁迅全集》第十二卷，第333-334页。

第七章

[1]参阅《中国共产党历史》第十一章第二节“冒险主义、关门主义错误对党的工作的危害”相关论述。中共中央党史研究室著:《中国共产党历史》第一卷(上册),北京:中共党史出版社,2011年,第347-348页。

[2]徐彬如:《回忆鲁迅一九二七年在广州的情况》,载《鲁迅回忆录》一集,上海:上海文艺出版社,1978年。

[3]参阅何春才《回忆鲁迅在广州的一些事迹和谈话》,载《鲁迅研究资料》第3辑。

[4]鲁迅:《三闲集·序言》,《鲁迅全集》第四卷,第5页。

[5]关于鲁迅和创造社、太阳社之间的论争,对方的主要文章有成仿吾《完成我们的文学革命》、钱杏邨《死去了的阿Q时代》、冯乃超《艺术与社会生活》、李初梨《怎样地建设革命文学》等。参阅中国社会科学院文学研究所现代文学研究室编:《“革命文学”论争资料选编》,北京:知识版权出版社,2010年。

[6]鲁迅:《扁》,《鲁迅全集》第四卷,第88页。

[7]陈琼芝:《在两位未谋一面的历史伟人之间——记冯雪峰关于鲁迅与毛泽东关系的一次谈话》,载《中国现代文学研究丛刊》1980年第3期。

[8]鲁迅:《三闲集·序言》,《鲁迅全集》第四卷,第6页。

[9]参阅中共中央党史研究室著《中国共产党历史》第一卷(上册),第299-313页。

[10]参阅张佳邻《陈赓将军和鲁迅先生的一次会见》,载《新观察》1956年第20期。

[11]参阅楼适夷《鲁迅二次见陈赓》。

[12]冯雪峰:《鲁迅先生计划而未完成的著作回忆》,载《宇宙风》第50期,1937年。

[13]冯雪峰:《回忆鲁迅》,鲁迅博物馆、鲁迅研究室、《鲁迅研究月刊》选编:《鲁迅回忆录:专著》(中册),第639页、第646页、第641页。

[14]鲁迅：《关于翻译的通信》，《鲁迅全集》第四卷，第387页。

[15]史平（陈云）：《一个深晚》，载法国巴黎《救国时报》1936年10月30日。

[16]冯雪峰：《回忆鲁迅》，鲁迅博物馆、鲁迅研究室、《鲁迅研究月刊》选编：《鲁迅回忆录：专著》（中册），第636页。

[17]参阅鲁迅《〈萧伯纳在上海〉序》，《鲁迅全集》第四卷，第514–516页。

[18]参阅朱正《关于瞿秋白在鲁迅家避难的情况》，《鲁迅回忆录正误》（修订本），北京：人民文学出版社，2006年。

[19]瞿秋白:《多余的话》，北京：北京联合出版公司，2021 年,第182页。

第八章

[1]鲁迅：《再论"第三种人"》，收入《鲁迅在北平的讲演》，载《中国论坛》1933年第1期。

[2]鲁迅：《〈草鞋脚〉（英译中国短篇小说集）小引》，《鲁迅全集》第六卷，第21页。

[3]黎辛：《我常想起伊罗生》，载《百年潮》2001年第8期，第50页。

[4]新世纪以来，学界对民族主义文学研究比较深入，克服了单一的政治视角，对其文学成就作了客观研究与评价。参阅倪伟《"民族"想象与国家统制：1928–1948年南京政府的文艺政策及文学运动》。

[5]钱理群等人合著的文学史把梁实秋、朱光潜等人的文艺思潮统称为"自由主义文艺思想"，认为在三十年代，马克思主义和自由主义"两大文艺思想之间的论争频繁展开，其激烈程度远远超过第一个十年。这是与这一时期政治斗争尖锐化程度相适应并由其所决定、制约的"。钱理群、温儒敏、吴福辉著：《中国现代文学三十年（修订本）》，北京：北京大学出版社，1998年，第201页。

[6]鲁迅:《两地书·序言》,《鲁迅全集》第十一卷, 第5页。

[7]文学史家吴中杰认为:“左翼作家都是革命工作者, 文学是他们从事革命斗争的手段, 所以他们将文艺与政治紧密地联系在一起是必然的。”吴中杰:《中国现代文艺思潮史》, 上海:复旦大学出版社,1996年,第201页。

[8]李欧梵在《上海摩登》一书中专门开辟章节介绍和评价邵洵美的文学成就, 以“一个唯美主义的肖像”为题对他在文学史的地位加以评述:“在中国现代文学的历史里, 邵洵美比大部分作家都不为人知, 因为他最不符合有社会良知的‘五四’作家之典型。作为诗人、散文家、翻译家、出版家以及招摇的文学纨绔子, 邵洵美酷肖他的朋友徐志摩;徐志摩是新月社的重要诗人, 而且他的死后声名也一样盖过了邵洵美。……邵洵美和多数的著名非左翼人士基本上都成了朋友, 包括徐志摩、沈从文和林语堂, 而且带着他的美国情人项美丽在上海文学圈里公开出入。有一段时间, 他们就在离邵洵美家几个街区的一个小公寓房公开同居, 很显然是得到他妻子同意的。邵洵美教了项美丽怎么吸鸦片, 而他自己无疑是染上了瘾。”李欧梵著, 毛尖译:《上海摩登——一种新都市文化在中国(1930–1945)》, 北京:北京大学出版社,2001年, 第255–256页。

[9]据邵洵美妻子盛佩玉介绍, 邵洵美与徐志摩在上海期间关系密切,人称“诗坛双璧”。不仅如此, 邵洵美与整个新月社成员都过从甚密,交游甚欢。参阅盛佩玉著《盛氏家族、邵洵美与我》, 北京:人民文学出版社,2013年, 第106–108页。

[10] 关于邵洵美是所谓“文坛孟尝君”的说法, 未见当时的材料有所提及, 盛佩玉著《盛氏家族、邵洵美与我》中也没有提及邵洵美当时被称为“文坛孟尝君”或“海上孟尝君”。经过查考, 似乎最早把邵洵美封为“文坛孟尝君”的倒是邵洵美后人的回忆文章。参阅邵绡红口述,李菁采写:《他就是文坛“孟尝君”——忆我的父亲邵洵美》, 载《文史博览》2006年第5期。

[11]据上海图书馆研究馆员张伟查阅资料后发现:“1928年9月, 他(夏衍)在《狮吼》复活号第5期上发表《女人的天国》, 这是他翻译日

本文艺理论家厨川白村所著《北美印象记》中的一章，署名‘沈端先’。后来《北美印象记》即在邵洵美开设的金屋书店出版，邵并慷慨支付稿费五百元，解了夏衍的燃眉之急。夏衍是念旧的人，一直不忘此知遇之恩，1949年后曾对邵洵美的生活和工作安排尽过力。”张伟：《夏衍关于早期创作的一封信》，载《现代中文学刊》2015年第5期，个别表述略有更改。

[12]盛佩玉在回忆录中这样描述这段经过：“丁玲夫君遭遇不幸后，沈从文为帮助丁女士携幼女返湖南，曾向徐志摩借款，而当时志摩手头不宽裕，自顾不暇，就转请洵美接济他们。洵美跟他们素有交情，于是拿出一笔钱，给他们做盘缠，并申明这不算借，谈不上要还。”盛佩玉著：《盛氏家族、邵洵美与我》，第153页。

[13]鲁迅：《看萧和“看萧的人们”记》，《鲁迅全集》第四卷，第510页。

[14]邵绡红口述，李菁采写：《他就是文坛“孟尝君”——忆我的父亲邵洵美》。

[15]参阅夏东元《论盛宣怀》，载《社会科学战线》1981年第4期。

[16]丁萌：《从盛宣怀说到有理的压迫》，载《申报·自由谈》1933年5月10日。

[17]邵洵美：《文人无行》，载《十日谈》1933年第2期。

[18]洛文：《各种捐班》，载《申报·自由谈》1933年8月26日。

[19]苇索：《登龙术拾遗》，《鲁迅全集》第五卷，第291页。

[20]鲁迅：《准风月谈·后记》，《鲁迅全集》第五卷，第404页。

[21]鲁迅《谈监狱》“编者注”，载《人言》第一卷第3期；见鲁迅《准风月谈·后记》，《鲁迅全集》第五卷，第410页。

[22]鲁迅：《准风月谈·后记》，《鲁迅全集》第五卷，第411页。

第九章

[1]这篇演讲稿可看作从晚清到二十世纪三十年代文学发展的历史描

述，从一个特殊的角度勾勒了中国文学的历史演变，谈到了社会变革对文学的冲击、口岸社会的文学消费需求、出版与期刊市场如何规约了文学的面貌等，但最重要的是批判和嘲讽了那些把文学当作敲门砖和垫脚石以行欺世盗名的才子加流氓在上海这个特殊场域的文学恶行。值得注意的是，鲁迅不仅批判了“鸳鸯蝴蝶派”的旧式文人如何假借文学之名招摇过市，骗人骗钱，也对五四以来的新才子甚或是假借革命之名混世的新作家进行无情剖析，甚至有文人拜流氓作靠山的现象，至今有警示作用。鲁迅说：“现在的统治者也神经衰弱……在出版界上也布置了比先前更进步的流氓，令人看不出流氓的形式而却用着更厉害的流氓手段：用广告，用诬陷，用恐吓；甚至于有几个文学者还拜了流氓做老子，以图得到安稳和利益。”鲁迅：《上海文艺之一瞥》，《鲁迅全集》第四卷，第309页。

[2]鲁迅：《310205致荆有麟》，《鲁迅全集》第十二卷，第256页。

[3]鲁迅：《320605致台静农》，《鲁迅全集》第十二卷，第308页。

[4]鲁迅：《330708致黎烈文》，《鲁迅全集》第十二卷，第415页。

[5]鲁迅：《340920致徐懋庸》，《鲁迅全集》第十三卷，第210页。

[6]鲁迅：《341112致萧军、萧红》，《鲁迅全集》第十三卷，第255页。

[7]《上海摩登》出版后引起大陆学界的热烈评论和追捧，但是也有些不同声音。如旷新年《另一种“上海摩登”》指出：“在20世纪末资本主义全球化的语境中，李欧梵‘重绘上海’，实际上也就是在重构历史、文明，重新指认新的意识形态。《上海摩登》重绘了一幅夜晚的地图、消费的地图、寻欢作乐的地图，同时也遮蔽了白天的地图、生产劳动的地图、贫困破产的地图，从根本上来说，也就是用一幅资产阶级的地图遮蔽了无产阶级的地图，用资产阶级的消费娱乐遮蔽了无产阶级的劳动创造。”（旷新年：《另一种“上海摩登”》，载《中国现代文学研究丛刊》2004年第1期。）如果说旷新年采用左翼视角反思李欧梵的资本主义全球化视野，重点批判作者遮蔽上海文学的另一面，那么朱大可的观点则是照着李欧梵的思路往下讲，体现了不折不扣的自由主义思想。他说：“在

一部模仿本雅明隐喻式批评的《上海摩登》一书中，美国汉学家李欧梵按月份牌、张爱玲和施蛰存、刘呐鸥以及戴望舒的感受重新题写了上海。他的寓言化叙述流露出对殖民地情欲的无限感伤的悼念……而耐人寻味的是，除张爱玲出生太晚以外而未能与鲁迅相遇，这些被怀念的殖民地精英，几乎都成了鲁迅的宿敌。”（朱大可：《殖民地鲁迅和“仇恨政治学”的崛起》，载《书屋》2001年第5期。）

[8]李欧梵著，毛尖译：《上海摩登——一种新都市文化在中国（1930-1945）》，第336页。

[9]李欧梵著，毛尖译：《上海摩登——一种新都市文化在中国（1930-1945）》，第352页

[10]鲁迅：《350423 致萧军、萧红》，《鲁迅全集》第十三卷，第445页。

[11]鲁迅：《老调子已经唱完》，《鲁迅全集》第七卷，第325页。

[12]鲁迅：《电影的教训》，《鲁迅全集》第五卷，第309-310页。

[13]鲁迅：《〈现代电影与有产阶级〉译者附记》，《鲁迅全集》第四卷，第422页。

[14]鲁迅：《老调子已经唱完》，《鲁迅全集》第七卷，第326页。

[15]鲁迅：《倒提》，《鲁迅全集》第五卷，第517页。

[16]丰之余：《推》，载《申报·自由谈》1933年6月11日。

[17]丰之余：《踢》，载《申报·自由谈》1933年8月13日。

[18]同上。

[19]旅隼：《冲》，载《申报·自由谈》1933年10月22日。

[20]同上。

[21]朱大可：《殖民地鲁迅和“仇恨政治学”的崛起》，载《书屋》2001年第5期。

[22]旅隼：《“抄靶子”》，载《申报·自由谈》1933年6月20日。下同。

第十章

[1] 参阅《葛兰西文选》，北京：人民出版社，1992年，第417页。

[2] 葛兰西说："在政治方面，实行各个击破的'阵地战'具有最后的决定意义。换句话说，在政治中，只有一个个地夺取阵地，这些阵地虽非决定性的，却足以使国家无法充分调动其全部领导权手段，只有到那时运动战才能奏效。"《葛兰西文选》，第421页。

[3] 参阅葛兰西《狱中札记》第三章，人民出版社，1983年。

[4] 冯雪峰：《回忆鲁迅》，人民文学出版社，1957年，第24–25页。

[5] 瞿秋白：《〈鲁迅杂感选集〉序言》，《瞿秋白文集》第一卷，人民文学出版社，1985年，第392页。

[6] 鲁迅：《351004致萧军》，《鲁迅全集》第十三卷，第558页。

[7] 鲁迅：《空谈》，《鲁迅全集》第三卷，第298页。

[8] 鲁迅：《320815①致台静农》，《鲁迅全集》第十二卷，第322页。

[9] 宋庆龄：《追忆鲁迅先生》，《鲁迅回忆录：散篇》（下册），北京出版社，1999年，第1039页。

[10] 鲁迅：《330212致台静农》，《鲁迅全集》第十二卷，第371页。

[11] 宋庆龄：《追忆鲁迅先生》，《鲁迅回忆录：散篇》（下册），第1039页。

[12] 鲁迅：《〈萧伯纳在上海〉序》，《鲁迅全集》第四卷，第515页。

[13] 唐弢：《记第一次会见鲁迅先生》，载《大公报》1947年11月3日。

[14] 鲁迅：《伪自由书·后记》，《鲁迅全集》第五卷，第191页。

[15] 鲁迅：《且介亭杂文·序言》，《鲁迅全集》第六卷，第3页。

[16] 冯雪峰：《回忆鲁迅》，人民文学出版社，1957年，第37页。

[17] ［美］杰姆逊：《后现代主义与文化理论》，北京大学出版社，1997年，第66页。

[18] 鲁迅：《再谈保留》，《鲁迅全集》第五卷，第155页。

[19]鲁迅：《340125致姚克》，《鲁迅全集》第十三卷，第17-18页。

[20]鲁迅：《“文人相轻”》，《鲁迅全集》第六卷，第309页。

[21]鲁迅：《再论“文人相轻”》，《鲁迅全集》第六卷，第347-348页。

第十一章

[1]施蛰存：《〈庄子〉与〈文选〉》，载《申报·自由谈》1933年10月8日。此文作为鲁迅杂文《“感旧”以后（上）》的“备考”，收入《鲁迅全集》第五卷，第348-350页。

[2]鲁迅和施蛰存关于《庄子》与《文选》的论争，其来龙去脉和是非曲直留待《鲁施论争》一章具体讨论。

[3]鲁迅：《〈木刻创作法〉序》，《鲁迅全集》第四卷，第625页。

[4]鲁迅：《〈木刻创作法〉序》，《鲁迅全集》第四卷，第626页。

[5]鲁迅在《朝花夕拾》中回忆道：“先生读书入神的时候，……我是画画儿，用一种叫作‘荆川纸’的，蒙在小说的绣像上一个个描下来，像习字时候的影写一样。读的书多起来，画的画也多起来；书没有读成，画的成绩却不少了……都有一大本。”鲁迅：《从百草园到三味书屋》，《鲁迅全集》第二卷，第291页。

[6]鲁迅：《藤野先生》，《鲁迅全集》第二卷，第315页。

[7]参阅蔡孑民《以美育代宗教说——在北京神州学会演讲》，载《新青年》第三卷第6号，1917年8月。

[8]许寿裳：《亡友鲁迅印象记》，桂林：广西师范大学出版社，2010年，第42页。

[9]鲁迅：《儗播布美术意见书》，《鲁迅全集》第八卷，第53页。

[10]许寿裳：《亡友鲁迅印象记》，第42页。

[11]参阅坂垣鹰穗著，鲁迅译《以民族的色彩为主的近代美术史潮论》出版说明，《鲁迅译文全集》第三卷，福州：福建教育出版社，2008年，第264页。

[12]鲁迅：《致〈近代美术史潮论〉的读者诸君》，《鲁迅全集》第八卷，第309页。

[13]鲁迅：《致〈近代美术史潮论〉的读者诸君》，《鲁迅全集》第八卷，第310页。

[14]鲁迅：《〈近代木刻选集〉(1)小引》，《鲁迅全集》第七卷，第336页。

[15]鲁迅：《〈近代木刻选集〉(2)小引》，《鲁迅全集》第七卷，第350页。

[16]鲁迅：《〈新俄画选〉小引》，《鲁迅全集》第七卷，第363页。

[17]参阅江丰《鲁迅先生与"一八艺社"》，《鲁迅回忆录》二集，第243-253页。

[18]鲁迅：《一八艺社习作展览会小引》，《鲁迅全集》第四卷，第316页。

[19]参阅内山嘉吉《鲁迅和中国版画与我》，《鲁迅回忆录：散篇》(下册)，第1530-1546页。

[20]参阅江丰《鲁迅先生与"一八艺社"》，《鲁迅回忆录》二集，第243-253页。

[21]许广平曾回忆说："这个青年团体名'一八艺社'。之后，该社更被注意了，谁是这一社的，在学校就被开除，在社会被目为共产党，好些个人因之牺牲了，甚至凡学木刻者都该犯罪似的。"许广平：《关于鲁迅的生活》，《鲁迅回忆录：专著》(中册)，第728页

[22]鲁迅：《350104① 致李桦》，《鲁迅全集》第十三卷，第328页。

[23]江丰：《鲁迅是中国左翼美术运动的旗手》，载《美术》1980年第4期。

[24]鲁迅：《331021① 致郑振铎》，《鲁迅全集》第十二卷，第462页。

[25]鲁迅：《331115② 致姚克》，《鲁迅全集》第十二卷，第496页。

[26]鲁迅：《331205④ 致姚克》，《鲁迅全集》第十二卷，第512页。

[27]鲁迅：《〈引玉集〉后记》，《鲁迅全集》第七卷，第440-441页。

[28]鲁迅：《331204致陈铁耕》，《鲁迅全集》第十二卷，第508页。

[29]这个名单参阅1934年1月5日鲁迅给姚克的信附的《木刻目录》。鲁迅：《340105致姚克》，《鲁迅全集》第十三卷，第2–4页。

[30]鲁迅：《340620②致陈烟桥》，《鲁迅全集》第十三卷，第154页。

[31]鲁迅：《〈引玉集〉后记》，《鲁迅全集》第七卷，第436页。

[32]鲁迅对吴渤说："翻印画册，当看看读者的需要，但倘准备折本，那就可以不管。譬如壁画二十五幅，如制铜版，必须销路多，否则，不如玻璃版。现在以平均一方尺的画而论，制版最廉每方寸七分（其实如此价钱，是一定制得不好的），一块即须七元，二十五块是一百七十五元，外加印费纸张，但可印数千至一万本。珂罗每一块制版连印工三元，二十五幅为七十五元，外加纸费，但每制一版，只能印三百本，再多每幅又须三元，所以倘觉得销路不多，不如用珂罗版。"鲁迅：《331116致吴渤》，《鲁迅全集》第十二卷，第497–498页。

[33]鲁迅：《331125①致曹靖华》，《鲁迅全集》第十二卷，第505页。

[34]鲁迅：《331219④致姚克》，《鲁迅全集》第十二卷，第520页。

[35]鲁迅：《〈引玉集〉后记》，《鲁迅全集》第七卷，第436页。

[36]参阅刘岘《忆鲁迅先生》，载《美术》1956年第10期。

[37]鲁迅：《〈无名木刻集〉序》，《鲁迅全集》第八卷，第406页。

[38]上述关于《无名木刻集》编辑、印制过程的叙述，均可参阅黄新波《不逝的记忆》，《鲁迅研究资料选编》，广州：广州鲁迅纪念馆，1977年。

[39]鲁迅：《340419致陈烟桥》，《鲁迅全集》第十三卷，第81页。

[40]鲁迅：《〈木刻纪程〉小引》，《鲁迅全集》第六卷，第50页。

第十二章

[1]严家炎：《中国现代小说流派史》，北京：人民文学出版社，1989年，第134页。

[2]杨义：《中国现代小说史》（第二卷），北京：人民文学出版社，

1998年，第664-665页。

[3]鲁迅在大会上提出“我以为战线应该扩大”和“我们应当造出大群的新的战士”等观点，提出左翼作家不能故步自封，反对关门主义。鲁迅：《对于左翼作家联盟的意见》，《鲁迅全集》第四卷，第241页。

[4]鲁迅说：“耶稣教传入中国，教徒自以为信教，而教外的小百姓却都叫他们是‘吃教’的。这两个字，这是提出了教徒的‘精神’，也可以包括大多数的儒释道教之流的信者，也可以移用于许多‘吃革命饭’的老英雄。”鲁迅：《吃教》，《鲁迅全集》第五卷，第328页。

[5]参阅鲁迅《341210②致萧军、萧红》，《鲁迅全集》第十三卷，第288页。

[6]鲁迅：《330501致施蛰存》，《鲁迅全集》第十二卷，第390页。

[7]鲁迅：《330718②致施蛰存》，《鲁迅全集》第十二卷，第422页。

[8]施蛰存：《关于鲁迅的一些回忆》，收入《施蛰存七十年文选》，上海：上海文艺出版社，1996年，第218-219页。

[9]鲁迅在8月3日的日记写道：“夜蕴如及三弟来，托其寄复施蛰存信，附稿一篇。”鲁迅：《日记廿二》，《鲁迅全集》第十六卷，第392页。

[10]鲁迅在8月28日的日记写道：“上午寄杜衡信并稿一篇，书两本，又萧参译稿一篇。”鲁迅：《日记廿二》，《鲁迅全集》第十六卷，第394页。

[11]鲁迅9月11日的日记中写道：“上午寄杜衡信并译稿一篇。”鲁迅：《日记廿二》，《鲁迅全集》第十六卷，第397页。查鲁迅书信集，鲁迅9月10日确实写一封信给杜衡：“顷译成一短文，即以呈览，未识可用于《现代》否？倘不合用，希即付还。”鲁迅：《330910致杜衡》，鲁迅全集》第十二卷，第444页。

[12]鲁迅：《小品文的危机》，《鲁迅全集》第四卷，第590-593页。

[13]鲁迅：《重三感旧——一九三三年忆光绪朝末》，《鲁迅全集》第五卷，第342-343页。按，此文在《申报·自由谈》上发表时，题目为《感旧》，无副题，后鲁迅编辑杂文集《准风月谈》时改为现名。

[14]施蛰存：《〈庄子〉与〈文选〉》，载《申报·自由谈》1933年10月8日。此文作为鲁迅杂文《“感旧”以后（上）》的“备考”，收《鲁迅全集》第五卷，第348–349页。

[15]鲁迅：《“感旧”以后（上）》，《鲁迅全集》第五卷，第346页。

[16]鲁迅：《“感旧”以后（下）》，《鲁迅全集》第五卷，第352页。

[17]参阅赖光临《中国新闻传播史》第七章第四节《最早的报团组织》，台北：三民书局，1983年，第176–177页。

[18]鲁迅：《330708 致黎烈文》，《鲁迅全集》第十二卷，第415页。

[19]鲁迅：《扑空》，《鲁迅全集》第五卷，第368–369页。

[20]鲁迅：《331105 致姚克》，《鲁迅全集》第十二卷，第477页。

[21]胡风：《鲁迅先生》，载《新文学史料》1993年第1期。

后　记

这是我关于晚年鲁迅研究的第二部专著。

距离2007年博士论文《诗学与政治：鲁迅晚期杂文研究1933—1936》一书出版已经16个年头，而关于晚年鲁迅的研究其实才刚刚起步。

准确地说，《晚年鲁迅与民国政治文化》这部书只能算是这个总题下的第一卷，集中论述了鲁迅在1933年的思想变化和剽悍出击。而到了1934年，鲁迅面对的问题会更加复杂——国民党当局加强了“文禁”，改进并加强了书报审查的措施，作家在强压下纷纷逃避。提倡性灵文学和小品文成为时尚，很多偏向右翼的作家开始鼓动风雨。与此同时，“左联”内部也发生了某些重大变化，比如“四条汉子”崛起，鲁迅被当时的“左联”领导人刻意边缘化等，这些都是鲁迅不得不面对，且需花费心力处理的重要问题。当然，还有更为严峻的1935年和1936年。政治形势和各种纷争日趋白热化，鲁迅面临着前后夹击、内外交困的局面，他不得不选择“横站”。

从以上这个简短的描述，不难看出这部书只是为下一步的研究起到奠基定调的作用。写作这样一部不算厚重的小书花去了我整整八年的时间，可见本人做事情不讲效率。如今卸去了一些额外负担，可以稍稍集中精力于研究和写作，学术步子可能会迈得更大，或更快一些。但也未必遂愿，因为随着对晚年鲁迅研究的深入，我越发感觉吃力和沉重。

一则材料与另一则材料的反复比较爬梳，某一种说法与之前相似提法的前后比照考释，稍加用心便会耽搁许多时日。鲁迅研究的百年历史已经积起海量的学术成果，需要做精微细实的考证。尤为重要的是，“晚年鲁迅”充满变量认知的客体本身就充满了巨大的理论旋涡和叙事风险，我不得不从一个个具体的问题开始梳理，一点点啃噬和咀嚼，一处处辨识和求证，以便更进一步地接近和窥探命题的核心。

倘非要指出这部书有何可取之处，私以为在方法论上还是有些许探究：通过设置一个个小的问题，对其进行“盾构式”的勘测与突破，由外而内，逐层破解，使问题的核心部位在掘进中自然暴露，问题意识从内部穿越而出。

当十几条洞隧交汇在一起的时候，再巨大的山体，再坚固的岩层也会在洞穿、分割和撞击中逐一瓦解。比如为了理解鲁迅在新的文化钳制和政治高压下如何工作，本书设置了十二个小问题，分别从北上与南下、隐身与发声、化名策略、批评胡适、迁居与隐居、《两地书》出版、结交中共高层、批评富家女婿、解构上海迷梦、掌握文化领导权、扶持新兴木刻、鲁施论争等角度，解读鲁迅在整个文化实践中采取灵活的文化策略和斡旋手段，看他如何突破文禁、灵活发声、取得主动，使得左翼文化在艰苦环境下仍掌握着文化话语权和领导权。

当然，由于自身的研究功力有限，有些问题远远没有很好地解答，我只是把问题和方法摆在读者面前，有待学界同道在我将来的研究中给予帮助和匡正。

持续学习和研究鲁迅著作二十多年，越来越觉得鲁迅的思想对我们当代文化建设有着愈发掘愈深厚、怎么估计都不过分的借鉴价值和启发意义。这些年来在新自由主义学术思潮的笼罩下，鲁迅思想中的政治倾向被有意无意地遮蔽，而鲁迅的政治倾向性和他的政治倾向形成过程中的复杂性被庸俗化和简单化了。重新认识和发现鲁迅的政治思想及其生产机制，尤其是对他在晚年时期越来越鲜明的政治立场与那个时代的政治环境之间的关系进行较为深入的探索，对今天如何看清我们的道路和方向，在工作和生活中选择怎样的立场和采取何种方式至关重要。

十几年前我曾提出“鲁迅研究重返政治场域”的话题，多年坚持，一直未易，希望越掘越深，在“政治鲁迅”研究方面做一些力所能及的实践和研究。可能由于此路寂寞，于今尽管有同道深表理解，也恐只身犯难而应者寥寥。尽管如此，我还是要在这个方向上坚持研究，并勉力继续深挖下去，期望尽早让这个系列的研究成果面世。

在此更感谢鲁迅研究界的同道多年来的抉择提携，感谢中国艺术研究院科研处的学术激励和后期资助，感谢中国艺术研究院中文系帅文霖老师的无私帮助和本书责任编辑玲子老师的精心编校。

郝庆军

2023年4月30日于北京寓所